Eisa McCarthy vive en la Ciudad del Califato, la cual está bajo el control del grupo radical islámico de los Ghuraba. Siete años atrás, el general Mohammad bin-Rasulullah derrotó a Estados Unidos mediante una despiadada traición y estableció su Califato mundial en las ruinas de Washington, D.C. El líder supremo de los Ghuraba, el Abu al-Ghuraba, afirma que el padre de Eisa le dio el control del arsenal nuclear de los EE.UU., una afirmación reforzada por las cenizas ardientes de muchas ciudades y el testimonio de su madre siria. Sin embargo, después de que su madre es acusada de apostasía, Eisa se entera de que su padre puede no ser el "mártir" que los Ghuraba afirman.

¿*Realmente* poseen los Ghuraba los códigos de lanzamiento de los misiles balísticos intercontinentales *(ICBM)*? ¿Los "bloqueó" su padre, tal como el Coronel Everhart, el comandante del grupo rebelde, quiere que ella le diga al mundo? Si Eisa lucha, los Ghuraba matarán a su pequeña hermana, pero si no lo hace, eventualmente el grupo hackeará el sistema y lanzará los misiles. Todo lo que Eisa tiene es un rosario de oración musulmán y un mito preislámico que su padre le relató la noche que desapareció.

El destino del mundo y la vida de su hermana pequeña, cuelgan en una balanza, mientras Eisa busca la verdad entre un mito antiguo, su fe musulmana y lo que realmente ocurrió la noche que los Ghuraba tomaron el control.

"El paralelismo que la autora describe entre el paisaje actual en Siria e Irak y un futuro Estados Unidos es inquietante, ya que retrata las atrocidades actuales con una precisión inquebrantable..."
—Dale Amidei, *La Trilogía de Jon*

El Califato

Una novela de suspenso post-apocalíptica

por
Anna Erishkigal

Edición en Español

Copyright 2016 - Anna Erishkigal
Todos los derechos reservados

'El Califato', traducido del libro 'The Caliphate', basado en el guión 'The Caliphate', Copyright 2016, 2017 de Anna Erishkigal. Todos los derechos reservados. Ninguna parte de este libro puede reproducirse de ninguna forma ni por ningún medio electrónico o mecánico, incluidos los sistemas de almacenamiento y recuperación de información, sin permiso por escrito del editor, excepto por un revisor, que puede citar breves pasajes de una revisión.

Todos los personajes en este libro son ficticios. Cualquier similitud con cualquier persona, viva o muerta, es puramente involuntaria.

Publicado por Seraphim Press, Cape Cod, MA, EE. UU.

www.seraphim-press.com

SP Edición de bolsillo:
ISBN-13: 978-1-943036-72-1
ISBN-10: 1545382786

Edicion electronica:
ISBN-13: 9781943036264
ISBN-10: 1-943036-26-8

Este libro también está disponible como guion

Traducido por Sara Gabriela Canga

Editado por Alfonso Yáñez
ayanezp17@gmail.com

Arte de portada: Copyright 2016 de Anna Erishkigal. Todos los derechos reservados. Hecho de arte y fotografías autorizadas y autodidacta. Fotografía: "Ojos sensuales de una mujer misteriosa", copyright dundanim, fotos de depósito ID # 5157836.

Dedicatoria

Dedico este libro a las valientes mujeres kurdas que se levantan y luchan mientras los hombres abandonan a sus familias y huyen.

Arrastren a ISIS al infierno.

Anna Erishkigal

Agradecimientos

Me gustaría agradecer a toda la gente que me ayudó a armar esta historia:

Liza Kroeger, quien me ayudó a analizar la versión original del guion de esta historia en su forma más extraña y fresca. También a Ned, quien me dijo: «¿Acaso eres una escritora de fantasía épica?» Ehmm... ¿sí? ¡Es mi primer libro con menos de 1000 páginas!

Mi maravilloso y paciente marido y mis hijos, que no se asustan cuando me siento en mi computadora con mis auriculares resonando con música de tráiler de película épica, gritando: «¡*Sí! ¡Acábalos! ¡Ah! ¡Apuñálalo! ¡Bam-Bam-Bam!*», mientras escribo escenas de batalla a las 3:00 de la mañana...

Robert 'el Hyanimal' Williams, que pacientemente responde a mis preguntas tontas. El epílogo es para *ti*.

Todos mis amigos, que me animaron y contestaron preguntas realmente aterradoras sobre cuchillos, armas y todo tipo de cosas que probablemente me han hecho merecedora de un lugar en la lista de vigilancia de la NSA.

Dale Amidei, quien me ayudó a clarificar detalles relacionados con derechos de autor y me enseñó sobre el apropiado uso de mayúsculas en las palabras *Alá* y *Dios*.

Y, sobre todo, vaya un agradecimiento a la Sensei Donna Marie Klucevsek del Dojo Urban de karate GoJu de los Estados Unidos, quien me ayudó a practicar la mecánica de varias escenas de lucha. ¡Aún sigo teniendo moretones!

¡Gracias a todos!

El Califato

Una novela de suspenso post-apocalíptica

Prólogo

Desde Siria, vino el Padre de los Extraños, declarando una edad de oro en la que aquellos que eran fieles se levantarían para gobernar el mundo. Los enemigos de Alá contraatacaron a los Ghuraba, bombardearon nuestras ciudades santas y enviaron al Abu al-Ghuraba a prisión.

Pero entonces, llegó un *Mahdi*. Un guerrero santo. El general Mohammad bin-Rasulullah volvió las propias armas de los infieles contra ellos, mató a sus líderes mientras dormían y convenció a sus ejércitos de que lo siguieran, o morirían...

Capítulo 1

El sonido de las armas automáticas se mezcla con el llamado a orar. El *adhan* de antes del amanecer, transmitido por los altavoces colocados alrededor de la ciudad, comienza y termina con el tiroteo. Quito mis sabanas y me escabullo a través del estrecho espacio que separa mi cama de la de mi hermana pequeña.

— ¡Nasirah! —la sacudo. —¡Despierta!

Mi hermana pequeña murmura, con un delgado libro rojo aún reposando en su pecho. Delgadas y grises franjas de luz fluyen a través de las tablas que cubren las ventanas para revelar su título: *Lozen: Una Princesa De Las Llanuras*.

— ¡Nasirah! —sigo sacudiéndola, frenéticamente.

El tiroteo se escucha más cerca.

Nasirah abre los ojos.

—¿Eisa? —dice sonriendo—. ¿Es hora de rezar?

—Sí.

La llevo, arrastrándola amistosamente, hasta el espacio entre nuestras camas. El ladrillo nos protegerá de las balas, pero la ventana es vulnerable. Miro hacia arriba, a uno de los pequeños agujeros negros en el yeso. *El mismo* que hizo un agujero en la tela de mi hijab.

Gritos estallan fuera de nuestra ventana, junto al rugir de muchos motores. El *adhan* de antes del amanecer sirve como un lamentable y surrealista telón de fondo al estallido de la pólvora y de los gritos que unos hombres lanzan al morir.

Nasirah desliza el libro debajo de su colchón. Le ajusto su hijab. En mí, el reflejo de cubrir mi pecho es instintivo, pero Nasirah sólo tiene nueve años. Ella no entiende que el hijab la mantiene a salvo.

Busco a tientas mi rosario de oración en la mesita de noche, hecho de trozos de tectita negra que cayó de los cielos, encordados en un *tasbih* de treinta y tres cuentas pequeñas, un gran cordón que los conecta y tres discos plateados con grabados de aves.

Detrás de mi rosario se encuentra una fotografía de mí, Nasirah y nuestro hermano de la época anterior a la aparición de los Ghuraba. Parece un sueño, yo con mi precioso vestido de fiesta rosado, los rizos dorados de Nasirah, Adnan sonriendo y Mamá con su hijab de flores y su bata de médico blanca, recibiendo un premio por su contribución a la salud pública. Papá se interpone entre nosotros, con los brazos estirados para abarcarnos a todos, vestido con un despampanante traje azul, el cual luce cinco estrellas doradas.

Un tiroteo prolongado irrumpe fuera de nuestra ventana. ¡*Crash!* Una bala vuela a través de las tablas y nos cubre con vidrio roto.

—¡Eisa! —grita Nasirah.

Empujo su cabeza hacia el suelo.

—¡Ora!

Me aferro a mi *tasbih*, rezando con toda mi fuerza mientras el llamado a las oraciones continúa. Lo veo a *Él* con fervor, de pie entre nosotros y la ventana.

—*Oh, Alá, Te pedimos que los contengas tomándolos por su cuello y buscamos refugio en Ti de su mal...*

Nasirah se aferra a mí, mientras recito la dua para nuestra protección. Nos estremecemos cuando las voces se detienen justo afuera de nuestra ventana.

El tiroteo se paraliza justo cuando la llamada a la oración matutina cesa de recitar.

Unos hombres gritan.

Una voz, escalofriante y ominosa, habla. Una voz que he escuchado un millón de veces, en la radio y en la televisión.

En mis pesadillas...

Sé lo que viene, pero sigo llorando cuando un hombre comienza a gritar. Sigue sin parar, elevándose y cayendo como la llamada a la oración de antes del amanecer. Finalmente, muere en un deprimente balbuceo.

Y luego, un silencio inunda el ambiente...

Pongo una mano sobre la boca de Nasirah para que no llore. No quiero ninguna razón para llamar su atención.

Los Ghuraba se ríen mientras se meten en sus camiones y se van.

Lágrimas caen por las mejillas de Nasirah.

—¿Crees que lo mataron?

Me levanto y echo un vistazo a través de las tablillas de la ventana mientras el sol termina de levantarse sobre la Ciudad del Califato.

—No —miento.

No le digo nada sobre la sangre que ensucia la nieve.

Capítulo 2

Recuerdo ir a la escuela con ella. Solíamos viajar juntas en el autobús, antes de que lo hicieran explotar. Creo que su nombre era Becky, antes de que los Ghuraba le hicieran cambiarlo a Rasha. Todo lo que sé es que es tres años más joven que yo, ¿o quizá trece? Si no fuera por la insistencia de Mamá de que necesita un aprendiz, este sería mi destino.

—¡Quítamelo! —grita Rasha.

Mamá mira desde la sábana que cubre las rodillas de Rasha. La doctora Maryam McCarthy ya no ejerce su profesión, pero luce desafiantemente la misma bata blanca como lo hizo en la foto al lado de mi cama, sólo que ahora esta vieja y manchada. Al igual que nuestra sala de estar, que ahora es una improvisada sala de emergencia.

—No está dilatando —dice Mamá en árabe—. Eisa, revisa el corazón del bebé.

Aparto a las esposas-hermanas de Rasha, dos ansiosas mujeres vestidas de negro, y presiono mi estetoscopio contra el hinchado abdomen de la muchacha. Reluce brillante y esperanzado contra mi *abaya* negro. Si me encuentran usando este aparato, me azotarán, pero nadie me desafiará mientras lo use *aquí* en la sala de partos, el lugar donde nacen los futuros mártires.

—Treinta y siete latidos por segundo —digo—. Está errático, y demasiado lento.

—Se está desangrando —dice Mamá, levantando una mano, cubierta de sangre.

—¿Cuál es tu diagnóstico?

Echo un vistazo al gabinete donde guardamos el ecógrafo. *Si tuviéramos electricidad, recomendaría usarlo, pero todo lo que tenemos es el resplandor suave y amarillo de unas lámparas de aceite.*

—¿Placenta previa? —trato de inferir.

Mamá asiente, complacida.

—¿Y su tratamiento recomendado, *tabib*?

Miro a la Primera Esposa del Comandante, Taqiyah al-Ghuraba, la hermana del Abu al-Ghuraba y líder de la temida brigada al-Khansaa. Con casi dos metros de altura, apunto de llegar a los 60 años y bien alimentada, lleva un látigo para obligar a las mujeres a cumplir con las estrictas leyes de pureza de los Ghuraba. Todas quienes la enfrentan son azotadas públicamente. Y eso es si tienen suerte. Las desafortunadas son transportadas a La Ciudadela.

Mi voz se agita.

—Cesárea —susurro.

Los ojos de Taqiyah se vuelven amplios y salvajes, si es que es posible que luzca aún más fanática de lo que ya es.

—¡La cirugía es algo prohibido! —replica en árabe.

—Si no realizamos el procedimiento —dice Mamá —, tanto Rasha como su bebé morirán.

—¡Sólo Alá puede decidir qué mujeres dan hijos a los Ghuraba!

Los ojos de Mamá arden con un color ámbar como los de un águila. Reconoce la obstinación de Taqiyah por lo que es: un intento resentido de una Primera Esposa de deshacerse de un útero más joven.

—¿Eisa? —dice Mamá, apuntando hacia la puerta—. Habla con el comandante.

—¡Pero él la golpeó! —le digo, protestando.

—¡Nuestro esposo la encontró leyendo! —dijo Taqiyah, desenrollando su látigo y sacudiendo la parte posterior de éste cerca de su hermana-esposa en la mesa. Las dos esposas menores retroceden.

—¡No quise hacer daño, *Sayidati* Ghuraba! —dice Rasha sollozando—. ¡Era un libro sobre una princesa india! ¡Por favor, no me deje morir!

Mamá apunta hacia la puerta.

—Eisa, el Comandante.

Taqiyah bloquea mi paso.

—¡Dije que lo prohibía!

Ella presiona el mango de cuero marrón contra mi mejilla, caliente debido a su agarre firme y con el olor de la sangre de otras personas. Casi puedo *sentir* el ardor en mi espalda, el mismo que he soportado muchas veces.

—¿Mamá?

Miro entre las dos matriarcas en guerra. Taqiyah al-Ghuraba gobierna a las mujeres, pero Mamá se encarga de los partos. Mamá inserta una intravenosa en el brazo de Rasha. No una *verdadera* intravenosa, sino que una hecha con frascos de vidrio reciclado y solución salina casera. La habitación se llena de clor a opiáceos, mientras Mamá llena el tarro con un etéreo líquido rosa

—Grita por él si es necesario —dice en inglés—. Si él quisiera que muriera, no la habría traído *a mí*.

Levanto mis ojos para encontrar la mirada furiosa de la líder de la al-Khansaa. Pagaré por mi audacia más tarde. Pero por ahora, tengo que ser fuerte. Toco mi *tasbih*, ahora envuelto alrededor de mi muñeca.

—¿*Sayidati*?

Taqiyah se aparta, no porque tengo su consentimiento, sino porque el Abu al-Ghuraba necesita mártires y ella siempre se los ha dado. Influenciando a su hermano, se asegurará de que ocurra el momento cuando el niño cumpla cinco años.

Deslizo mi hijab por mi cara para formar un velo antes de salir por la puerta. No tenemos una sala de espera. Nuestro pasillo delantero sirve como recepción.

El comandante al-Amar pasea de un lado a otro en lo que antes era un hermoso vestíbulo. Es un gigante de dos metros de altura, comandante de la Ciudad del Califato, con el cabello rubio corto, una larga barba espesa y un *shemagh* negro usado por los hombres de los Ghuraba. Creo que pudo haber sido guapo alguna vez, antes de que un trozo de metralla sacara uno de sus fríos ojos azules.

Bajo la mirada para evitar hacer contacto visual.

—¿Cómo está mi hijo? —pregunta.

—Rasha está muy mal —le digo—. Si no recibe ayuda, ella y su hijo morirán.

—¿Qué clase de ayuda?

— Cirugía, señor, necesita una cesárea.

Un largo y doloroso aullido se filtra a través de la pared. Aprieta el puño y se da la vuelta para mirar el cristal de la puerta exterior. Casi siento lastima por él, hasta que recuerdo que la golpeó.

—La cirugía es algo prohibido, ¿no? —pregunta.
Le respondo: «Sí. *Esa es la interpretación literal...*»
—El Profeta ordena misericordia —añado—, especialmente de un marido hacia su esposa.
El Comandante adopta una posición firme.
—Maryam es una mujer. Las artes de la medicina están reservadas sólo para un hombre.
—Está prohibido que un hombre sin parentesco toque a una mujer —le recuerdo—. Ningún médico se arriesgaría a eso. El castigo es la muerte, tanto para el médico como para el paciente.
Su voz se hace más gruesa.
—¿Así que ambos deben morir?
Me muerdo el labio, rezando por una respuesta que no sea: «*Sí. Eso es lo que su cuñado ha decretado...*».
Toco mi *tasbih*.
Imploro: «*¿Por favor, mi Señor? ¿Dime qué decir?*».
La respuesta viene a mí desde la Escritura, pero sacada de contexto. Algo que el Comandante puede decir a su cuñado para justificar su decisión.
—El Profeta dio excepciones —digo.
—¿Qué tipo de excepciones?
—Él dijo: «Ninguna alma es ordenada a ser creada por alguien que no sea el mismo Alá».
Sostengo la respiración. Podría ser azotada por recordarle que tomó a Rasha contra su voluntad, aunque al menos *se casó* con ella. Por lo general, las mujeres que el Abu al-Ghuraba da a sus hombres como recompensas sólo son violadas.
El Comandante no se da la vuelta.
—Tengo negocios con el general —dice finalmente—. Cuando vuelva, ¿me sorprenderá Alá respecto a si tengo o no un hijo?
—¡Dios es grande! —le digo.
—Alabado sea su nombre.
Espero a que se vaya y luego regreso a la sala médica.

*

Llego a la cocina, tarareando el alegre *adhan* de nacimiento que suelo cantar en los oídos de los recién nacidos. A diferencia del frente de la casa, la cocina sigue siendo nuestra, a excepción de las lámparas de aceite, añadidas para hacer frente a los frecuentes apagones. Nuestro refrigerador está roto porque las fábricas que hacían los repuestos fueron destruidas hace años, pero nuestra estufa sigue funcionando con gas natural, lo que significa que podemos cocinar, incluso cuando los rebeldes hacen explotar la red eléctrica.

—¿Qué están cocinando? —le pregunto a Nasirah, aunque sé la respuesta, por el olor almidonado.

—Frijoles —me dice, con una amplia sonrisa.

Me deshago de los instrumentos quirúrgicos ensangrentados que acababa de usar para coser el vientre de Rasha y huelo la olla. Frijoles secos rehidratados, ligeramente quemados.

A sus nueve años de edad, Nasirah es una niña de cara dulce, casi tan alta como yo, pero más delgada, como una potrilla de piernas largas. Ambas heredamos pecas de nuestro padre, no tanto como para mostrar nuestra descendencia irlandesa, pero su piel es pálida, a diferencia de la tez oliva que heredé de Mamá. Eso la convierte en un blanco, un objetivo, por eso nunca la dejamos salir de casa.

Es una de las pocas cosas con las que Adnan y yo estamos de acuerdo.

Nuestro hermano, Adnan, es la viva imagen de nuestro padre. Está sentando en la mesa, con los brazos cruzados, con su habitual expresión de amargura. A los trece años posee la desagradable torpeza de un muchacho atrapado en un crecimiento repentino. Es un perfecto Gharib con su camisa larga, gorra de oración blanca y un parloteo perpetuo del Corán.

—¿Por qué no me hiciste de comer? —exige.

Sostengo mis manos, todavía cubiertas de sangre.

—¡*Sabes* que estaba ayudando a Mamá a dar a luz a un bebé!

—¿Querrás decir a *realizar una cirugía*? —me dice, refunfuñando—. Los Ghuraba dicen que eso es herejía.

Enjuago mis manos, y luego las seco en una toalla limpia antes de responder.

—El comandante nos dio una dispensa especial.

Paso muy cerca de él, y voy al vestidor donde guardamos nuestros burkas colgados en perchas para abrigos. Envuelvo un paño negro encima de mi *hijab*, un poco más alto que un cuadrado de gasa, y luego saco mis guantes para esconder mis manos, las cuales se pegan a mi *tasbih*, dejando expuesta mi muñeca. Sé que debería quitarmelo, especialmente con Taqiyah sedienta de sangre, pero necesito sentirlo contra mi piel. Es difícil de explicar, la forma en que me hace sentir invencible. Como si Alá estuviera cuidando de mí. Como si susurrara qué parte de cada escritura es la verdad, y qué partes los Ghuraba las han retorcido con sus mentiras.

Lo dejo así. Son sólo unos pocos centímetros de piel.

—¿A dónde vas? —pregunta Adnan.

—Mamá necesita medicina para el bebé.

—Sabes que está prohibido ir sin acompañante.

Tomo su abrigo de invierno y se lo arrojo.

—Entonces, date prisa, porque si muere el hijo del comandante, *tú* asumirás las consecuencias.

Adnan se levanta de su silla, furioso, como si quisiera golpearme.

—¡No puedes hablarme así! —su voz da un grito pubescente—. Soy el hombre de esta casa.

—No hasta dentro de dos semanas más —replico—. Todavía tienes doce años.

Halo la gasa negra hacia abajo para cubrir mi cara, y luego tomo la *burka* negra del gancho. Cubro mi cuerpo con ella.

—¿Vienes? —pregunto—. ¿O preferirías que sea azotada de nuevo?

Adnan cruza los brazos y me hace saber su descontento de una forma algo infantil.

—Debería obligarte.

Sólo para enfurecerlo más, le revuelvo el cabello como lo hacía cuando todavía era un niño pequeño. Golpea mi mano. Abro los cerrojos y salgo a nuestro minúsculo patio trasero. Adnan corre detrás de mí, todavía colocándose su abrigo.

—Uno de estos días, ¡recibirás lo que te has buscado! —dice él.

—Pero te tengo a *ti* para protegerme —digo con mi más dulce voz.

Eso le molesta a este tirano en formación. Aunque no *siempre* fue así. Mamá tiene fe que recuerde lo suficiente de nuestro padre para convertirse en un *buen* hombre.

Abrimos la puerta trasera y abandonamos la seguridad de la valla. La nieve cae suavemente desde el cielo, ¿tal vez sea ceniza radioactiva? El aire huele sucio, no limpio como debería oler la nieve, y a veces está así en medio del verano. Los Ghuraba juran que las armas nucleares sólo hicieron un daño mínimo, pero hemos visto demasiados abortos como para que esa afirmación sea enteramente veraz.

—Debes envolver tu shemagh alrededor de tu cara— le digo a Adnan—, para cubrirte de la ceniza.

—¡Es sólo nieve!

Me lleva fuera del callejón, sobre los restos de una casa destruida por una granada de mortero. Es difícil saber si fue nuestra granada o los rebeldes quienes lo hicieron. Durante los primeros años, éramos *nosotros* contra *ellos*, pero los rebeldes se quedaron sin armas, así que ahora somos sólo *nosotros*. Todo aquel que no perteneciese a *nosotros* fue asesinado en las purgas.

En la calle, nuestros comportamientos cambian. Adnan se adelanta en un arrogante caminar, mientras yo sigo detrás, con mi cabeza inclinada, lo suficientemente lejos para dejar claro que él está a cargo, pero no tan lejos como para dar la impresión de que no tengo escolta.

Las calles están vacías, excepto por las patrullas habituales: hombres a pie con armas automáticas y un Hummer que rodea el barrio con una ametralladora. Un hombre se detiene en la parte de atrás, al lado del artillero con un megáfono, gritando: «Si alguien ve a un extraño, denúncielo a la policía secreta». Una bandera negra ondea montada en el parachoques con letras árabes blancas, un misil balístico intercontinental y una guadaña, la bandera de los Ghuraba.

—¡Saludos, hermanos! —Adnan saluda.

Los hombres Ghuraba lo miran con aburrido desdén. Uno de ellos *me mira* fijamente. Puedo sentir sus ojos hambrientos, analizando lo que está escondido debajo de mi burka.

Toco mi *tasbih*.

Susurro: «*Señor, mantenme a salvo de miradas indiscretas*».

El vehículo patrulla sigue en movimiento. Sólo entonces me atrevo a respirar.

Adnan me guía por las calles que solían ser escaparates. Antiguos anuncios descascarados proclaman que solía haber zapatos, ropa o equipo deportivo para la venta. Todo huele a decadencia. La mayoría de los edificios tienen madera contrachapada clavada a través de las ventanas, lo que sirve como base para pegar los carteles de propaganda publicados en árabe e inglés.

—¡No hay Dios más que Alá! —leo en un póster que representa a un Gharib sobre un misil balístico intercontinental como si estuviera montando un toro.

—¡Alabado sea nuestro glorioso *Mahdi*!

Estos carteles muestran al general Muhammad bin-Rasulullah en una variedad de poses heroicas. Su barba roja fluye de su cara como si fuera un río de fuego, mientras que, detrás de él, los misiles ICBM despegan al cielo.

El último cartel representa a un hombre usando un uniforme de la Fuerza Aérea de los Estados Unidos con cinco estrellas de oro en su pecho dándole una llave al Abu al-Ghuraba. Una penumbra de luz irradia de la llave. Encima del cartel, se proclama "Alabado sea el Guardián por su conversión".

Detrás de él puede verse un lanzamiento de misiles balísticos intercontinentales.

Beso mis dedos enguantados y los presiono contra el hombre, como acariciandolo.

—Te extraño Papá.

Adnan hace señas. Me conduce hacia el bombardeado edificio del Capitolio de los Estados Unidos.

Capítulo 3

Mientras nos acercamos a las tiendas administradas por el gobierno, empiezo a ver a otras mujeres, siempre guiadas por una escolta. Es difícil identificar quién es quién. Nos prohíben socializar, y los burkas cubren todo, incluyendo nuestros ojos, lo que dificulta la visión. No podemos usar colores ni joyas que nos identifiquen, así que tenemos que depender de otros sentidos.

—¡Assalamu Alaikum! —susurro suavemente mientras pasa un trío de mujeres.

—Inshallah —una de ellas susurra de vuelta.

Esa debe ser Sarah, a juzgar por su escolta, un hombre de aspecto enfadado con una barba negra y espesa. La tratamos hace seis meses por lesiones internas. Se apresura. No la pongo en riesgo de otra paliza extendiendo el diálogo.

Pasamos por varios grupos más de mujeres, todas ellas cargadas de provisiones. Sus acompañantes caminan delante de ellas, con las manos vacías, saludando a los otros hombres Ghuraba. Están paradas como mulas de carga, esperando que los hombres las lleven a casa.

Adnan saluda a los hombres, ansioso de atención. Dos Ghuraba tocando sus armas le revuelven el cabello y le preguntan acerca de sus lecciones del Corán. Estoy detrás de él, haciendo todo lo posible por no ser descubierta, mientras él charla emocionadamente sobre amigos suyos que se convirtieron en los últimos mártires. No me atrevo a recordarle sobre la medicina. Si es percibido como débil, sería malo para él, y mucho peor para mí.

Por fin se separa de ellos.

—Por este camino —dice.

Se dirige hacia la plaza, rebautizada como Parque Medina. Me apresuro tras él, aterrada de quedarme sin escolta.

Construido sobre los restos del viejo Lincoln Memorial se encuentra el escenario donde los Ghuraba celebran sus ejecuciones y mítines pre-batalla. Cada día, gente es ejecutada aquí: herejes y apóstatas, simpatizantes rebeldes, feministas y maricas. Siempre hay personas reunidas, pero hoy parece haber una multitud extra grande.
—¿Probando? ¿Probando?
Un técnico de sonido toca el micrófono mientras los camarógrafos ajustan el micrófono boom.
—¡Un poco más a la izquierda!
Otros dos Ghuraba caminan por el escenario, marcando cuidadosamente cada lugar con un punto naranja brillante. Los camarógrafos los rastrean y muestran las imágenes en las dos enormes pantallas de video que rodean el escenario, mientras que una tercera pantalla detrás de ellos muestra efectos especiales.
—¡Adnan! —le digo susurrando—. Tenemos que conseguir la medicina.
—¡Pero las ejecuciones de rebeldes son hoy!
Agarro su brazo para tirar de él de vuelta a la calle.
—¡Dije que *veremos*…! —me dice con un grito.
Los hombres con las ametralladoras miran en nuestra dirección. Uno de ellos comienza a caminar. *¡Oh dios! ¡Oh dios!* Escondo mi cabeza y finjo obsequiosidad, bajando los hombros para no parecer más grande que un niño.
—¿Hay algún problema? —dice el Gharib que camina alrededor de mí, midiendo mi burka.
Adnan espera hasta verme temblar antes de librarme de culpa.
—No, está bien.
El Gharib se aleja, cargando su M16 tranquilamente en sus brazos. Mantengo la boca cerrada, en lugar de reprender a mi hermano. Cuando era más joven él escuchaba la voz de la razón. Pero ahora, piensa que todo es un juego.
Un Imán sube al escenario y comienza a cantar un *Dua* de venganza. Es una canción que todos conocemos bien. Los altavoces amplifican el himno mientras los espectadores cantan. Miles de sanguinarios hombres presionan contra mí. Me aferro a Adnan, rezando para que no nos separemos.

El Dua se hace más fuerte cuando once prisioneros son traídos al escenario, vestidos de naranja, cada uno escoltado por un Gharib que lleva un *shemagh* negro que cubre su cara, excepto sus ojos. A diferencia de los Ghuraba, todos los prisioneros están completamente afeitados. Es extraño ver hombres adultos sin barba. Los verdugos obligan a los prisioneros a arrodillarse sobre los puntos naranjas.

Estos son nuestros enemigos...

Enemigos de Alá...

La multitud aplaude cuando un hombre de barba roja, el general Muhammad bin-Rasulullah, camina hacia el escenario, llevando una bolsa de basura de plástico verde. Viste un antiguo uniforme militar de los Estados Unidos, realzado con broches y armas adicionales. En su pecho resplandecen cinco estrellas torcidas que lo destacan como el *Mahdi*. La multitud aplaude en un alegre *zhagareet* mientras flexiona sus hombros, y luego levanta sus brazos en una victoriosa 'V'.

—Esta mañana desbaratamos una conspiración para liberar a estos prisioneros —dice, mientras se inclina hacia adelante—. No querría privarlos del juicio de Alá, ¿verdad?

—¡No! —grita la multitud.

—Si quieren que algo se haga bien, siempre deben hacerlo ustedes mismos —busca algo en la bolsa—. Tienen mi palabra de que no habrá *más* intentos de escape.

Sostiene una cabeza cortada.

Las cámaras se acercan, capturando la expresión del hombre muerto. La proyectan en las dos pantallas de video, mientras también la transmiten en directo a las estaciones de propaganda de todo el mundo.

La multitud aplaude.

—¡Allahu-Akhbar!

Me aferro a Adnan, diciéndole con un balbuceo: «¡Por favor! *¿Salgamos de aquí?*»

Él aplaude con ellos.

Rasulullah lanza la cabeza hacia la multitud. Los hombres la patean. La pasan de un lado a otro como un balón de fútbol.

Adnan la persigue. La cabeza se posa en mis pies.

¡Mi Señor! ¡Mi Señor!

Mi estómago se aprieta. Cierro mi mano sobre mi boca para evitar vomitar. El hombre muerto me mira fijamente, con su boca congelada en un grito silencioso.

—¡Eisa, pásamela! —dice Adnan, mientras se ríe.

Un Gharib lo intercepta y le da una patada hacia él.

En el escenario, el General Rasulullah sacude su puño para las cámaras; cada una de sus acciones se ve de manera imponente en las pantallas de video que rodean el escenario.

—¿De verdad creía que podría vencerme, Coronel Everhart? —grita, mientras señala sus cinco estrellas torcidas—. ¡Olvida que aprendí las tácticas militares del Guardián!

En el borde del escenario, un hombre alto aparece rodeado de guardaespaldas. La multitud se calla. Las tres cámaras de televisión hacen una panorámica para filmar al hombre que sube los peldaños.

El Abu al-Ghuraba es un hombre alto, incluso más alto que su hermana que debe estar en sus 60, y viste una túnica negra para ocultar su pesada figura. Sobre su cabeza lleva un enorme turbante negro, el que usa en todos los carteles de propaganda. Tiene rasgos faciales duros, una gruesa barba gris y ojos negros intensos que parecieran poder robar mi alma.

Incluso el general Rasulullah se inclina ante el Abu al-Ghuraba. Inclina la cabeza con reverencia.

—La paz sea con vosotros, Padre de los Extraños.

El Abu al-Ghuraba pone su mano en la cabeza de Rasulullah.

—Que Alá te bendiga por traer a Sus enemigos a la justicia.

—Yo soy el siervo más leal de Alá —murmura Rasulullah.

La multitud calla mientras el Abu al-Ghuraba se dirige a nosotros. Mira desde una fila de caras a otra, y luego hacia las cámaras.

—Hoy es un día de alegría en el paraíso, ¡porque el *Mahdi* de Alá encontró el lugar donde los infieles se refugiaron!

Gesticula a los prisioneros, casi olvidados.

—Les hemos traído a sus líderes de más alto rango para que puedan ser testigos de su juicio por sus crímenes.

—¡No has atrapado al Coronel! —grita un prisionero.

La multitud murmura cuando el Abu al-Ghuraba se mueve para pararse frente al hombre. Es alto, rubio y luce afeitado. El tipo de hombre que solía adornar las páginas de los cómics de superhéroes antes de que los Ghuraba los quemaran. Pone su dedo debajo de la barbilla del prisionero.

—Pero tengo a su hijo, ¿pensaste que no descubriríamos quién eras, Lionel Everhart?

Agarra al prisionero por el pelo y lo lanza hacia las cámaras.

—¡Ahora él te verá morir!

Siento un escalofrío familiar mientras el Abu al-Ghuraba le hace señas a los hombres encapuchados de negro que están detrás de cada preso. Con una coordinación bien ensayada, todos los once sacan sus curvos cuchillos *janyar* de sus cinturones y los sujetan ante las cámaras.

—Allahu-Akhbar! —gritan.

La multitud aplaude cuando el general Rasulullah se pone detrás del atrevido prisionero y toma el cuchillo del verdugo que lo vigila.

—¡Ahora me vengaré del último hombre vivo en traicionarme!

Presiona el cuchillo contra la garganta del prisionero, quien hace contacto visual conmigo, la única mujer en la multitud.

—Aunque camine por valles sombríos —sus palabras vibran a través de mí—. No temeré mal alguno...

Sus compañeros prisioneros retoman la oración cristiana mientras el Abu al-Ghuraba sostiene su brazo.

—...porque tú estarás conmigo; tu vara y tu cayado me infundirán aliento. Dispones ante mí un banquete en presencia de mis enemigos...

Agarro mi *tasbih*.

Imploro: «*No. No. No. No. No.*»

—¡Que sus almas ardan para siempre en el infierno!

El Abu al-Ghuraba baja su brazo.

Los verdugos comienzan a aserruchar los cuellos de los prisioneros.

Con firmeza, pongo mis manos sobre mis oídos, sollozando, mientras los prisioneros gritan.

Sigue y sigue sin parar. Tal como afuera de la ventana esta mañana, la cabeza cortada de aquel hombre yace en alguna parte, olvidada, ahora como un balón de fútbol. Sus lágrimas de agonía inundan mis entrañas mientras sus gritos se convierten en agónicos balbuceos.

Me doy la vuelta.

—¡Hermana! —Adnan me agarra el brazo—. ¡No me avergüences!

—¡No puedo ver! —grito.

—¡Sólo los infieles desvían la mirada!

Las cámaras se acercan mientras los verdugos prolongan la agonía de los prisioneros durante tanto tiempo como pueden. La muchedumbre se vuelve salvaje gritando *"zhagareet"* como si fueran banshees. Puedo sentir su sed de sangre. Olerla. Probarla. Vibra a través de mi alma como un animal salvaje y hambriento. Puedo sentir el poder que los Ghuraba devoran cada vez que matan.

Finalmente, los gritos se detienen. Me obligo a mirar a hacia los once cuerpos decapitados.

Toco mi *tasbih* y recito un *dua* por sus espíritus. Me encuentro con la mirada del general Rasulullah. Digo las palabras abierta, pero suavemente.

—Que Alá tenga misericordia de sus almas.

Tomo el brazo de Adnan.

—Vamos, Mamá se enojará porque no conseguimos la medicina.

—Pero...

Me separo de él y empujando abro mi camino a través de la multitud.

—¡Eisa, Eisa! —me llama.

¡Tengo que alejarme de él! Mi hermano, que disfruta viendo a los hombres cometer el mal.

La multitud comienza a disminuir. Emprendo una carrera hacia la calle en el borde de la plaza. Una figura alta y negra se materializa delante de mí y agarra mi brazo.

—Puedo ver tus ojos.

El temor se aprieta en mi estómago mientras Taqiyah al-Ghuraba y su brigada al-Khansaa bloquean mi escape. Corren en grupos de seis, igual que las hienas. Seis mujeres que llevan pantalones usando batas de combate y látigos bajo sus niqabs y chadores.

Inmediatamente bajo la mirada.

—Llevo dos velos negros debajo de mi burka, *Sayidati* —digo en voz alta.

Taqiyah despliega su látigo.

—¿Me estás llamando mentirosa?

—No, Señora, tal vez sea un truco de la luz del sol.

Todo mi cuerpo se estremece cuando Taqiyah agarra mi muñeca y empuja la manga de mi burka.

Puedo ver tu piel —dice mientras agarra las cuentas envueltas alrededor de mi muñeca—. ¿Y llevas joyas?

Se siente como si algo sagrado estuviera siendo violado mientras toca mi *tasbih*, ligeramente desgastado por el toque de innumerables oraciones.

Me gustaría decirle: «¡*No los toques, perra!*», pero tengo que luchar contra el impulso de decirlo y atacarla.

En vez de eso, digo mansamente: «Es mi *tasbih*, señora».

La multitud se dispersa y dirige su mirada hacia mí. El general Rasulullah camina hacia nosotros, todavía empuñando su cuchillo de decapitación.

—¿Cuál es el problema, *Sayidati* Taqiyah? —dice sonriendo.

—¡Esta mujer se atreve a venir a la ejecución *awrah*!

Tiemblo sin control mientras Rasulullah me agarra la muñeca.

—Los rosarios de oración están prohibidos, ¿cierto?

Toca las sencillas cuentas negras, de la misma manera que lo hizo Taqiyah, sólo que sus dedos permanecen en mi piel desnuda, y sus ojos verdes clavados en mi velo.

—M-m-mi padre dijo que tales cuentas fueron usadas por la bendita Khadija. Que la paz sea con ella —digo mientras tartamudeo.

Rasulullah me da una cruel sonrisa mientras desliza mi guante hacia abajo para exponer toda mi muñeca. Una multitud comienza a reunirse. Hombres. Curiosos de cualquier mujer que desobedezca las normas de pureza de la al-Khansaa. Ellos disfrutan viéndonos ser azotadas. Especialmente cuando Taqiyah rasga la ropa de nuestras espaldas para exponer nuestra piel, dejándonos desnudas, excepto por nuestras caras anónimas.

—¿Sabes qué le pasa a una mujer que expone su piel? —dice Rasulullah, mientras desliza una mano para tocar mi pecho.

—¡Hey! ¡Suelte a mi hermana!

Como una bendición, mi hermano finalmente aparece. Rasulullah se voltea hacia Taqiyah.

—Déjanos. Yo mismo exigiré el castigo.

—¡Usted no hará tal cosa! —dice Adnan, mientras quita mi muñeca de la mano del general Rasulullah. — Soy el hombre de la familia. Es mi trabajo golpearla. ¡No el suyo!

—No serás un hombre hasta dentro de dos semanas más —la voz de Rasulullah adquiere un tono peligroso—. Sólo tienes doce años.

Adnan levanta la barbilla, con la misma expresión altanera que usaba en el almuerzo.

—Ella es la hija del Guardián —dice—. Si la quiere, puede pagar el *excrex* y casarse con ella. Pero la mataré antes de dejar que se la lleve como esclava sexual.

Por un momento, parece que Rasulullah lo matará, pero luego se ríe. Suelta mi muñeca y revuelve el cabello de Adnan con sus dedos ensangrentados.

—Ahh, esta es tu hermana, ¿eh? —su sonrisa parece la de un lobo que descubre sus colmillos—. No debería esperar nada menos del hijo del Guardián, ¿no?

Él y Taqiyah se ríen, como si se tratara de una broma interna.

—Muy bien, entonces —dice—. Golpéala tú mismo. Pero ven a verme más tarde esta noche, ¿podríamos hablar de cuánto costaría hacerte mi cuñado?

Adnan sonríe como un idiota.

—¡Señor! Sería un honor.

Agarra mi brazo y me arrastra lejos de la brigada al-Khansaa antes de que pueda hacer algo estúpido, como decirle a Rasulullah que preferiría estar muerta.

—¡*No* me casarás con ese carnicero! —reclamo.

—¡Puedo y lo haré! —dice Adnan—. ¡Has superado la edad en que deberías haber conseguido un marido!

—Mamá me necesita, me está enseñando a ser médico.

Adnan gira para mirarme, con una expresión de odio.

—Estoy cansado de sentir vergüenza por la herejía de Mamá. ¡Todos mis amigos dicen que ella es una *djinn*!

Cruzamos la calle para evitar caminar delante del enorme edificio de bloques de hormigón que incluso a él *le hace* temblar. La Ciudadela.

Hogar de la policía secreta de los Ghuraba. Al otro lado del dintel, el nombre, *Edificio J. Edgar Hoover*, todavía da testimonio de que alguna vez fue un salón de justicia. Ahora, las pocas personas que entran nunca salen vivas.

Llegamos a la farmacia. Entramos a comprar la medicina.

Capítulo 4

El olor de la carne tostada se desliza debajo de la puerta de mi dormitorio donde estoy orando ostensiblemente. Lo que siempre le decimos a Adnan es que lo que *realmente* estoy haciendo es estudiar. Los Ghuraba quemaron todos los libros, pero Mamá ocultó algunos para que tuviéramos algo que leer además del Corán.

El olor se hace más fuerte cuando entro en nuestra cocina. Es salado y carnoso, con un toque de romero y algo más. ¿Tal vez ajo?

La electricidad está funcionando, según lo que dice Adnan, quien está pegado a la pequeña televisión que tenemos en el mostrador. Nasirah pone un plato de guisantes mientras Mamá tararea una vieja melodía folklórica siria, revolviendo una olla llena de arroz.

—¿Cordero? —huelo—. ¿De dónde vino?

—El comandante lo envió —dice Mamá.

—¿Por salvar al bebé de Rasha? —pregunto.

—Preferiría que no golpeara a sus esposas —Mamá responde y frunce el ceño—.

Ambas miramos a Adnan y cambiamos de tema. Necesito hablar con ella, pero no con Nasirah en la sala para defenderlo y llorar cuando lo llamo cruel. *Ella* nunca ha estado allí afuera; nunca ha visto el mundo, excepto por nuestras mentiras cuidadosamente construidas y las imágenes del paraíso transmitidas por la televisión.

El espectáculo cambia. Es hora de las noticias de la tarde.

—¡Mira! —Adnan señala la televisión—. ¡Eisa, mira tu cara!

A lo que se refiere con "mi cara" son en realidad mis manos, sostenidas sobre mi boca cubierta con un velo negro para evitar vomitar mientras la cabeza cortada rueda para reposarse en mis pies. Un hombre le da una patada y la aleja de mí. En el tumulto, Adnan persigue la cabeza.

Mamá y yo nos miramos preocupadas.

—¿Adnan? —Mamá señala un libro de texto de matemáticas que dejó para él, tendido sobre la mesa, sin abrir—. ¿Estudiaste?

—Los Ghuraba dicen que aprender no es importante —cruza sus brazos—. Sólo memorizar el Corán lo es.

—¿Cuándo se me permitirá ir a la *madrasa*? —Nasirah pregunta inocentemente.

Adnan le da una mirada condescendiente.

—Las chicas son demasiado estúpidas para leer.

—Yo también puedo le...

Mamá la interrumpe.

—¡Adnan! ¡Es suficiente!

Adnan se levanta.

—¡El general Rasulullah dice que soy el hombre de esta casa!

Mamá lleva esa misma expresión de ojos color ámbar que tuvo esta tarde cuando tuvo un altercado con Taqiyah. Es como un ave rapaz feroz, metida en una jaula con las alas cortadas, pero Mamá todavía recuerda lo que es volar.

—*Todavía* no tienes trece —dice ella—. ¡Hasta que los cumplas, esta es *mi* casa y *mis* reglas!

La voz de Adnan adopta un tono escalofriante.

—Tendré trece en dos semanas más, y luego no tendrás otra opción, me obedecerás, ¡o ya verás!

Tira su servilleta y sale de la cocina.

—¡Adnan, Adnan! —Mamá llama—. ¡Vuelve aquí!

La puerta principal se cierra. Nasirah comienza a llorar.

Mamá se sienta en la mesa y pone sus manos en su frente.

—Apaga esa cosa —dice gesticulando hacia la televisión.

Nasirah obedece.

Me siento al lado de Mamá.

—¿Por qué lo dejas hablarte así?

Toca la cicatriz que corre por un lado de su cara. Nunca habla de cómo se originó, pero unos días después de que papá desapareció, los Ghuraba vinieron a la casa y nos llevaron a La Ciudadela. Durante tres días estuvimos en una habitación y no la vimos. Los guardias nos dijeron que estaba muerta, pero luego regresó y anunció que papá era un mártir.

—Es la voluntad de Dios —dice, mientras su voz se quiebra.

Me acerco a la mesa para tomar su mano.

—Alá no tolera que un hijo sea irrespetuoso con sus padres.

Mamá suspira.

—Alá no aprueba muchas cosas. Todo lo que puedes hacer es mantener la cabeza baja, el corazón abierto y la boca cerrada si quieres permanecer viva.

Comemos el cordero en silencio, sus jugos decadentes tienen un sabor ácido mientras nos obligamos a masticar y tragar. Adnan no vuelve. Considero contarle a Mamá sobre el comportamiento de esta tarde pero, ya que luce tan desanimada, decido que ahora no es precisamente el mejor momento.

Lavamos los platos rápidamente antes de que la electricidad parpadee. Los Ghuraba culpan a los rebeldes de los apagones programados, pero ocurren con mucha regularidad como para no ser algo deliberado.

Las luces se apagan a las 7:10 p.m., diez minutos después de que las estaciones de televisión pasen a estática. Ya tenemos una lámpara encendida, por si acaso. Aunque "por si acaso" es casi todas las noches.

—Vamos, Nasirah —dice Mamá—. Es hora de ir a la cama.

Estamos juntas en el estrecho pasillo entre las camas; yo, Nasirah y Mamá, frente a La Meca, que también resulta ser la ventana. Desato mi *tasbih*. Todas alabamos a Alá y nos arrodillamos para darle alabanzas. Éstas me calman, las adulaciones a nuestro dios. Me hacen sentir como si Alá me vigila, segura mientras me arrodillo y presiono mi frente al suelo.

Terminamos la oración juntas, y luego nos levantamos y guardamos nuestros rosarios de oración.

—¡Ven aquí, tú! —mamá toca el hombro de Nasirah—. A la cama.

La arropa. Es la única cosa en que Mamá insiste, incluso en su trabajo. Que alguien se quede con sus pacientes mientras ella sube las escaleras para meter a sus tres hijos en la cama.

—¿Me lees una historia? —Nasirah pregunta.

Mamá le besa la frente.

—Sabes que está prohibido leer para las chicas.

—Por favor, Mamá, ¿vamos a leer la historia que papá dejó?

Me estiro entre el colchón para sacar el libro que ocultó esta mañana. *Lozen: Una Princesa de las Llanuras.* No es un libro particularmente grueso, es delgado y rojo, pero tampoco es un libro para niños. El Prefacio afirma que fue una tesis doctoral de alguien, pero el texto que está dentro, las ilustraciones cuidadosamente entintadas, todo parece indicar que el narrador quería contar la historia a *su* propia hija.

Entrego el libro a Nasirah. El último regalo que papá le dio. Ella lo abraza contra su pecho. Incluso ella, con toda su ingenuidad, entiende que el libro es algo que debemos esconder de Adnan.

Me río.

—Lo has leído tantas veces, creo que lo hemos memorizado.

Ella abre el libro y lee su capítulo favorito sobre cuando Lozen, una doncella Apache, se arriesgó a luchar junto a su hermano contra el Ejército de los Estados Unidos.

"Y el jefe Victorio dijo: Lozen es mi mano derecha, fuerte como un hombre, más valiente que la mayoría, y astuta en la estrategia. Lozen es un escudo para su pueblo".

Ella le da a Mamá una mirada pensativa.

—¿Era realmente tan fuerte como un hombre?

—No lo sé —dice Mamá, con una expresión cautelosa—. No creo que Lozen tuviera hijos que proteger.

—Me gustaría ser como Lozen —dice Nasirah—. Lo suficientemente fuerte para defenderte a ti y a Eisa.

Lágrimas emergen de los ojos de Mamá mientras besa la frente de Nasirah. Su voz se hace más gruesa.

—Sabes que hablar de cosas así está prohibido, palomita.

Arropa a mi hermana, y luego me encuentra en la puerta con la lámpara de aceite.

—Ahora, es hora de *tus* lecciones, *tabib* McCarthy.

Con una sonrisa ansiosa, la sigo hasta la habitación del hospital. Una de las razones por las que Mamá ha podido prevenir mi compromiso es que insiste en que sólo una mujer virgen puede ayudarla a hacer diagnósticos. Los Ghuraba adultos no lo creen. Pero los conversos más jóvenes, los que se criaron sin educación, creerán cualquier cosa. Incluso en supersticiones.

Mamá va al gabinete médico y lo abre con la llave que mantiene en una cadena alrededor de su cuello. El olor ligero del vinagre se desvía, lo que usamos para esterilizar cada vez que nos quedamos sin alcohol.

—Esta mañana diagnosticaste al bebé de Rasha como placenta previa —dice Mamá—. ¿Qué te llevó a hacer ese diagnóstico?

—Intuición —digo.

Mamá pone su libro de texto, *Procedimientos Quirúrgicos*, en la mesa de examen y lo abre.

—Tienes buenos instintos, pero tienes que confiar en el conocimiento *aprendido*, no solo en la oración.

—Fue la escritura la que persuadió al Comandante para dejarte hacer la cirugía —le digo—. No un diagnóstico médico.

Mamá ríe.

—¡No era precisamente la primera vez que recibía mi ayuda! Sus hijos están todos martirizados, así que ahora está desesperado por que uno continúe llevando su legado.

—¿Has salvado a sus otras esposas?

—¡He salvado al mismísimo Comandante! —apunta a uno de sus ojos—. Aunque en aquel entonces, él era sólo un aviador.

Me inclino hacia delante.

—¿Conoció el Comandante a papá?

Mamá me interrumpe.

—No tenemos mucho tiempo antes de que Adnan llegue a casa para darnos una charla sobre la herejía de leer —dice ella, señalando el libro de texto médico—. Repasemos el procedimiento postoperatorio de nuevo.

Repetimos los pasos por los que me guió esta tarde. *Ella* cortó el vientre de Rasha. Pero yo levanté al bebé mientras Mamá cortaba el cordón umbilical. Taqiyah al-Ghuraba nos fulminó con ojos odiosos mientras Mamá me entregaba la aguja curvada y me enseñaba a coser el útero de Rasha de nuevo. He cosido muchas heridas, pero hoy fue la primera vez que reconstruí el sistema reproductivo de una mujer.

Fuertes golpes provienen de la parte trasera de la casa. Dos fuertes. Uno suave. Una pausa. Y luego se repite dos veces más.

Mamá adopta una expresión de preocupación.

—¿Se quedó Adnan fuera de la casa? —le pregunto.

—Quédate aquí —me indica ella.

Señala el gabinete médico. Escondo el libro mientras Mamá se apresura a ir a la cocina. A través de la puerta abierta, escucho susurros.

—Te dije que nunca vinieras aquí —dice Mamá.

—No teníamos elección —dice una voz de mujer—. El refugio está comprometido.

—¡Sabes que me vigilan!

—Si no recibe ayuda —dice la desconocida—, lo perderemos.

Alguien gime de dolor mientras los visitantes le arrastran a través de nuestra casa. Se trata de Humnah, la lavandera que viene cada semana para hervir las sábanas, junto con su escolta, su hermano Sadik. Entre ellos arrastra los pies un hombre apenas consciente, vestido como un Ghuraba, pero no posee barba.

—¿Hace cuánto tiempo sucedió esto? —Mamá pregunta.

—Temprano por la mañana —dice Sadik—. Le quitaron la bala de la pierna, pero las de su estómago necesitan un médico de verdad.

Mamá levanta la cabeza del paciente.

—¿Cómo se llama, Soldado?

—Lionel, señora. Lionel Everhart.

Tanto ella como yo nos congelamos al oír ese nombre.

—¿El hijo del Coronel Everhart? —Mamá dice, casi sin aliento.

—Sí, Señora —dice él, quien le da una sonrisa llena de dolor—. Nos conocimos una vez. Cuando su marido aún estaba vivo.

—Según lo que vimos en la televisión —Mamá dice—, usted está muerto.

Los ojos del hombre relucen, demasiado brillantes.

—Me cubrieron, Señora. Me ayudaron a escapar, y luego mi teniente dijo que era yo. Y nos parecemos lo suficiente —su cara se ensancha de dolor—. Deberían haberme ejecutado *a mi* hoy, Señora. No a él. Era un buen hombre.

La expresión de Mamá se suaviza.

—Usted es una figura insigne —dice gentilmente—. Si muere, también lo hará la rebelión.

Reflexiono sobre sus palabras mientras colocan al hombre sobre la mesa. Mamá coge sus tijeras quirúrgicas y corta la túnica del hombre, exponiendo su pecho. Alrededor del centro de éste, dos círculos escarlatas filtran sangre a través de un vendaje blanco.

—Prepárate para heridas de bala —dice Mamá.

Miro fijamente, inmovilizada, mientras corta el vendaje, exponiendo el primer pecho masculino que he visto desde que tenía nueve años.

—¿Eisa?

Me muevo torpemente, nerviosa mientras recorro los pasos en mi cabeza para realizar un procedimiento quirúrgico del cual he leído, pero que en realidad nunca he realizado. Pongo un par de pinzas recién esterilizadas, varias agujas curvadas y un hilo de coser negro común y corriente que ha sido sumergido en whisky y posteriormente secado.

Mamá habla de términos médicos que yo entiendo, pero no puedo mantener el ritmo. Mete sus pinzas quirúrgicas en una de las heridas. El hombre grita. Sus ojos revolotean mientras entra y sale de su conciencia.

—¿Eisa? ¿Ves el flujo sanguíneo? —me dice levantando una ceja, expectante. Incluso en estos momentos, me pone a prueba.

—Está demasiado lento —respondo—, dada la severidad de sus heridas.

—¿Cuál es tu diagnóstico?

—Su nivel sanguíneo está peligrosamente bajo.

—En su brazo —dice ella—, encontrarás un tatuaje. En la parte inferior debe estar su tipo de sangre.

Vuelve a cavar en el abdomen del hombre mientras yo le corto la manga y expongo el tatuaje rebelde. Es una estrella dentro de un círculo con un águila en la parte superior, un bulldog en la parte inferior, un tiburón en un lado y un delfín en el otro. Sé que representa a las cinco ramas de los ex militares, pero es la primera vez que las veo. Junto al collar del bulldog está marcado "O +".

—Él es O-positivo —le digo.

—¡Al-hamdu lillah! —Mamá se vuelve hacia Sadik.— ¿Alguno de ustedes puede ayudar?

—Soy donante universal — dice Humnah.

Ella enrolla su manga y espera mientras empujo una aguja larga y gruesa en su vena, y luego clavo el otro extremo en el hombre inconsciente. La sangre se filtra hacia su carne. Escucho con mi estetoscopio cómo su corazón se estabiliza. Mamá sostiene la primera bala entre sus pinzas.

—Eisa. Cose esta para poder tratar la otra.

—Pero nunca he cosido una herida de bala antes —protesto.

—Vas a coser muchas de ellas —dice—. Incluso los Ghuraba cambian sus creencias cuando *Malak al-Maut* viene a recoger sus almas.

Recojo una aguja de la bandeja.

—¿Dónde empiezo?

—¿Ves esa hemorragia dentro de su estómago?

—¿Golpeó la bala a una arteria?

—La lastimó —dice Mamá—. Cose eso primero, o seguirá sangrando internamente.

Me tiemblan las manos al llegar dentro de la herida. No se siente diferente de cualquier otra herida que he cosido antes, pero su carne arde con bastante temperatura, como si gritara *"soy un hombre"*.

Los ojos de Lionel se abren, revitalizados por la sangre de Humna. Son los ojos más azules que he visto, como el color del cielo en verano, con rayos plateados que irradian a través de su iris como polvo de estrellas.

—Lo siento, ¡lo siento! —me disculpo mientras reviso dentro de la herida.

Lionel hace una mueca, pero no vuelve a gritar. Sus ojos se ven intensos mientras me tambaleo debajo de su piel para encontrar la hemorragia. Me da una sonrisa agradecida, como para tranquilizarme.

—¡Lo siento! —vuelvo a decir

—Bien —dice Mamá—. Ahora vuelve a unirla.

Digo una oración para calmar mis nervios, y luego tomo la diminuta aguja curvada, encogiéndome cada vez que Lionel lo hace.

—Alá, guía mis manos.

Recito el dua para la curación mientras hago cada puntada cuidadosamente. Justo cuando estoy atando el nudo, escucho la voz de Adnan. Mamá y yo miramos hacia la entrada, aterradas.

—¡Cierra con llave! ¡Rápido! —Mamá susurra.

La puerta se abre antes de que nadie pueda moverse.

En la puerta, Adnan está cargando un cofre de madera lleno de dote de *mahr*. Detrás de él está el general Rasulullah, con su barba roja cuidadosamente trenzada, vestido con la ropa formal de una ceremonia de compromiso *Katb el-Kitab*. Detrás de él están dos testigos, miembros de los Ghuraba, con el objetivo de vincular legalmente la transacción.

—¡Ven! —Adnan grita—. Les dije que estaba enseñando cirugía a Eisa, no sólo a cómo traer bebés al mundo.

La sonrisa de Rasulullah se desvanece cuando se da cuenta de que la persona que está sobre la mesa no es una mujer.

Sadik y Humnah buscan debajo de su ropa. Rasulullah es más rápido. Pone una bala en el pecho de Sadik justo cuando el hombre saca su arma. Mamá grita. Un segundo Gharib dispara a Humnah antes de que pueda dejar su abaya a un lado.

Me quedo en silencio, estupefacta mientras los rebeldes caen al suelo. Su sangre se filtra en un charco mientras Rasulullah se dirige hacia la mesa de operaciones.

—¿Qué tenemos aquí? —pregunta.

Mamá se interpone entre ellos, sus ojos brillan como un águila protegiendo su nido.

—No toleraré esta carnicería en mi clínica.

—No tienes elección.

Él la empuja a un lado.

Lionel Everhart saca su intravenosa y, con un gemido de dolor, baja de la mesa de operaciones para ponerse de pie. Da un paso adelante, empujándome a mí y a Mamá detrás de él.

—No son ellas lo que buscas. Es a mí.

—¿De verdad creías que caería en esa trampa? —Rasulullah se burla—. ¿Enviar a tu Teniente a morir en tu nombre?

—No se trata de lo que es verdad, sino de lo que se percibe como tal —dice Lionel—. Acabas de probar en la televisión nacional que el Abu al-Ghuraba es falible.

El general Rasulullah coloca el arma en la cabeza de Lionel. El hombre no se estremece.

—Bueno, pues, ya estás muerto...

—¡No! —grito.

Rasulullah tira del gatillo. Los sesos de Lionel salpican toda mi cara. El General apunta el arma a Mamá.

—Conoces el castigo por ayudar a la rebelión.

—Soy un médico —dice Mamá—. No elijo bandos, ¡lo sabe mejor que nadie, *Mayor Eugenio Mellville*!

Rasulullah pone su arma en la cabeza de Mamá. Utiliza el cañón para trazar la cicatriz que corre por el lado de su cara.

—¿Segura de que *no* elije bandos, Maryam bint-Ali? Si no lo hiciera, yo nunca habría conocido al Abu al-Ghuraba.

Hace gestos a los dos Ghuraba.

—Llévenselas.

Capítulo 5

Poco después de que Papá desapareció, nos llevaron a La Ciudadela. Las habitaciones lucían nuevas, recién pintadas y sin manchas de sangre. Nos hicieron esperar tres días. Y entonces Mamá volvió y dijo que papá era un mártir.

Miro mi *tasbih*, todavía envuelto alrededor de mi muñeca. Bultos de color rosado grisáceo salen de los pequeños agujeros que atan las cuentas de tectita. Estoy cubierta con los restos de los sesos de Lionel Everhart.

Empiezo a llorar. ¿Por qué Alá me odia?

Toco los restos del hombre que alguna vez lideró la rebelión. He oído rumores sobre él. Susurros. Que algún día Lionel y los rebeldes nos harían libres. Mamá nos advirtió de no hablar de sedición. Las personas que hablan sobre la rebelión suelen ser agentes de La Ciudadela, tratando de identificar a los simpatizantes rebeldes. Incluso *pensar* en ello merece la decapitación.

¡Y pensar que nos atraparon con uno en nuestra casa!

Desanudo mis cuentas y las deslizo a través de mis dedos, tomando fuerza mientras recito mis oraciones.

—*La ilaha illa Alá*. Sé que estás ahí Alá. Sé que ves mis lágrimas. Sé que estás probándome...

Ruego por Mamá. Rezo por Nasirah y Adnan. Ruego por el hombre cuyos restos de su cerebro salpicaron mi *tasbih*.

La puerta se abre. El general Rasulullah me hace un gesto para que me siente. Levanta una silla y se sienta frente a la mesa. Mantengo mi mirada baja en su barba roja y brillante.

—¿Desde hace cuánto tiempo ha estado tu madre ayudando a la rebelión?

—No tenía ni idea...

Golpea su puño sobre la mesa.

—¡No me mientas!

Me hace saltar.

—Esta fue la primera vez que veía a un rebelde.

Un grito largo y agudo se filtra a través del respiradero. Rasulullah gruñe.

—Eso es lo que dijo tu hermano.

Tamborilea los dedos sobre la mesa, una mesa gris mate con marcas de cuchillo y manchas de color rojo oscuro. Mira la forma en que aprieto mi *tasbih* cada vez que un prisionero grita. Su comportamiento cambia, se convierte casi en un lobo.

—Bajo la ley, no sólo *tú* puedes ser condenada a muerte, sino también tu pequeña hermana.

Me estiro a través la mesa.

—¡Por favor! ¡No le haga daño a Nasirah! —le agarro la mano—. No tiene nada que ver con esto.

Las luces parpadean. Los gritos en los respiraderos de aire se desvanecen en un patético balbuceo.

Rasulullah sonríe cruelmente.

—¿Hay alguna cosa que puedas hacer para probar tu inocencia?

—¿Qué? —respondo sin pensar—. Haré cualquier cosa para demostrar que esto fue un error.

—Siempre he admirado a tu padre —dice—, y la forma en que nos dio la llave del arsenal nuclear estadounidense.

Lo miro, confundida.

—Mi padre murió como mártir por la causa.

—Si, por supuesto —Rasulullah luce molesto—. Pero antes de dar su vida, a la mayoría de los mártires les gusta resolver sus asuntos.

Se levanta y se acerca al espejo polarizado, mirándome a través del reflejo.

—Siempre me he preguntado —continúa—, ¿te dio algo? ¿Un pedazo de papel, un recuerdo, algo sentimental que tuviera una historia detrás?

Toco mi *tasbih*.

—No nos dio nada. Un día estaba con nosotras y al día siguiente se había ido.

Rasulullah golpea el espejo. La puerta se abre. Adnan entra, seguido por el Abu al-Ghuraba. Camina rígido, con los ojos enrojecidos de tanto llorar.

Rasulullah inclina la cabeza.

—Padre de los Extraños.

El Abu al-Ghuraba toca a Rasulullah en la cabeza.

—La paz sea con usted, mi *Mahdi*.

Trato de alcanzar a Adnan para consolarlo. Me empuja y se vuelve hacia el general Rasulullah.

—¿Hermano? —le dice a Rasulullah. Siento un tono esperanzado en su voz.

—Es demasiado tarde para hacer algo para ayudar a tu madre —dice Rasulullah—. Si el hombre no hubiera sido un rebelde, simplemente la habría azotado. Pero estaba haciendo algo mucho peor que practicar la medicina, ¿entiendes eso?

—Sí —Adnan resopla.

El Abu al-Ghuraba hace señas.

—No tenemos elección. Será lapidada mañana al mediodía.

—¡No!

Me lanzo hacia Adnan. —¿Cómo has podido hacer esto? ¿Cómo puedes traicionar a nuestra madre?

Adnan me golpea en la cara.

—¡Hice lo que tuve que hacer para mantener con vida a Nasirah y a ti! —se vuelve hacia Rasulullah—. ¿Así que todavía tenemos un acuerdo? ¿Me convertiré en *wali*?

Rasulullah hace un gesto de oración.

—Nuestro Padre ha autorizado el contrato él mismo. Me casaré con las dos, inmediatamente después de la lapidación.

Toma un momento asimilar lo que acaba de decir.

—¿Las d-d-dos? —miro a Adnan—. ¡Pero Nasirah tiene sólo nueve años!

El Abu al-Ghuraba agita su mano.

—El Profeta consumó su matrimonio con Aisha cuando tenía nueve años —aprieta el hombro de Adnan. —Explícale a ella, hijo.

Él y Rasulullah salen de la habitación. Esa pesada sensación de opresión sólo se aclara ligeramente. Adnan cruza los brazos.

—¿Explicar qué? —susurro.

—Ellos exigen que des una demostración pública de tu inocencia —dice.

—¿Qué tipo de demostración?

—Insisten en que tires la primera piedra.

Capítulo 6

Me quedé aquí una vez, el día en que anunciaron que mi padre era un mártir. Las cámaras nos filmaban, tres niños huérfanos y la viuda del Guardián, diciendonos que él había entregado el control de los misiles balísticos intercontinentales a los Ghuraba.

Un guardia me pincha en la espalda con su ametralladora.

—Quítate el hijab. El Abu al-Ghuraba quiere que la gente vea tu rostro.

Desato mi velo y me vuelvo hacia Nasirah.

—No tengas miedo. Adnan nos protegerá.

Es una pena que su primera salida al mundo desde que tenía dos años fuera *aquí*. Miro fijamente al extraño que agarra su brazo como si fuera una serpiente atrapando un ratón en sus colmillos. Seguro que se *parece* a mi hermano. Alto y descarado, la viva imagen de nuestro padre. Él mira fijamente a las cámaras mientras proyectan su imagen en las pantallas que rodean la zona de ejecución.

Un Imán asciende los escalones, cantando un dua sobre traición. Ruego que las cosas sean distintas esta vez, ¿quizá mucha gente le deba su vida a Mamá y se detengan? Mi estómago se aprieta mientras corren hacia los montones de piedras colocadas alrededor del campo, y toman algunas del tamaño de un puño.

La multitud calla cuando el Abu al-Ghuraba asciende los escalones. Se mueve cuidadosamente hacia el pequeño punto naranja que marca el lugar donde el micrófono recogerá su voz.

—El Profeta decretó un día que los fieles construirían un Califato, un paraíso en la Tierra donde el único dios sería Alá. Un instrumento de ese plan fue Maryam bint-Ali. Ella sedujo al General de Satanás del más alto rango y lo convenció de entregar las llaves de su arsenal nuclear.

—Eso no es cierto —le susurro a Nasirah—. Mamá amaba a papá.

El guardia golpea su M16 en mi espalda.

—¡Silencio!

Las dos grandes pantallas muestran un video de Papá dando al Abu al-Ghuraba una llave de oro. Estando tan cerca de las pantallas, puedo decir que el video fue cortado y pegado. La llave es falsa. Lo que en realidad ocurrió es que Papá estaba dándole la mano a otra persona.

—El Profeta advirtió que todas las mujeres son susceptibles al Mal, pero todos preferimos ignorarlo, porque, ¿quién ha tenido un hijo que no haya sido traído al mundo por la esposa del Guardián? Pero anoche, el propio hijo de Maryam —señaló a Adnan—, ¡nos informó que ella estaba confabulada con lo que queda de los Grandes Ejércitos de Satanás!

El general Rasulullah arrastra a Mamá, encadenada hasta los tobillos, desde el túnel que conduce desde aquí hasta la Ciudadela. Su rostro muestra hematomas y evidencia de mucho abuso. La arrastra al pozo de ejecución y la arroja al suelo.

—¡Buu! —la multitud abuchea.

Alguien se quita el zapato y lo lanza hacia su cabeza.

Si fueran sólo los hombres, creo que podría soportarlo, pero en medio de ellos hay muchas mujeres. Aunque todas están vestidas de negro, reconozco a sus acompañantes. Algunas de estas mujeres son pacientes que Mamá salvó.

El Abu al-Ghuraba desciende los escalones. El guardia golpea su M16 en el centro de mi espalda.

—Baja allí.

Adnan toma a Nasirah por la mano.

—No te preocupes. Nadie te va a lastimar.

Las cámaras los siguen mientras Adnan y Nasirah me abandonan con el guardia. Sigo detrás de ellos, agudamente consciente de que todo lo que hacemos está siendo transmitido a cada estación de televisión en el Califato.

El general Rasulullah la tira al piso para enfrentar al Abu al-Ghuraba, su juez.

—Maryam bint-Ali McCarthy —dice el Abu al-Ghuraba mientras sostiene su mano alzada—. Te declaro apóstata y traidora. Tu castigo es la muerte por lapidación.

Nos paramos sobre ella, tres verdugos. Ninguno de nosotros nos movemos para ayudarla, mientras los guardias la meten en el pozo y la entierran hasta su cintura.

—¡Es mentira! —Mamá grita—. Joseph cambió los códigos de los misiles para que ninguno de los dos bandos pudiera usarlos contra el otro.

Rasulullah le da una patada en la cara.

—¡Silencio, mujer!

—¡Joseph se llevó esas contraseñas a la tumba! —escupe.

El camarógrafo apaga el micrófono para que los espectadores ya no puedan oír lo que dice mientras uno de los guardias le pone una bolsa negra sobre la cabeza. El Abu al-Ghuraba grita sobre ella:

—Ayer aniquilamos a los líderes de nuestro enemigo, y ahora, hoy mismo, matamos a una serpiente en medio de nosotros —levanta un puño—. ¡Allahu akhbar!

—¡Allahu akhbar! —dicen los exacerbados espectadores.

Un camarógrafo empuja su enorme cámara de video en mi cara mientras el Abu al-Ghuraba se para delante de nuestro hermano.

—Adnan McCarthy, ¿hablas por tu familia?

—Sí, Señor —dice.

—¿Quieres intervenir en nombre de tu madre?

Sururro: «¡Oh, por favor! ¡Oh, por favor!», mientras agarro mi *tasbih*.

Adnan mira sin emoción a la cámara. Sus palabras golpean como un puño en mi intestino.

—Ella ha puesto una marca negra en mi honor. La única manera de restaurarlo es removiendola.

La bilis se eleva hacia mi garganta cuando el Abu al-Ghuraba pone sus manos sobre los hombros de mi hermano de la manera en que lo hace cada vez que acepta la promesa de un noviciado de ser un mártir.

—Tu padre estaría muy orgulloso de ti, Adnan McCarthy —dice—, pero *tu* fe nunca ha estado en duda. Hay otra persona a quien quieres proteger, ¿verdad?

—Sí —dice Adnan con una cara inamovible—. Mi madre expuso a mis hermanas a sus ideas heréticas.

La multitud murmura. Esto es una desviación del guion de una ejecución habitual.

—¿Y, sin embargo, insistes en que tus hermanas son fieles a Alá?

—Puede ver eso por usted mismo —dice Adnan—. Ellas rechazan a nuestra madre tanto como *yo*.

El Abu al-Ghuraba se inclina para recoger una piedra. Es más grande que mi puño. La sostiene para que las cámaras puedan filmarla, y luego toma mi mano.

—Se dice que sólo el que está libre de pecado puede lanzar la primera piedra —sus ojos negros se clavan en mi mente mientras me pone la piedra en la mano—. Así se dice, así será.

Se aparta y señala a mi madre. Mi pobre y fiel madre, cuyo único pecado es que nunca conoció a una persona herida a quien no curara. La muchedumbre de cuervos observa con una sádica expectativa mientras el Abu al-Ghuraba levanta su brazo, esperando que yo lance la primera piedra para poder dar permiso al resto de apedrearla.

—¡Lánzala! —Adnan susurra—. ¡O ellos matarán a Nasirah también!

Mi mano tiembla.

—Ve en paz, Eisa —la voz de Mamá se filtra por debajo de la bolsa negra—. Hoy, me reúno con tu padre en el paraíso.

—¡El único lugar al que vas es directo al infierno! —susurra el Abu al-Ghuraba.

Levanto la piedra sobre mi cabeza para echarla abajo. ¿Dónde le dolerá menos? ¿O tal vez sería más amable si la golpeara lo suficiente para acabar con su vida inmediatamente? ¿Dónde puedo golpearla para que no sufra?

¡Oh, cómo me gustaría tener una pistola para volar sus sesos como lo hicieron con Lionel!

—¡Lo siento Mamá! —mi voz sale como un grito angustiado.

Un rayo de luz atrae mi atención a la pantalla de video detrás del escenario. El camarógrafo ha capturado mi puño levantado bien alto para terminar la vida de mi madre. Debajo de la roca, los tres discos plateados que cuelgan de mi *tasbih* captan la luz del sol como tres diminutas estrellas. Las tres grullas tiemblan, como si en cualquier momento fueran a emprender vuelo y huir lejos.

Una furia, como nunca la había sentido, explota dentro de mi pecho. Me vuelvo hacia el gordo impostor con el ridículo turbante negro que está a mi lado, con sus ojos negros brillando de júbilo. Fuego, como un rayo, arde en mis venas.

—¡TÚ eres el Diablo!

Le estrello la roca en la cara.

—El día que desapareció, ¡mi padre dijo que TÚ eras el MAL!

La sangre explota fuera de la nariz del Abu al-Ghuraba. Tropieza, no anticipando que lo golpearía. Intento lanzar la roca de nuevo, pero el general Rasulullah me aborda en el suelo.

—¡Eres el Diablo! ¡Eres el Diablo! —grito mientras él dobla mi brazo detrás de mi espalda. —¡Mi padre te odiaba, nunca te habría dado los códigos de los misiles!

Algo duro se estrella sobre mi cabeza.

Todo se vuelve difuso. Alguien agarra mi pierna y me arrastra boca abajo sobre las rocas. Mientras me llevan lejos, veo a Adnan hacer a Nasirah coger una roca y lanzarla a la cabeza de nuestra madre.

Las rocas tintinean.

Mamá grita mientras la multitud desciende sobre ella como buitres.

Capítulo 7

Mi conciencia va y viene. Me toma un tiempo darme cuenta que me han puesto en una silla, atada de brazos y piernas mientras una intravenosa gotea una sustancia clara en mis venas que hace que mi brazo hormiguee. Esta es una habitación diferente de la que me trajeron antes. Más oscura. Más primitiva. Huele a moho, excrementos y sangre agria.

Una luz amarillenta y opaca penetra mi cerebro como un picahielos. Me pregunto si se trata de la misma luz que me inspiró a rebelarme. Por alguna razón, me río. No puedo evitarlo. ¿Y si sólo son mis nervios?

Una mano tira de mi cabeza. La luz proviene de un foco ordinario, la bombilla está tan cerca que casi forma una ampolla en mi cara por el calor que emana.

—Tremendo espectáculo el que diste. Nunca esperé eso, la hija obediente tiene coraje —dice una voz—.

Doy un vistazo a la luz. No necesito *ver* para saber que es el General Rasulullah.

—Estabas a punto de matar a mi madre.

—¿Oh? —él ríe—. Y ahora también te has matado *a ti misma* también.

Sé que debería preocuparme, pero parece que no puedo ceder al terror. Es como si, al decidir aplastar el rostro del Abu al-Ghuraba, una fuerza dormida dentro de mí despertó. Prefiero estar muerta que ser parte de su malvado juego.

—Sólo hazlo —le digo en voz baja—. Pon tu arma en mi cabeza y tira del gatillo.

—No es tan fácil —dice—. Creo que tienes información que necesito.

—Si hubiera sabido algo, te habría dicho para salvar la vida de mi madre.

Se pone en cuclillas frente a mí para que su cara esté a la altura de la mía. Su magnífico cabello rojo enmarca su rostro como la melena de un león, iluminada por el reflector, mientras toca mi mejilla.

—Esto podría haber sido bastante agradable —dice suavemente—. Tenía todo planeado para cortejar a la hija del Guardián.

Tiemblo mientras pasa su pulgar sobre mis labios.

—Una cara tan hermosa. Ni del Medio Oriente. Ni irlandesa. Un rostro *americano*, ¿creo? una mezcla de los dos —me dice, mientras sus dedos bordean el puente de mi nariz, haciendo una pausa para acariciar mis pecas—. Es una lástima que tenga que deformarlo.

Me golpea inesperadamente con un gancho directo a la sien. Grito.

Se levanta y me golpea de nuevo.

—¿Qué dijo tu padre antes de morir?

—¡No sé nada!

Me golpea de nuevo.

—¿Qué dijo tu padre antes de morir?

—¡Tenía nueve años!

Me golpea en el estómago, el abdomen, los pechos, el vientre. Su comportamiento se vuelve furioso, salvaje, como el de un animal.

—¡Durante siete años tu madre juró que tu padre no le había dicho nada! —grita—. Y luego, el día que la ejecuté, se jacta de que él cambió los códigos de los misiles.

—¡No sé de qué estás hablando!

Rasulullah retrocede, jadeando. Gesticula a dos hombres que están en las sombras. Se meten en el centro del foco, dos sarnosos chacales Ghuraba. Uno lleva un conjunto de cables de arranque. El otro inyecta algo en la vía intravenosa que me han metido en el brazo. Miro el líquido fluir hacia mis venas, vil y negro. He oído susurros acerca de las cosas que suceden dentro de La Ciudadela. El interrogatorio. Los sueros de la verdad. Las torturas salvajes hasta que te hacen decir lo que quieren oír.

El guardia evita mi mirada mientras sujeta una gigantesca pinza caimán en el dedo de mi pie izquierdo, y luego coloca el otro extremo en la piel entre mi pulgar y el dedo índice. Trato de resistir, pero con los brazos y las piernas atados a la silla, todo lo que puedo hacer es mover los dedos impotentemente. El hombre engancha el otro extremo del cable a un cargador de batería.

Rasulullah pone su dedo en la perilla.

—Lo haremos tantas veces como sea necesario para que me lo digas —dice—. Quiero saber *todo* lo que tu padre dijo la noche antes de que lo lleváramos.

—¡No me dijo nada! —digo y lloro.

Los iris de Rasulullah brillan malévolamente, como fosforesciendo en una cueva, mientras gira la perilla.

Un rayo desgarra mi cuerpo.

Grito.

—¿Qué fue lo último que te dijo? —dice Rasulullah.

—¡No puedo recordarlo!

Rasulullah vuelve a girar la perilla. Las luces parpadean. Mi cabeza se arquea hacia atrás mientras las ondas de electricidad me queman los nervios.

—¡Aaahhhhgggg!

—¿Qué fue lo último que te dijo?

—¡No puedo recordar!

Me electrocuta de nuevo, durante tanto tiempo que el foco se vuelve gris amarillento. El dolor agonizante desgarra mis venas y mis huesos. Lo que me inyectaron aumenta la experiencia. El tiempo y el espacio se mezclan en un terror estremecedor que parece no acabar.

Corta la corriente. Mi cabeza se hunde hacia adelante, así que estoy mirando mi *tasbih*. Me preparo para el próximo choque.

—¿Qué fue lo último que te dijo?

Levanto la cabeza y encuentro sus ojos verdes mirándome.

—Dios no podría haber pedido una hija mejor —le digo.

Rasulullah me golpea en la cara.

La habitación se vuelve misericordiosamente negra.

*

El foco se hace más brillante. Estoy en mi habitación, usando mi camisón con adornos favorito. Es cálido y de franela, con un cordón ojal blanco a través de la parte inferior donde toca mis rodillas, y hay un caballo rosado de *Mi Pequeño Pony* en la parte delantera. Al otro lado del pasillo, una Nasirah de dos años se sienta en su nueva cama de niña grande, jugando con su muñeca favorita.

Papá mira hacia adentro, todavía usando su uniforme de la Fuerza Aérea. Ahora es el principal general de la Presidenta, y luce cinco estrellas de oro sobre su pecho. Lo acompañamos el día que fue a la oficina oval para recibirlas. Me sentí muy importante dándole la mano a la Presidenta.

—¡Papi!

Ambas saltamos de nuestras camas y lo abordamos con un monstruoso abrazo de cosquillas. Nasirah no es mucho más alta que sus rodillas, pero yo llego a su pecho. Ambas lo abrazamos, porque le echamos mucho de menos. La Presidenta lo ha mantenido ocupado con cosas que no puede hablar con nadie más.

—¿Cómo están mis dos princesas esta noche? — pregunta.

—Mamá dijo que no estarías en casa hasta mañana.

Se sienta en la cama de Nasirah. Cuando lo abrazamos, él lanza un suave quejido, como si tuviera dolor.

Nasirah comienza a pescar en sus bolsillos, buscando un premio.

—¡Eh, tú! —dice mientras revuelve sus rizos oscuros y rubios—. ¿Qué estás buscando?

—¿Has traído algo de Kansas?

Ella ni siquiera sabe dónde está Kansas, pero lo oyó decirlo tantas veces que sabe que es el lugar donde papá a menudo trabaja. Yo, al menos, puedo señalar a Kansas en un mapa y recitar su ciudad capital.

Papá busca en su maletín. Saca un libro pequeño y rojo, no mucho más grande que un libro de bolsillo, con una cubierta de cuero y letras doradas. Es el tipo de libro que se encuentra en la sección de adultos de la biblioteca, no es el típico libro para niños.

—Ya he terminado con este —dice—. Creo que te encantará.

—¿De qué se trata? —Nasirah pregunta.

—Una princesa nativa americana —dice—. Se llamaba Lozen, era una doncella apache que luchaba al lado de su hermano.

Nasirah abre el libro y mira todos los dibujos. Entre el texto pueden apreciarse hermosas ilustraciones, dibujadas a mano. Ella no puede leer todavía, pero es muy inteligente para una niña de dos años. Con su dedo, traza una imagen de una mujer joven en un caballo pintado, blandiendo un arco y una flecha.

—¿Como Sayyida Zainab? —pregunta.

—Sí —Papá sonríe—. Eso es lo que me llamó la atención.

Zainab es la heroína favorita de Mamá. Cada vez que lee el Corán, aborda los pasajes como si nos estuviera contando una historia, no como los viejos pasajes polvorientos que el Imán lee en el Eid al-Adha, o el sacerdote cuando la abuela nos lleva a la Catedral Nacional.

Nasirah sostiene el libro. Ella no puede leer todavía, pero puede pronunciar todas sus letras.

—¿Me lo lees, Papi, por favor?

—No esta noche, princesa, tengo una reunión con la Señora Presidenta.

Coloca a Nasirah en la cama y besa sus rizos dorados, y luego es mi turno. Me abraza por bastante tiempo.

—¿Por qué estás tan triste, papá? —le pregunto.

Papá me cubre con las mantas hasta mis axilas.

—¿Recuerdas el mes pasado cuando tu maestro dijo que tendrías que diseccionar una rana? —pregunta.

—¡Me negué!

— Y te dieron una 'F'.

—¡No teníamos que matarla! —digo—. Los libros de medicina de Mamá me enseñan todo lo que necesito saber.

Papá me revuelve el pelo.

—¿Recuerdas lo que te dije, cuando tratabas de decidir si defender lo que creías u obtener una 'A'?

—Me dijiste que orara, como lo hace la abuela cuando alguien está enfermo —le digo—. Orar por una respuesta, y Dios-Alá me mostrará qué hacer.

—Siempre has sido sabia para tu edad —sus hombros se encogen—. Me temo que la Presidenta podría ordenarme que haga algo que siento es un error.

—Si Dios-Alá estuviera aquí, ¿qué te diría? —repito lo que dijo mi abuela, palabra por palabra.

Papá me mira.

—Quisiera que me asegurara que su tierra sobrevivirá.

Se mete la mano en el bolsillo y saca una pequeña y negra cuerda de cuentas. Las presiona en mis manos.

— Quiero que tengas esto.

Examino las cuentas. Pequeñas y negras, hechas de una piedra negra oscura y porosa que me recuerda a las rocas de piedra pómez negras en Hawai, o ¿quizás a un meteorito? Son cuentas simples, excepto por tres medallones plateados que cuelgan de la cuenta más grande que tiene una luna creciente tallada en él.

—¿Qué son?
—Es un *tasbih* —dice—. Un rosario.
—¿Cómo el que lleva la abuela?
—Es un rosario de oración —dice papá—. Este es musulmán, muy viejo. El hombre que me lo vendió dijo que alguna vez fue propiedad de la mismísima Khadija.
—Sayyida Khadija, ¿la esposa del Profeta?

Papá sonríe.

—Estoy seguro de que lo inventó. Pero me han traído suerte, porque el día que lo compré, conocí a tu madre.
—¿De verdad?
—Sí. Cuando lo compré, el hombre me contó una historia interesante.
—¿Qué clase de historia? —me inclino hacia delante con curiosidad.

Extiende el cordón de oración hacia fuera en una mano.

—Cada una de estas cuentas pequeñas representa una oración diferente a Alá —toca el gran abalorio que las conecta—, mientras que éste representa a Alá mismo.
—¿Y estos? —toco tres medallones de plata que cuelgan del abalorio mayor.
—Cada uno de estos discos representa a una de las hijas de Alá.
—¿Alá tiene tres hijas?
—Eso dijo el hombre.
—¿Por qué Mamá nunca me ha contado esta historia?

Envuelve las cuentas tres veces alrededor de mi muñeca. Su voz se desvanece cuando me cuenta una historia sobre las *al-Gharaniq*, las tres hijas de Alá que fueron borradas de la historia.

El dolor me vuelve a despertar mientras los guardias me tiran al suelo.

—Quiero ser como las hijas de Alá —murmuro.

La habitación se vuelve negra de nuevo.

Oigo la voz de Papá.

—Dios no podría haber pedido una hija mejor.

Capítulo 8

El *adhan* de antes del amanecer resuena a través de los altavoces. Me despierta gradualmente, un hábito de toda una vida atravesando la niebla turbia que me envuelve en un manto de oscuridad.

El dolor grita a través de mi cuerpo mientras la desorientación y las náuseas ceden gradualmente a una sensación abrumadora de terror. Hoy moriré. ¿O tal vez mañana? Rasulullah prometió muchos finales brutales. Inmolación. Decapitación. Cada muerte es más fantástica que la anterior. Pero ninguna parece más ominosa que otro día de palizas.

Me pongo de lado y vomito. No hay nada más que ácido estomacal, pero de todos modos me irrito, mi estómago empeora por el suero de verdad que me dieron y el hedor de mi propia sangre. Por un pequeño milagro, mi *tasbih* todavía se aferra a mi muñeca. Mi sangre se ha unido a la de Lionel.

Cuando muera, ¿dolerá? Sí. Así es como los Ghuraba mantienen el control. Ojalá hubiera tenido la fuerza para darle sentido a mi muerte *matando* al Abu al-Ghuraba en lugar de simplemente dejarle una nariz sangrante a aquel maldito.

El llamado a la oración comienza, aumentando y bajando de intensidad en un grito rítmico. Es sólo una grabación, pero quienquiera que sea el Imán, puedo oír la devoción en su voz. Me concentro en el significado, la oración detrás de la oración. Hoy moriré. Es *cómo* muera lo que importa. Moriré como un mártir. Como Hussein o Jesucristo o Juana de Arco, ¿o tal vez como Martin Luther King?

Me obligo a ponerme sobre mis manos y rodillas y doblo mi frente hacia abajo en el suelo en oración.

—Creo que vendrá la Hora de la Perdición — susurro—, en que Alá resucitará a todos los que están en sus tumbas.

Una paz familiar comienza a calmar mis estremecimientos de dolor. Aunque nunca he sido una chica ferviente, mis conversaciones con Dios siempre han sido sinceras, porque siempre he presumido que Alá/Dios es un dios amoroso y, hasta ahora, siempre he sentido que él me ama de vuelta.

—Creo que la pena por nuestros actos es la verdad...

Un sonido metálico y hueco me hace detenerme.

La puerta se abre. El ángel de la muerte aparece en la puerta, un rostro alto y oscuro, con sus alas negras acomodadas detrás de él como una capa. La luz del cielo brilla en la celda con él. En sus manos, lleva un M16.

—*Malak al-Maut* —susurro.

El ángel camina hacia adelante, vestido de pies a cabeza con vestimenta de combate desgastada, consumida por el uso y remendada con trozos de tela. Sus alas se desvanecen en un largo y negro sobretodo, con la capucha puesta para ocultar su cabello corto y su cara sin barba.

—Andrea, ¡está aquí!

Se arrodilla junto a mí, con una expresión sombría. No hay misericordia en sus ojos. No hay piedad. No hay compasión. Sus ojos brillan furiosamente con un tono azul contra sus rasgos cincelados, como el océano en invierno después del cese de una tormenta.

Aparece un segundo ángel, sólo que se trata de una mujer, increíblemente alta, sus hombros parecen de un hombre y con una nítida piel morena como una pieza de jaspe pulido. En vez de un hijab, ella cubre su pecho con su largo cabello trenzado.

—¡Rayos! ¡Está toda golpeada!

—Bien —dice el ángel de la muerte—. La cabeza de trapo recibió lo que merecía.

Me arrastra rudamente por mis pies. Grito mientras mi piel magullada y lesionados huesos lanzan rayos de dolor hacia mi cuerpo. ¿Es esto un demonio? ¿Ha venido a arrastrarme directamente al infierno?

—¡No por favor! —Grito—. No he terminado mi oración de muerte.

—¡Cállate! —Dice Malak al-Maut—Antes de que te dispare en la cabeza.

Me empuja fuera de la celda, hacia el pasillo brillantemente iluminado. Me encojo de nuevo mientras uno de los guardias que me torturaron ayer, el que me enganchó al cargador de batería, nos hace señas para que lo sigamos.

—Por aquí.

Malak al-Maut y el ángel bueno me llevan, casi arrastrándome, por las entrañas de La Ciudadela. Varias veces me golpean contra la pared y sujetan una mano sobre mi boca, incluso siento que me arrastran a un armario con una escoba.

Por fin el guardia abre una puerta y salimos a la luz gris de la madrugada.

Malak al-Maut extiende su mano.

—Gracias, te lo debemos.

El guardia estrecha su mano.

—Siento no haber podido hacer nada para salvar a los demás.

La expresión de Malak al-Maut se vuelve aún más seria, pero no está enojado con el guardia. Me *fulmina* con la mirada.

—Tu identidad falsa es demasiado importante para arriesgarla —dice.

El ángel llamado Andrea baja su M16.

—¿Estás listo? —pregunta.

—Sí —el guardia sonríe—. Que se vea real. No quiero decirles que una mujer me golpeó.

Andrea lo golpea en la sien con un violento gancho derecho. El guardia cae al suelo. Lo patea dos veces en las costillas antes de que el ángel de la muerte agarre su brazo.

—Oye —dice—. No tan fuerte, es uno de los buenos.

—Dijo que lo hiciera ver realista.

Lo golpea de nuevo, más suave esta vez, en el labio, pero sólo lo suficientemente fuerte como para sacarle sangre. Saca el *Janyar* del guardia y frota su propia sangre en la hoja, y luego lo presiona en su mano.

—Dulce sueños, amigo.

Ella se levanta. Junto a Malak al-Maut me arrastran a través de una serie de callejones mientras que el *adhan* de antes del amanecer se desvanece a través de la ciudad.

*

En algún momento me despiertan de una sacudida. Debo haberme desmayado. Ahora estamos en la parte de atrás de un camión, rodeados de cabras.

El camión se detiene.

Andrea me pone una mano sobre la boca.

—Shh, es un puesto de control.

Miro a sus marrones y oscuros ojos, ni amistosos ni hostiles. Malak al-Maut no está. Me alegro. Me asusta casi tanto como el general Rasulullah.

*

Estoy en mi habitación rosa, escuchando a Papá contarme una historia. Abre mi tasbih negro en su mano.

—*Este disco representa a Al-Lat* —*toca la primera grulla tallada*—. *Era una fiera diosa guerrera, semejante a Athena.*

*

Mi cama se balancea de un lado a otro. ¡No! Estamos en la parte trasera del camión. Malak al-Maut está de vuelta, mirándome desde el otro lado de la camioneta. Él y Andrea discuten en voz baja.

—¡Deberíamos haber perseguido al bastardo que lo mató! —la voz de Malak al-Maut suena mortalmente fría—. No pierdas el tiempo con una traidora inútil.

—Tu padre nos ordenó que se la lleváramos.

¿Quizá *me* llevan al paraíso? Debo haber muerto, y estos dos fueron enviados a recoger mi alma.

—Alabado sea Allah —susurro.

Aprieto mi *tasbih* a mi pecho. Dios vio mi sacrificio y lo consideró digno. Simplemente, no entiendo, ¿por qué el cielo huele a estiércol de cabra?

*

Papá me recibe en las puertas del cielo. Sólo que no se parece al paraíso. Parece mi habitación, con Nasirah durmiendo en la cama a mi lado, todavía pequeña, agarrando su nuevo libro en su pecho como un osito de peluche.

Papá señala el segundo disco.

—*Esta representa a 'Uzza. Fue una diosa del amor celestial.*

*

Un par de manos ásperas me sacan del cielo.

—Levántate, mierda inútil.

Grito mientras soy arrastrada por el tobillo desde la parte trasera del camión.

—¡Oye! —dice Andrea—. Tranquilízate, está muy herida.

—Bien. Tal vez muera.

—Ella no es quien mató a tu hermano.

Me arrastran a un vehículo diferente. Un automóvil, esta vez. Me meten en el maletero.

—No tengas miedo —dice Andrea—. Pero pase lo que pase, no hagas ruido.

La miro a los ojos. Son serios, de color marrón oscuro. No son amigables. Pero tampoco reflejan odio hacia mí.

Asiento con la cabeza.

Cierra el maletero, dejándome tendida en la oscuridad.

Me aferro a mi *tasbih*.

—Alá —rezo—, líbrame del mal.

*

Los discos brillan. Las tres grullas plateadas se vuelven cada vez más brillantes hasta que estoy de vuelta en mi habitación. Las cuentas brillan en la mano de Papá.

—¿Y a quién representa este disco? —pregunto.

—Manat —dice—. Ella es una diosa del destino.

Envuelve el tasbih alrededor de mi muñeca.

—...ellas eran las al-gharaniq, las tres grullas cuya intercesión se espera.

Acaricio las cuentas, los discos, las tres grullas plateadas.

—¿Y los hijos de Alá? —pregunto.

Papá me revuelve el cabello.

Alá no tiene hijos, sólo hijas.

*

Las cuentas se hacen cada vez más brillantes hasta que la luz nos rodea. Camino a través de un campo de hierba, hacia un granero rojo desgastado y un caserío minúsculo. Las flores silvestres brotan con un colorido brillo y un intenso perfume. Las abejas zumban. Todo tiene un brillo cálido y etéreo.

Un anciano camina a mi lado, deslizando mis cuentas entre sus dedos con un ritmo preciso. Sus manos se detienen amorosamente cuando llega a los tres discos plateados.

—¿Eres real? —pregunto.

Me da una sonrisa arrugada. En sus ojos, veo la luz del universo y todas las estrellas. Me devuelve el rosario. Me tiemblan las manos. Todo se vuelve brillantemente blanco hasta que todo lo que puedo ver son los tres discos plateados colgando de mi *tasbih*.

*

Me toma un momento darme cuenta de que la luz brilla a través de un viejo conjunto de cortinas amarillas guingán. Miro fijamente al techo, incapaz de concentrarme, hasta que me doy cuenta de que la razón por la que no puedo ver es que uno de mis ojos está hinchado. Aferro el *tasbih* a mi pecho.

«Mamá...»

Mamá está muerta.

Me doy vuelta y lloro, mis sollozos desgarran mis moretones y huesos fracturados.

Fuertes voces se filtran a través de las paredes. ¿Tal vez mi propio destino aún no está resuelto? Deslizo mis pies desde debajo de la seguridad de las cubiertas y los coloco en el piso. Desnudos. Sin calcetines. El frío irradia a través de las tablas del suelo. Alguien cambió mis ropas a un camisón de franela gastado. Sobre la silla, a mi lado, reposa una bufanda de lana de hombre, no un hijab, sino una lo bastante ancha como para cumplir su función.

Me cubro el cabello y luego me levanto, aferrándome al estribo hasta que la habitación deja de girar. Las voces se hacen más fuertes cuando abro la puerta del dormitorio. El pasillo más allá es oscuro y tiene filtraciones, pero luce limpio. Camino cuidadosamente hacia las voces, consciente de permanecer en las sombras.

Dos hombres discuten alrededor de la mesa de la cocina, el hombre que confundí con un ángel de la muerte y otro hombre, más viejo, más circunspecto, vestido con un uniforme de la Fuerza Aérea, igual que el que Papá solía llevar. Por la puerta se alza el ángel llamado Andrea, con los brazos cruzados, de pie. No era mi imaginación. Ella *es* tan alta como un hombre.

Un tablón del piso cruje. Andrea me descubre.

—Señor, está despierta.

El ángel de la muerte se vuelve hacia mí, sus ojos azules brillan furiosamente. La sombra de su barba le da un aspecto rudo y peligroso.

—¿Ves? ¡Está espiando!

El hombre mayor hace señas para que me acerque.

—Señorita McCarthy, venga y únase a nosotros.

Me acerco hacia ellos, con una mano agarrada a mi *tasbih* a pesar de que parece que mi rescate no tuvo un origen divino, después de todo.

El ángel de la muerte se levanta. Empuja la silla con tanta fuerza que casi se cae. Su figura se impone sobre mí por casi medio kilómetro.

—Dillon ...— el hombre mayor gruñe.

—Voy a patrullar el perímetro, Señor.

Camina hacia la puerta y la abre, cerrándola de golpe detrás de él, sin recibir autorización para salir.

El hombre mayor se vuelve hacia Andrea.

—Vaya con él, Sargento. Me gustaría hablar a solas con la señorita McCarthy.

—Señor —Andrea saluda.

Sigue al ángel de la muerte, Dillon, por la puerta.

Me siento al otro lado de la mesa, frente a un hombre que debe tener alrededor de cincuenta años; su cabello luce mechones color gris. Su uniforme, aunque está bien planchado, muestra evidencia de un uso demasiado excesivo. Sus broches de rango, sin embargo, permanecen tan recién pulidos como un par recientemente dado por la Presidenta. Un par de alas de plata. Y un broche laminado en oro que indica su rango de Coronel.

—¿Se acuerda de mí, Eisa?

—No, Señor. No creo que nos hayamos conocido.

—Soy el Coronel Richard Everhart. Serví bajo el mando de su padre.

—Everhart, ¿está relacionado con ...?

Miro mi *tasbih*. Ya no puedo ver sus sesos, pero sé que todavía están allí.

—Lionel era mi hijo —dice y su voz se estrangula

Su cara se tuerce de angustia. Mira hacia otro lado y toma unas contenidas respiraciones.

—Lo siento, mi madre hizo todo lo que pudo.

—Y ahora está muerta —dice suavemente.

Las lágrimas se deslizan por mis mejillas.

—Sí Señor.

Un largo silencio se extiende entre nosotros. ¿Qué puedo decir? ¿Murió mi madre porque trató de ayudar a su hijo? ¿O murió su hijo porque mi hermano nos traicionó a todos?

—¿Señor? —pregunto finalmente—. ¿Por qué me salvaron?

El Coronel se recuesta en su silla.

—Antes de que la mataran, su madre gritó algo a las cámaras, ¿se acuerda?

—Todo ocurrió muy rápido, Señor.

—Dijo que su padre cambió los códigos de acceso al sistema de defensa antimisiles. ¿Sabe si es cierto?

Me toco la mejilla donde mi ojo está hinchado.

—No sé nada de eso, Señor. Sólo sé que los Ghuraba dijeron que mi padre murió como mártir.

El Coronel ríe.

—Les dije a los otros que tendría que hacer frío en el infierno antes de que el general Joseph McCarthy vendiera a su país, y durante siete años los Ghuraba han mantenido la amenaza de usar el arsenal nuclear de Estados Unidos contra el resto del mundo.

—No sé nada de esas cosas, Señor. Mi madre nos prohibió discutir sobre política o rebelión.

—Una mujer inteligente —dice—. Quería mantenerla con vida.

Su expresión se vuelve enigmática.

—¿*Cuánto* le dijo su padre sobre lo que hacía para trabajar?

—Sólo recuerdo que a veces la Presidenta solía llamar a nuestra casa.

—¿Alguna vez escuchó algo? ¿Tal vez habló de la guerra con su madre?

—Nunca hablaba de su trabajo, Señor. Y no se nos permitía preguntar.

—Sí —suspira—. Así es como los secretos de Estado *deben* ser manejados.

Mira hacia la puerta por la que Dillon y Andrea acababan de salir. Una discusión enfadada se filtra.

—Durante siete años hemos estado luchando contra los Ghuraba —dice el Coronel—. Siguen tratando de reconstruir, *nosotros* seguimos combatiéndolos con explosiones para que no nos aventajen con sus armas. Pero a pesar de que tienen a su disposición todo el arsenal nuclear estadounidense, nunca han lanzado ni siquiera una ojiva a ninguna de nuestras fortalezas.

—Ellos lanzaron bombas dentro de las ciudades — digo—, recuerdo eso.

—Eran armas nucleares tamaño maleta y misiles de corto alcance extraídos de nuestros submarinos. Pero nunca lanzaron los más grandes, los misiles balísticos intercontinentales.

—Tienen fotos de ellos por toda la ciudad —añado—, con los Ghuraba sentados sobre silos de misiles.

Él me mira con una sonrisa sombría.

—Pero nunca han publicado una foto *dentro* de esos silos, ¿verdad?

Miro mi *tasbih*. ¿Que se supone que debo decir? Hasta hace tres días, Mamá nos prohibía pensar en esas cosas.

—Si los Ghuraba tienen esos terrenos —le pregunto—, entonces ¿por qué no pueden entrar?

—Son instalaciones fortalecidas —dice—, diseñadas para sobrevivir a un golpe nuclear directo. Si su padre las bloqueó, sólo alguien con las contraseñas podría acceder a ellas sin destruirlas.

—No me dijo nada, Señor. Tenía nueve años cuando murió.

El Coronel golpea con el puño sobre la mesa.

—¡Maldición! Tuvo que dárselas a alguien, porque no los lanzó, y tampoco los Ghuraba.

—¿Tal vez le dijo a Mamá?

Pasa los dedos por su cabello corto, lleno de pelos grises.

—Rasulullah puede ser persuasivo, como lo ha descubierto —señala mi cara—. Si Joseph le contó esto a su madre, se llevó ese secreto a la tumba.

Pone su pulgar y un dedo en los labios y da un silbido corto y agudo. La puerta se abre. Andrea entra y saluda.

—Señor.

—Haremos lo que hemos discutido.

—Sí Señor —me mira con desdén—. Vamos, princesa. El Coronel dijo que debo convertirte en un soldado.

Me pongo de pie, sin saber si saludar al Coronel o estrecharle la mano. Espero a que se levante y me despida, pero no se levanta. Miro entre ella y él.

—¿Y mi hermana menor?

El Coronel Everhart coloca esa *misma* mirada que Mamá solía tener cada vez que tenía que decirle a un paciente que era terminal.

—Lo siento, señorita McCarthy. Apareció en todas las noticias: su hermana está ahora casada con el general Rasulullah.

Capítulo 9

Andrea me saca de la casa bajo la odiosa mirada de Dillon. El aire exterior es frígido y gris. El granero, sin embargo, se ve exactamente igual al de mi sueño. Alguna parte de mi mente debe reconocer hacia donde me llevan.

La mujer va al vehículo y abre el maletero.

—¿No me vas a hacer subir de nuevo? —retrocedo.

Andrea resopla.

—Este vehículo está más caliente que una hemorroide en el ano del Abu al-Ghuraba —dice—. La regla número uno para evadir al enemigo es cambiar el modo de transporte contantemente.

Saca un par de pantalones vaqueros, una camisa de hombre y un abrigo de franela. El tartán es marrón opaco y beige.

—Estos son demasiado grandes —dice—, pero te mantendrán a buena temperatura.

Me dirijo a un establo de caballos vacío para cambiarme. La ropa esta vieja y desgastada, pero limpia. Los calcetines, sin embargo, parecen ser nuevos, como si alguien los hubiese tejido a mano. No tengo otra opción que ponerme mis propios zapatos, todavía cubiertos de sangre seca. Cuando salgo, Andrea ha recogido su pelo trenzado. Me da una gorra de béisbol.

Pon esto sobre tu cabeza.

—¿Por qué? —pregunto— Tengo mi hijab.

Andrea coloca una mano sobre su cadera.

—Escucha, princesa. El asunto es el siguiente —dice con voz ronca—. Yo te doy órdenes. Tú las obedeces. ¿Entiendes?

Le doy una expresión tímida.

—Sí, Señora.

Lo pongo sobre mi hijab y me quedo estúpidamente detrás del auto mientras Andrea termina de meter cosas en dos mochilas. Me entrega una de ellas.

La sigo hacia afuera.

—Siempre mantén la cabeza baja —dice.

—¿Por qué?

—Los drones están en todas partes —dice, gesticulando hacia arriba—. Ellos tienen este software de reconocimiento facial que puede identificarte desde veinte millas de distancia, poner tu cara en una computadora y compararla con todas las personas que han escaneado.

—¿Por qué me escanearían?

—Acabas de romper la cara de un famoso tipo con nariz de halcón en la televisión nacional, cada Ghuraba del país te está buscando en estos momentos —Andrea dice, lanzando una risa irónica.

Salimos a través del campo, bordeando un muro de piedra y una línea de árboles. Debe haber nevado anoche, porque no hay señales de las huellas de los neumáticos del vehículo que nos trajo. Andrea me conduce a través de un puente de piedra, parcialmente destruido. El río gorgotea lentamente bajo nosotros, ahogado de nieve y hielo.

Inmediatamente el camino sube hacia las montañas. La nieve se hace más gruesa.

—Mantente a la sombra de los árboles —dice.

Pasamos un letrero que dice *"Camino Woodstock Tower: cerrado en invierno"*. Andrea se queda en silencio.

—¿Dónde estamos? —jadeo hasta la colina detrás de ella.

—Fort Valley —dice con una voz cortante.

—¿El lugar en que los Ghuraba derrotaron al ejército estadounidense?

Se mete las manos en los bolsillos y camina más rápido. Mis pulmones comienzan a arder. Una puntada duele en un lado de mi cuerpo. Incluso si no estuviera herida, tendría dificultades para mantener el paso de esta mujer Amazona. Estoy sin aliento cuando la alcanzo en un círculo, lleno de casas rodantes quemadas. Nos miran fijamente, los cadáveres ennegrecidos de Winnebagos y Airstreams.

—¿Qué es este lugar? —pregunto.

—La batalla de Fort Valley.

Caminamos a través de las casas rodantes en silencio. Hay cientos de ellas, estacionadas una al lado de la otra, cubiertas por una capa de nieve.

—Mi padre solía llevarnos a acampar en Powell Mountain —dice Andrea—. Cuando los Ghuraba bombardearon el edificio del Capitolio de los Estados Unidos, él nos montó en una casa rodante y nos trajo hasta aquí.

Señala a los cientos de casas rodantes quemadas.

—Pensó que estaríamos seguros a cien millas de la ciudad, todos tenían la misma idea, huir, esperar, nadie quería pelear, todos pensaron que era trabajo de otra persona salvarlos.

Se detiene frente a una de las casas rodantes.

—Mi madre estaba allí, haciendo el desayuno con mi hermana pequeña, cuando los Ghuraba vinieron con helicópteros de ataque Apache y camionetas —mira fijamente a la casa rodante echa pedazos—. Al principio pensamos que se trataba del ejército de los Estados Unidos que venía en nuestro auxilio, pero nisiquiera tuvieron la oportunidad de hacerlo.

—Lo siento.

Andrea comienza a caminar de nuevo hasta que la curva se estrecha en un sendero apenas visible. Avanzamos a través de matorrales hasta que el sendero se abre sobre un gran barranco. Nos quedamos allí, contemplando el acantilado. Un revoltijo de palos se encuentra en el fondo, cubierto en una manta de nieve blanca como la ceniza.

—Cuando terminaron —dice—, reunieron a los supervivientes y nos hicieron venir aquí.

Señala hacia abajo.

—Allí es donde Lionel me encontró.

Miro los palos, cubiertos de nieve. Algunos son largos, otros cortos de color gris blanquecino. Aquí y allá, algunos se agrupan como una jaula de pájaros curva. Excepto por ese, es redondo...

Aprieto mi mano sobre mi boca al reconocer el esqueleto de un niño humano, visible en un lugar donde el sol derritió la nieve.

—Mi padre era un ministro metodista —dice—. Cuando los sunitas y los chiítas se bombardearon unos a otros, los ayudó a encontrar apartamentos, llevó a sus hijos a la escuela y les consiguió empleos —suspira—. Dijo que era lo que un cristiano debía hacer.

Su voz suena curiosamente desprovista de emoción.

—El Gharib que me disparó fue uno de los hombres que él había ayudado. Mi padre le rogó que perdonara nuestras vidas, pero el hombre sólo se rió. Dijo que fuimos estúpidos por dejar que el Diablo entrara en nuestra puerta.

Señala la cicatriz que corre desde su sien hasta donde nace su cabello.

—Me disparó primero, pero no me dio muy bien. La caída me sacó el aire, así que sólo pude mirar mientras mataba a mis hermanos y a mi padre.

—¿Pero Alá te sacó de ahí?

—¡Sobreviví porque me escondí! —su voz se alza con ira—. ¡Me escondí bajo sus cuerpos!

Pisa a través de un montón de nieve a lo largo del borde del barranco. Me apresuro a alcanzarla.

—Lionel Everhart me encontró unos días más tarde —dice—. Prometió que nunca más tendría que esconderme como un cobarde. Y luego me enseñó a pelear.

Mete un dedo en mi pecho.

—A dónde vamos, hay un montón de gente como yo que ha pasado los últimos siete años luchando contra gente como *tú*. Sí apenas parpadeas, te matarán y no los detendré. ¡No me importa lo *que* diga el Coronel!

Empieza a caminar. Me apresuro tras ella, jadeando para mantener el ritmo.

—Deberían enterrarlos —digo—. Estas personas no pueden descansar en paz si no las entierras correctamente.

Su reacción es explosiva. Aterradora. Enojada. El ángel de la venganza gira y golpea sus manos en mi pecho, tumbándome al suelo.

—¡¡¡NO HAY VIDA DESPUÉS DE LA MUERTE!!! —grita—. ¿Me escuchas, musulmana? No hay Jesús. No hay 72 vírgenes. No hay ángeles en el cielo, ¡DIOS mató a estas personas!, así que, ¡puedes decirle a tu Dios que se vaya al infierno!

Aprieto mis manos a mi cara, tratando de proteger mis órganos vitales de una paliza que finalmente nunca llega. Andrea se aleja. Me quedo en la nieve, temblando, hasta que estoy segura de que no tiene la intención de matarme.

Me levanto despacio y miro fijamente a la pila de huesos, de mil metros de ancho y por lo menos treinta cuerpos de profundidad. Cuando el viento silba a través del cañón, puedo oír a las víctimas gritar.

—¿Alá? —imploro, llorando—. ¿Por qué?

Esta no es la obra del Profeta. ¡No puede ser! ¿O tal vez lo es? Los Ghuraba siempre enmascaran su agresión con palabras de piedad. Palabras citadas de Muhammad. Palabras del Corán. Pero ni siquiera *ellos* se jactan de esta clase de matanza. Desafía todo lo que creo acerca de Alá.

Digo una oración por la gente en el barranco antes de correr detrás de Andrea. La encuentro a media milla del camino, apoyada contra un árbol, con los ojos bien cerrados.

No llora. No derrama lágrima alguna.

En el momento en que me oye, se endereza y vuelve a caminar como si nada hubiera pasado.

Luego de un instante, el camino se curva hacia el otro lado de la montaña. Caminamos en silencio hasta que termina en un campo, alguna vez productivo, que ha comenzado a ceder a matorrales y árboles de pino. No hay canto de aves aquí. Ningún chirrido de ardillas rayadas. No hay zorros cavando a través de la nieve o buscando presas. No necesito que Andrea me diga que estamos en una zona nuclear. Caminamos por el camino de tierra hasta que una vieja camioneta fangosa viene tambaleandose con una cabina golpeada.

Andrea le hace señas al conductor.

—Aquí está nuestro transporte.

Los frenos chillan mientras la vieja hojalata se detiene. Creo que quizá era azul, aunque es difícil de decir debido a sus diversos guardabarros. Montadas en el parachoques, dos antenas latiguean hacia adelante y hacia atrás con cada sacudida, una para radioaficionado, la otra parece ser para Banda Ciudadana. Las radios hacen un crujido mientras el conductor baja la ventana manualmente.

Noto que le faltan dos dedos en la mano izquierda.

—¡Vaya inusual compañía la que tiene estos días, Sargento! —dice el conductor.

—Ajá.

Hay una pausa larga mientras el conductor me estudia.

—Muy bien, ubiquela en la parte de atrás.

Ella gira la manija y levanta la puerta de la cabina. En la parte de atrás, van sentados tres hombres jóvenes que llevan los ojos vendados.

El terror acelera mi corazón.

—¡No dijiste que yo era una prisionera!

El joven más cercano a mí, asiático, a juzgar por su cabello lacio y negro y su tez dorada, se vuelve hacia mi voz y me da una sonrisa. Lleva una etiqueta que dice, "Yong".

—¿Oye, Rosseau? —dice Yong—. ¿Vienen chicas en este viaje?

El segundo hombre, Rosseau, un joven alto y esbelto de tez clara, toca con su codo al gran hombre que parece un oso sentado a su lado.

—¿Oyes eso, Maximov? ¿Quizá puedas encantarla con tu característico mal genio?

Maximov tiene hombros gigantes y una mandíbula cuadrada que incluso haría temblar a un *linebacker*, pero su expresión no es hostil. Simplemente se ve curioso. Sus fosas nasales se expanden, pero no habla. Simplemente gruñe.

—¡Oficial en la cubierta! —dice Andrea.

Los tres jóvenes hombres se ponen firmes ante la orden.

—¡Señor!

—Tenemos un nuevo recluta —dice Andrea—. Su trabajo es cuidarla como la novata que es.

—¡Sí Señor! —Los tres dicen juntos.

Andrea me empuja.

—No pierdas el tiempo. Cada segundo que se detiene el conductor aumenta el riesgo de que un ojo en el cielo pueda vernos.

Ella se arrastra detrás de mí. El camión se tambalea hacia delante, incluso antes de que tenga la puerta cerrada. Señala mi improvisado hijab.

—Envuélvelo alrededor de tus ojos.

—¿No quieres que pueda encontrar mi camino de regreso?

—No quieren que sepamos a dónde vamos —dice Yong.

—Es un procedimiento estándar —dice Rosseau—, para la protección de la base, así como la nuestra, Señora.

—Sí —dice Yong—. De lo contrario, tendrían que matarnos si demostramos actitudes cobardes y queremos irnos.

Rosseau y Yong intentan golpearse el uno al otro con los ojos vendados. Fallan y terminan golpeando a Maximov.

—Me golpeaste de nuevo —gruñe Maximov con un acento ruso—. Te romperé las manos.

—¡Anímate, hombre! —Yong se ríe—. No te haría daño usar un poco de encanto... —dice, sonriendo en mi dirección—, para las damas.

—Esta *dama* rompió la cara del Abu al-Ghuraba —dice Andrea.

—¿En serio? —dicen todos a la vez.

—Todos los canales piratas han estado reproduciendo ese video repetidamente —dice Rosseau.

—¡Ya era hora de que alguien tuviera los cajones para hacer eso! —dice Yong.

—¿Cajones? —pregunto.

—Emm, ¿bolas? —dice Yong.

—¿Bolas?

Andrea resopla. Los tres hombres se ríen.

Maximov se acerca, hurgando con su mano, hasta que siente mi antebrazo.

—¿Eres musulmana?

El miedo tiembla en mi vientre.

—Sí —susurro.

Pienso: «*Por favor, que no me tenga rencor.*»

El gran oso ruso me aprieta el brazo.

—Si alguien te molesta, me dices. Le rompo la cara.

Sostiene su mano ciegamente debido a su venda. Tomo su mano y la agito. Los otros dos hombres se acercan para hacer lo mismo.

Envuelvo mi hijab alrededor de mis ojos para no ver.

Capítulo 10

Es difícil saber hasta dónde conducimos. Varias veces el conductor da la vuelta. Regresa al bosque y todos quedamos en silencio mientras un convoy de camiones, que deben ser grandes juzgando por el sonido que emiten, pasa por delante de nosotros.

—Tienen ojos en el cielo y cámaras infrarrojas —susurra Yong—, pero hay tanto territorio para cubrir que, mientras actuemos como agricultores, por lo general nos ignorarán.

Gradualmente, la luz que se filtra a través de mi bufanda se oscurece. Los hombres se extienden a tomar una siesta. Lucho para permanecer despierta, pero me siento agotada, y mis costillas palpitan como si estuvieran rotas por la paliza de Rasulullah. ¿Qué haría Taqiyah al-Ghuraba si me viera acostada con tres hombres extraños?

Tres hombres muy *cálidos*.

Poco a poco mis ojos se cierran mientras me extiendo y sucumbo a mi agotamiento. Sueño con el anciano, pero no dice nada. Simplemente va a mi lado, tocando mi *tasbih* con sus dedos.

—¿Eisa? —dice una gruesa voz rusa—. Despierta.

El camión se detiene. El conductor apaga el motor.

—Estamos aquí —dice Andrea—. Mantén tu venda en los ojos hasta que yo te lo diga.

Los hombres gimen mientras bajamos del camión y nos estiramos. El viento aúlla con un grito solitario, atrapado en las garras del invierno, sin un sonido más que el crujido del hielo.

—¿Estamos en una zona radioactiva? —pregunto.

—Haces demasiadas preguntas —dice el conductor.

Todos unimos las manos mientras el conductor nos guía, todavía con los ojos vendados, a través del terreno desigual hasta llegar a una barandilla de cuerda. A lo lejos, un lobo aúlla, pero no hay respuesta. Me obligo a no encogerme contra los hombres.

—Quédate en el camino —dice el conductor—. Sigue a la persona delante de ti y no sueltes la cuerda, si te resbalas, sujétate. Si te sueltas, vas a caer de un lado a otro y terminarás con los huesos rotos.

Mi corazón salta hasta mi garganta mientras doy un paso delante del otro, demasiado consciente de la forma en que mis zapatos se deslizan en la nieve mientras el sendero gira bruscamente cuesta abajo. Siento fuertes arañazos en mi cara. El conductor y Andrea nos guían, pero cuando llegamos al fondo, los cuatro, incluso Maximov, estamos temblando.

—Creo que están haciendo esto para asustarnos — susurra Rosseau—. Los reclutas superiores probablemente nos están viendo caminar a través de un campo plano, riéndose de nosotros.

No se *siente* como un campo plano.

Por fin entramos en una habitación que hace eco. ¿Probablemente de concreto? Una puerta de acero se cierra detrás de nosotros.

—Está bien —dice Andrea—. Pueden quitarse los vendajes.

Retiro mi bufanda y parpadeo ante la bombilla pálida y desnuda que cuelga de un cable. El aire aquí es húmedo y mohoso, frío y terroso, pero no frígido como el aire exterior. Las paredes ondulan como un túnel excavado con una pala y un piquete, con maderas toscamente talladas, clavadas cada ciertos metros como soporte. La mayoría de las tablas parecen muy viejas, pero algunas parecen haber sido sustituidas recientemente. El túnel se curva hacia abajo hasta que desaparece.

—¿Dónde estamos? —pregunta Yong.

—Una cueva —dice Andrea—. Esto es todo lo que necesitas saber.

El túnel tiene una sensación solitaria y desolada mientras caminamos por lo que parece ser millas, parando periódicamente para apagar la cadena de bombillas detrás de nosotros y encender la siguiente por delante. Nuestras pisadas hacen ecos huecos al pasar por ratones y arañas y cosas que se deslizan pero, a pesar de su antigüedad, el túnel parece bien mantenido y despejado.

Poco a poco comenzamos a oír voces y el sonido de maquinaria. Dos corredores más conectan con éste. En las paredes, se han pegado fotografías y trozos de papel llenos de nombres.

Caminamos en silencio más allá del monumento a los muertos. Millas de túnel. Hombres, mujeres, niños, jóvenes y ancianos, muchos de ellos fallecieron dentro de los primeros meses de la toma del poder de los Ghuraba. Algunas de las fotografías han caído. El conductor hace una pausa para pegarlas de nuevo en la pared.

Varios túneles más conectan con este. Las voces se vuelven más coherentes. Los monumentos conmemorativos se transforman en rebeldes con armas automáticas. Los muertos se enumeran por unidad y qué batalla lucharon el día que murieron.

Me detengo en un monumento reciente donde once rostros que reconozco han sido recientemente agregados. Debajo de ellos alguien levantó un taburete con una vela y baratijas. Digo una oración rápida por los hombres que fueron decapitados, y luego me apresuro a alcanzar a Andrea y a los otros hombres.

El túnel se abre en la caverna natural más grande que he visto.

—¡Vaya, vaya! —Yong silba.

—He oído hablar de este lugar —dice Rosseau—, pero las palabras no le hacen justicia.

Todos miramos hacia arriba, a un techo lo suficientemente alto como para aparcar una docena de remolques de tractores apilados uno encima del otro. Enormes estalactitas en forma de dientes de dragón cuelgan siniestramente, como si en cualquier momento la caverna pudiera morder, mientras que en el suelo de la cueva las estalagmitas han sido talladas y reemplazadas con un suelo de concreto liso. De un extremo a otro tiene que medir por lo menos dos campos de fútbol de largo.

En el centro, una mujer de piel morena guía a un grupo de soldados, la mitad de ellos mujeres, a través de una rutina de flexiones, abdominales y saltos. Todos llevan restos de uniformes militares de los Estados Unidos, con mucho más uso, incluso más allá del punto en que cualquier persona decente los habría tirado. Con sus camisetas sin mangas sudorosas, las mujeres muestran mucha más piel de lo que he visto en cualquier momento, excepto cuando estoy desnuda en la ducha.

Con un suspiro, Andrea tira su mochila.

—Dile a Crisálida que me guarde un poco de cena.

Con un gruñido, el taciturno conductor empuja el vehículo que ha arrastrado detrás de nosotros toda la caminata hacia un lado, con apenas una palabra de despedida.

—Vamos —dijo Andrea—. Instalémonos.

Nos conduce más allá de los hombres y mujeres que entrenan, tal vez cien. La caverna reduce el tamaño de los destartalados soldados, pero sus gritos resuenan en sus paredes como el fantasma de un batallón entero.

—¡Mira! —susurra uno de los rebeldes—, esa es...

Toco mi rostro, mi ojo, todavía hinchado y cerrado. ¿Me reconocen? ¿O mis heridas causan ofensa? Acerco más mi hijab a mi cara, pero sólo empeora las cosas.

Uno por uno, los rebeldes se detienen a *mirarme*.

La Sargento que los instruye, quien debe provenir del este de la India por su cabello oscuro y su apellido, Daksh, visible en la etiqueta de su pecho, descansa una mano en su cadera.

—¿Estamos ahora con el enemigo, Sargento Mayor?

—Órdenes del Coronel —gruñe Andrea.

—¿Las mismas órdenes que mataron a Lionel? — Dice Daksh.

Andrea me da un empujón.

—Sigue moviéndote.

Pasamos de la caverna a otra serie de túneles. Nos movemos a la derecha, luego a la derecha de nuevo, y luego a la izquierda. Memorizo el diseño, cuántos pasos tomará en la oscuridad. Es un hábito al que te acostumbras cuando estás obligada a llevar un burka. Andrea nos lleva a una segunda caverna llena de literas, obviamente hecha por el hombre.

—¿Qué es este lugar? —le susurro a Maximov.

—Mina de carbón —dice—. ¿Ves la forma en que dejan columnas cada tantos metros? Ellos tallan, extraen carbón, dejando lo suficiente para que el techo arriba no se derrumbe. Si vienen los Ghuraba, es un buen lugar para esconderse.

Se siente como si la tierra presionara sobre el techo, mortal y silenciosa, sólo esperando una excusa para caer. Cada columna de soporte actúa como un divisor para crear una sala abierta que alberga quizás una docena de literas, a ambos lados de un pasillo central. Las habitaciones más cercanas al túnel están obviamente en uso intensivo, pero mientras viajamos más adentro, muchas de las literas contienen colchones enrollados.

—Rosseau, Yong, Maximov —Andrea apunta a la primera habitación completamente vacía—. Esta es para ustedes. Hay más personas llegando esta noche, así que escojan las literas que quieran.

Dejan caer su equipo y comienzan a disputarse quién se quedará la litera inferior. Andrea me pide que la siga. Pasamos más habitaciones vacías.

—¿Vamos a las habitaciones de las mujeres? —pregunto.

—No hay cuartos para mujeres —dice Andrea—. Somos un ejército totalmente integrado.

Se detiene en una habitación que ha sido acordonada de la vista con una manta. Vamos detrás de ella. Todas las literas están vacías, excepto una.

—El Coronel dice que vas a dormir allí —señala el colchón enrollado en la litera sobre la que está en uso—.

—¿Es aquí donde duermes *tú*? —pregunto.

Andrea mira hacia otro lado, pero no antes de que pueda ver unas lágrimas.

—No —su voz suena ronca—. Nunca aquí.

Toco las fotos esparcidas en la litera inferior. Aprieto una mano a mi boca cuando me doy cuenta que todas son fotos de Lionel Everhart.

—No puedes... —digo.

—Son órdenes del Coronel —dice—, no mías.

Ella se voltea para irse.

—¡Espera!

Andrea se queda rígida.

—¿Hacia dónde está el este? —pregunto.

—¿Por qué? —pregunta con enfado—. ¿Para que puedas orar a *Alá*?

Recojo una fotografía de Lionel Everhart y Andrea, con sus brazos colocados alrededor de los hombros del otro en una muestra de camaradería. La sostengo ante ella.

—Deseo orar por su espíritu.

Emociones en conflicto bailan a través de sus rasgos jaspe. Controla un poco su ira.

—Ahí —dice ella, mientras apunta con el dedo una de las paredes.

Se aleja, dejándome sola con el fantasma de Lionel Everhart.

Capítulo 11

Una cacofonía de cornetas me despierta de un sueño agitado. Me deslizo desde debajo de las sábanas y grito cuando caigo y no encuentro el estrecho espacio entre mi cama y la de Nasirah.

Me agacho, temblando, mientras los hombres gritan y sus botas pisotean a mi lado. Todo duele. Toma un momento antes de que los últimos cuatro días y sus acontecimientos vuelvan a mi mente.

Estoy en una cueva. Rodeada por los enemigos de los Ghuraba.

Toco mi adolorido párpado. Al menos la inflamación ha bajado lo suficiente para ver, pero mi visión sigue siendo borrosa. Me duelen las costillas mientras me estiro y me obligo a estar de pie. Agarro una manta extra y levanto mis manos para comenzar el *adhan* de antes del amanecer.

—Alá es grande —me arrodillo e inclino mi cabeza hacia el suelo—. La Gloria sea con Alá, alabado sea Alá, no hay más dios que Alá...

Yong aparece.

—Oye, McCarthy, ¿vienes o no?

Miro hacia arriba.

—Tengo que terminar de orar.

—Hazlo más tarde —dice Yong—. He oído que nuestro nuevo líder de compañía es un bastardo de primera.

—Pero yo...

—¡Vamos! —Yong me pone de pie—. La Sargento Bellona me envió a buscarte. Lo primero que tienes que aprender es que cuando un Sargento te da órdenes, tu obedeces.

Lo sigo por delante de los cuarteles, ahora vacíos, hacia los túneles y la gran cueva central. Durante la noche, nuestros números se incrementaron a tal vez ciento cincuenta. La Sargento Primero Daksh se para al frente, gritando números mientras los rebeldes caen al suelo para hacer cien burpees, mientras que la Sargento Mayor Andrea Bellona camina supervisando, alentando a los holgazanes y asegurándose de que todos mantengan el ritmo.

Los rebeldes saltan, levantan sus manos en el aire y gritan "¡booh-yah!" Y luego caen para hacer la siguiente flexión de pecho combinada con saltos de tijeras.

—¡Me alegro de que pueda acompañarnos, McCarthy! —grita Andrea. No, la Sargento Mayor Bellona. Gesticula hacia los hombres y mujeres que se ejercitan y me dice: «Póngase en la fila, antes de que le haga limpiar las letrinas».

Los rebeldes sonríen. Andrea se vuelve hacia el hombre más cercano.

—¡No dije que puede reírse! —le grita—. ¡Deme veinte más!

Me deslizo al final e intento copiar el ejercicio torpemente. No toma mucho tiempo para que mi improvisado *hijab* se desarme y se enrede en mi mano, haciéndome estrellar contra el hormigón.

—Noventa y siete —grita Andrea—, noventa y ocho, noventa y nueve... ¡Bien, idiotas!... ¡Tenemos un oficial en la cubierta!

Me levanto, jadeando para recuperar el aliento, sudada y apestosa. Un hombre alto y de cabello oscuro entra, ahora bien afeitado, vestido de pies a cabeza con un uniforme de combate negro. La barra de plata que lo identifica como teniente no me sorprende. El nombre, sin embargo, hace que mi mandíbula caiga.

—¡Atención! —ordena el Teniente Dillon Everhart.

Todos prestamos atención.

—¿Everhart? —susurro.

—Sí —susurra Yong de vuelta—. Es el hijo pródigo del Coronel Everhart, acaba de regresar de los Irregulares de Texas.

Incluso yo he oído hablar de los Irregulares de Texas. Un grupo despiadado de terroristas que, si las noticias son ciertas, recuperaron porciones de Texas destruyendo brutalmente los asentamientos pacíficos de los Ghuraba. En su brazo, un cráneo y huesos cruzados proclaman *"Morir antes de Rendirse"* con furiosas letras rojas.

—Dicen que cada Irregular le da a su amigo más confiable una bala con su nombre escrito en ella —Yong dice con voz baja—. Si son capturados, el hombre con la bala está obligado a ayudar a que aquel Irregular escape. Si no pueden, deben poner esa bala en el cerebro de su mejor amigo antes de que los Ghuraba puedan torturarlos para obtener información de ellos. Incluso si eso requiere que pongan una bala en su *propia* cabeza después.

—Malak al-Maut —susurro—. ¿Tal vez mi primera impresión de Dillon Everhart fue la correcta?

Bajo la mirada, rezando para que no me vea.

—Tenemos un objetivo aquí —grita—. Enseñarles a todos cómo matar. Perseguiremos esa meta con una eficacia despiadada. Sin flexibilidad, sin compasión, sin excusas.

—¡Señor, sí Señor! —gritan los rebeldes.

—Bueno —Dillon inspecciona la fila—. Lo primero que tenemos que hacer es poner sus culos perezosos en forma. Lo más seguro es que los Ghuraba les apunten ahí.

Se detiene directamente frente a mí, con sus ojos azules irradiando odio. Mi estómago se aprieta, haciéndome sentir débil.

—¿Todos sabemos lo que hacen los Ghuraba a sus prisioneros? —gruñe como un lobo—. ¿No es así, Soldado raso McCarthy?

Asiento, con los ojos muy abiertos.

—¡No puedo OÍRTE!

Me estremezco y digo: «S-sí, Señor».

Se inclina hacia delante y baja la voz.

—Mi padre tiene esta estúpida idea de que podrías ser de utilidad para nosotros —gruñe—, pero tu padre fue un traidor. Traicionó a nuestro país y *tu* hermano hizo que mataran a *mi* hermano mayor.

Se inclina más cerca, tan cerca que su nariz toca mi oído. Siento su aliento caliente en mi cuello mientras el lobo oscuro descubre sus colmillos.

—Será mejor que te rompas la espalda trabajando para aprobar el entrenamiento básico. Porque si no lo haces, estaré más que feliz de llevarte de regreso a esa prisión Ghuraba. ¿Entiendes eso, McCarthy?

—S-sí, Señor.

Se aleja, como un lobo a la caza de una presa.

Andrea y la Sargento Primero Daksh nos obligan a alinearnos.

—¡Muy bien, idiotas! —grita Andrea—. Ya saben qué hacer. ¡A los túneles! Del rojo al amarillo y luego al blanco.

Empiezan a correr en la dirección opuesta del túnel en el que Dillon Everhart acaba de desaparecer. Se desvían a un túnel lateral con vías de ferrocarril, remanentes de cuando era una mina de carbón activa. Corro detrás de ellos, mis pulmones gritan en agonía mientras trato de no tropezar contra las vigas de madera que sostienen las vías de hierro, hasta alcanzar a Rosseau.

—¿Hacia dónde vamos? —jadeo.

—No podemos entrenar afuera debido a los drones —dice Rosseau—. Así que tenemos que hacerlo todo aquí.

—¿En las cuevas?

—Sí —dice—. Ahora todos somos enanos viviendo en el salón del rey de la montaña.

Los rebeldes aceleran, dejándome atrás.

*

Eventualmente me tambaleo a la cafetería, agotada, empapada en sudor, cubierta de polvo de carbón y débil por el hambre. Estoy segura que me perdí el desayuno. Sospecho que esto podría ser el almuerzo.

Las conversaciones se detienen. Todos los ojos se vuelven para mirarme mientras paso las largas mesas de la cafetería hacia el primer buffet de comida que he visto desde que los Ghuraba prohibieron ir a la escuela.

Me acerco al cristal donde una guapa mujer alta, tal vez a principios de sus 60, con el cabello plateado, se agacha sobre el buffet, fregando el acero inoxidable. Un lado de su cara es hermoso, con ojos marrones y pómulos exquisitos que dejan ver una nariz aquilina. Pero cuando levanta la vista, puedo ver el otro lado de su cara cubierto de tatuajes. Tatuajes de mariposas. Me obligo a no dar un grito ahogado cuando me doy cuenta que los tatuajes están ahí para cubrir una horrible cicatriz.

En su pecho hay un prendedor plateado con una mariposa y una tarjeta identificativa que dice *Crisálida*.

—Llega tarde —dice.

Señalo una de las bandejas que contienen grumos de algo cubierto de salsa dorada. Sea lo que sea, huele a casa.

—¿Qué es eso? —pregunto.

—Asado de cerdo —dice ella—. Todo lo que queda son sobras.

—No puedo comer eso.
—Bueno, es todo lo que nos queda.
—¿Tiene pan?
—No.

Reanuda su fregado. Noto que a su mano derecha le faltan todos sus dedos, excepto el pulgar. Los tatuajes de mariposas continúan encima de su brazo cicatrizado.

—¿Y esos? —señalo una bandeja con un montón de puré de patatas seco—. ¿Tiene más de eso? ¿Quizás en la parte de atrás?

—Sólo lo que ve.

Lágrimas brotan de mis ojos. La última vez que comí fue en la camioneta con Yong, Rosseau y Maximov.

—Tomaré las patatas, por favor —contengo las lágrimas.

Crisálida, sin rango, sólo con un alfiler de mariposa, agarra la cuchara de metal de la bandeja de cerdo y raspa lo que queda del desorden marrón, seco y escamoso y lo arroja en un plato. Antes de que pueda protestar, recoge una gran cucharada de salsa y la deja caer encima de las patatas.

—La salsa lo hará comestible —dice.

Miro hacia abajo en la bandeja.

—Gracias —digo y comienzo a tragar.

Tomo la bandeja, mirando hacia atrás para ver si lo hizo por ser cruel, pero ya ha vuelto a fregar su buffet de comida. ¿No entiende? Un utensilio de cocina que *ha tocado* un poco de comida *haram* es también *haram*. ¡No importa si es salsa!

Camino más allá de las mesas. Mientras lo hago, los rebeldes se agrupan, por lo que parece que no hay asientos vacíos. Uno de los hombres rebeldes coge un trozo de carne con su tenedor.

—¿Cómo está el asado de cerdo? —pregunta.

Sus amigos sonríen.

—Mmmm... ¡tocino! —otro susurra.

—¡Aquí, cerdo, cerdo, cerdo!

Bajo mi cabeza y sigo caminando. Me detengo en una mesa que está vacía, excepto por tres mujeres. Cuando hicimos flexiones esta mañana, estaban en la fila delante de mí.

—Disculpen —murmuro mientras me siento.

Les doy una mirada tímida, esperando, orando que las mujeres aquí se juntarán en silenciosa solidaridad, como lo hacen las mujeres Ghuraba en las ciudades. Sin decir una palabra, las tres mujeres se levantan, toman sus bandejas y se mueven a una mesa diferente.

Un bulto se endurece en mi pecho. Raspo el puré de patatas que la salsa no tocó a un lado de mi plato, lejos de la salsa contaminada. Pongo las duras patatas en mi boca. Mi garganta se cierra alrededor del puré mientras intento tragarlo. Finalmente me doy por vencida y empujo la bandeja completa a un lado.

Una lágrima cae sobre la mesa. No *puedo* dejar que me vean llorar. Ya es bastante malo no poder llevarles el ritmo en el entrenamiento físico.

Una enorme sombra se hunde delante de mí. Despojado de todo, con sólo una camiseta, puedo ver que Maximov, si bien tiene una gran contextura, no tiene una onza de grasa.

—Eres delgada —dice—. ¿Por qué corres tan lento?

—Nunca he corrido así —le digo—. A las mujeres no se les permite salir a menos que tengan una escolta, y además tenemos que usar un burka.

—Sigue adelante —gruñe—. Mejorarás con el tiempo.

Le doy una débil sonrisa. Es lo más parecido a una charla que he tenido desde que mi madre murió. Mezclo mi puré de patatas alrededor de mi plato.

—¿Vas a comer eso?

—No —suspiro.

Agarra mi bandeja y arrastra todo lo que me negué a tocar como si no hubiera comido en cien años. Finalmente termina con un eructo de satisfacción.

—Perdiste tu desayuno —dice—. ¿A dónde fuiste?

—Me perdí —le digo—. Todos estos túneles se parecen.

—¿Sigues los puntos?

—¿Qué puntos? —pregunto.

Señala el lugar donde el túnel desemboca en la habitación. Hay varios puntos pintados con spray en la puerta, uno amarillo, uno azul y otro verde.

—Los puntos dicen en qué túnel estás. Vé a la rama, sigue el punto. Siempre busca el *siguiente* punto delante de ti. Si no ves un punto, no vayas. Vuelve. Encuentra los puntos. Los puntos te dirán dónde ir. Si no hay punto, es malo. Te pierdes. Hay un montón de túneles aquí abajo, vas a las cuevas con derrumbes, pozos sin fondo y cavernas que no forman parte de la mina.

Me doy cuenta de lo último que Andrea dijo antes de enviarnos a los túneles. Sigan el rojo-amarillo-blanco.

—¡Ahh! —me golpeo mi frente—. ¿Cómo pude ser tan estúpida?

Capítulo 12

Las siguientes cuatro semanas pasan demasiado rápido con muy poco sueño y muy poco tiempo para orar. Los rebeldes me observan con un tranquilo resentimiento. O Yong y Rosseau les hablaron de lo que le hice al Abu al-Ghuraba, o bien Maximov los amenazó. Sospecho que un poco de ambas cosas. Pero poco a poco los chistes sobre balas empapadas en sangre porcina y los AK-47 envueltos en tocino han ido disminuyendo.

Nada, sin embargo, puede protegerme del odio abyecto de Dillon Everhart. Él me señala cada vez que puede.

—¡Apresúrate, McCarthy! —grita—. No vamos a volver por ti si te quedas atrás en la batalla.

Presiono mi mano contra mi costado y sigo corriendo.

—¡Qué bastardo! —dice uno de mis superiores—. No es nada parecido a su hermano.

—Oí que por eso fue que el Coronel lo envió lejos —dice otro mientras corre—. Durante siete años, era como si no existiera, y luego un día, ¡bam! Nos enteramos que el jefe de los Irregulares de Texas es el otro hijo del Coronel Everhart.

Corro detrás de ellos, fingiendo no escuchar. Por fin he empezado a mantener el ritmo, pero todavía soy la última en terminar.

Nos amontonamos de nuevo en la caverna central y nos alineamos todos, listos para la lección de hoy sobre muerte, perdición y destrucción. En esto, los rebeldes y los Ghuraba son iguales, aunque los rebeldes suelen enorgullecerse de abatir a sus enemigos con tiros rápidos y limpios, a diferencia de los Ghuraba, que les gusta hacer un espectáculo con los muertos.

Dillon Everhart acecha hacia el frente de la fila, como una pantera negra mortal buscando una presa fácil. Mira a la izquierda, luego a la derecha. Todos nos quedamos callados. Me alegro de no ser yo la *única* que siente la constante corriente de rabia.

—Los Ghuraba están acostumbrados a hacer temblar de terror a las personas —dice—. No están entrenados para reaccionar cuando uno se escabulle sobre ellos con *esto*... —el aire se estremece cuando Dillon saca un cuchillo KA-BAR Mark 2 de su vaina—, para silenciosamente cortar sus gargantas.

Se mueve hacia el rebelde que antes lo llamó bastardo.

—Comemos mucho cerdo aquí, ¿no es así, Soldado Raso Nickerson?

—Sí, Señor —dice el hombre.

—¿Ha matado alguna vez?

—¿Un Ghuraba?

—No. Un cerdo.

Nickerson parece confundido.

—Cr-creo que n-no, señor.

—Matar a un cerdo es como matar a un hombre — dice Dillon—. Son del mismo tamaño y del mismo peso. Son criaturas inteligentes, lo suficientemente inteligentes como para ver el peligro venir.

Equilibra el cuchillo inofensivamente, entre sus dos dedos índice.

—Si falla la primera vez, él vendrá tras usted y le desgarrará con sus colmillos. El truco es deslizarse detrás de él y nunca dejar que lo vea venir, y entonces, ¡BAM!

En un instante, la punta está en la arteria carótida de Nickerson en la base de su garganta.

—Lo apuñala.

Nickerson tiembla mientras Dillon retuerce el mango en un movimiento bien practicado.

—Y así de fácil. Abren su arteria. La sangre brota y el bastardo está muerto antes de que tenga la oportunidad de hacer *oink*.

Sus ojos brillan como el océano más profundo. Muy diferente al Lionel de cabello dorado. Instintivamente levanto mi muñeca, con mi *tasbih* de oración, para proteger mi corazón.

—S-s-señor —Nickerson susurra, sin saber cómo reaccionar.

Dillon sostiene el cuchillo en la garganta de Nickerson por mucho más tiempo de lo esperado, y luego con una risa engreída, lo envaina y lo golpea en la espalda.

—¡Bien, entonces! —grita—. ¡Vamos a practicar cómo matar cerdos musulmanes!

La Sargento Primero Daksh entrega cuchillos a los que no tienen. El mío es viejo, tiene un mango de madera desgastado y acero picado, pero alguien se tomó el tiempo de afilarlo y lijar su oxidación. Muchos de nuestros equipos son así. Armas antiguas recogidas en garajes civiles de guerras pasadas.

—¡Rebeldes! —grita Andrea—. Formen un circulo.

Ella y la Sargento Primero Daksh trabajan con cuchillos militares de supervivencia. *El suyo* es un estilete de aspecto mortal, mientras que la Sargento Primero Daksh tiene un cuchillo plegable de aspecto inocuo. Luce así hasta que lo abre. Dicen que, apenas se presente la oportunidad, deberíamos extraerlos del enemigo. Lo que *realmente* significa es que tenemos que matar para obtener uno mejor.

—Durante las últimas semanas —dice Andrea—, hemos estado entrenándolos sobre cómo pelear.

Ella y Daksh demuestran un movimiento que aprendimos usando un bastón de combate filipino, un palo de un metro de largo, casi tan ancho como dos dedos. Ella mantiene una mano arriba para proteger su corazón, y con la otra mano va de un lado a otro en una danza en forma de V. Sólo que ahora hace los mismos movimientos con un cuchillo.

—¡Oh! —todos murmuramos.

—La mayoría de los movimientos defensivos se generalizan bien a otras armas —dice—. El truco es practicar lo suficiente para que el movimiento se haga naturalmente, sin necesidad de detenerse para pensar.

Ella y Daksh se saludan y retroceden.

—¡En parejas! —grita Daksh.

Una jovencita de cabello rizado llamada Gomez se queda conmigo. Si bien ninguno de los rebeldes profesa que yo les agrade, ella, al menos, nunca me ha ofendido abiertamente.

Asume una elegante postura de lucha.

—¿*En garde*? —le doy una sonrisa débil.

Ella no sonríe. Bueno. ¿Va a ser uno de *esos* ejercicios? Aprieto la bandana que ahora estoy utilizando como un hijab y asumo la postura que está siendo modelada por la Sargento Primero Daksh.

—¡Hajime! —grita Andrea.

Gomez embiste hacia mí en un movimiento bien practicado. Hago un movimiento rápido hacia atrás, apenas a tiempo para evitar ser apuñalada.

—¡Oye! —grito—. No se supone que nos tenemos que apuñalar de verdad.

—¡Entonces presta atención! —Gomez grita—. Toy aquí pa' mejorar. No pa' cuidar a novatas como tú.

Adoptamos la postura de nuevo. Esta vez cuando ella corre hacia mí, bloqueo su embestida de la misma manera que hicimos con los palos de combate filipinos.

Mejor —asiente a regañadientes.

La tercera vez soy yo quien se lleva lo mejor de ella. Retrocedo justo antes de apuñalarla.

—¿Dos a dos? —sonríe.

—¿Apuesto tu puré de manzana en la cena? —le digo.

—¿Qué tal tu carne de cerdo? —dice con un marcado acento texano—. Nunca te lo comes.

Ambas miramos a Maximov, quien está derrotando fácilmente a un hombre más pequeño. *Todos* son más pequeños que él. Incluso Dillon Everhart.

—Tengo que alimentar al oso —le digo.

Gomez se ríe.

—Creo que es dulce contigo.

—Simplemente le gusta ser alimentado.

Practicando, nos apuñalamos despreocupadamente. Gomez es mucho mejor que yo, pero yo tengo una buena conciencia del entorno. Un hábito aprendido por tener que navegar la Ciudad del Califato usando un burka. En poco tiempo estamos sudorosas, rosadas y riendo.

Uno de los rebeldes grita cuando la hoja de su compañero de entrenamiento rompe su piel. Todo el mundo hace una pausa para ver cómo el mismo hombre al que Dillon se dirigió antes camina hacia la enfermería.

—¡Nickerson! —grita Dillon Everhart—. ¿A dónde cree que va, Soldado?

El joven mira hacia atrás.

—A ver a un médico, señor.
—No le he despachado.
El antebrazo de Nickerson gotea sangre de un desagradable corte justo por encima de su muñeca.
—Pero él me dio.
—¿Cree que los Ghuraba le dejarán marcharse?
—No, pero...
—Vuelva al ring—. Dillon señala en su parche que reza *"Morir antes de Rendirse"*. Debe seguir luchando hasta que uno de los dos muera.

Andrea deja de preparar los implementos para la lección de un soldado.
—¿Teniente? —pregunta—. ¿Hay algún problema?
—No hay ningún problema, *Sargento Mayor*—, dice Dillon—. Es hora de que enseñemos a estos maricones una lección de resistencia.

Es una batalla que he visto muchas veces. Dillon Everhart no se lleva bien con los otros oficiales. En privado, he escuchado a Andrea gritarle. Pero delante de los hombres, ella siempre defiere a él.
—¡Vuelvan al trabajo! —ordena Andrea, con expresión forzada. Es la misma mirada que tuvo el día en que me arrastró fuera de la prisión de los Ghuraba.

Gomez y yo nos alejamos, pero nuestros ojos siguen avanzando hacia donde Nickerson sostiene el corte en su antebrazo. La sangre se filtra a través de sus dedos y gotea sobre el piso de concreto, creando pequeños charcos carmesí en los que se resbala mientras trata de evadir el cuchillo de su compañero. Nos apuñalamos descuidadamente mientras Nickerson se debilita y comienza a vacilar.

Finalmente se derrumba.
—¡Es suficiente! —envaino mi cuchillo y me lanzo al lado del soldado herido.

Me arrodillo a su lado y toco el corte en su brazo. Mientras toco la rendija de color rojo oscuro, un chorro de sangre fresca brota como una olla hirviendo.
—¡Este hombre necesita un médico! —grito.
Dillon aparece sobre mí.
—Vuelve a la fila, McCarthy.

Lo miro, tal como lo hacía mi madre cuando los Ghuraba se metían entre ella y sus pacientes. Levanto mi barbilla.

—No.

Los rebeldes suspiran.

—¿Qué acabas de decir, Soldado McCarthy?

Señalo el corte.

—Vea cómo corre la sangre del corte. Está chorreando y la herida es profunda. Cortó la arteria cubital.

Los dedos de Dillon se tensan alrededor de su cuchillo de supervivencia.

—No sabes nada de medicina —gruñe—. Así que te *levantarád* y volverád a la fila, Soldado. ¡Es una orden!

Me levanto entre él y mi paciente.

—¡Cosí dos heridas de bala en el estómago de su hermano! —grito—. ¡Era mucho mejor líder de lo que usted *nunca* será!

Se mueve tan rápido, que no tengo tiempo para reaccionar. El dolor explota en mi sien. Estoy en el suelo antes de que se me ocurra que debería haber bloqueado su mano y su cuchillo.

—¡Dillon, Dillon!

El mundo se vuelve negro.

Andrea grita su nombre mientras sus manos se apretujan alrededor de mi garganta.

*

Camino por la mina de carbón, en la parte más profunda de los túneles. No hay luces aquí, sólo el peso de la tierra presionando sobre mi tumba.

—¿Dónde estás? —llamo al anciano.

Toco mi *tasbih*. Los discos plateados tintinean, reflejando puntos sobre las paredes. Sigo los puntos plateados que Maximov me enseñó, uno frente al otro, hasta que me llevan a un túnel que me resulta familiar.

El anciano está de pie, frente al muro lleno de imágenes de los muertos. Mujeres. Niños. Hombres jóvenes en la flor de su vida. Sus hombros caen como si estuviera cansado. Cuando se vuelve hacia mí, el universo en sus ojos está lleno de lágrimas.

*

Poco a poco me doy cuenta de que estoy mirando hacia el fondo de mi litera. Estoy en la litera inferior de Lionel Everhart. Toco el huevo que ha crecido en mi sien como un cuerno de unicornio.

Me giro. Andrea se sienta en la litera vacía frente a mí.

—Señor —digo, como con un silbido estrangulado.

Me froto la garganta.

—No debiste haberle dicho eso —dice en voz baja.

Me siento y me inclino hacia adelante. ¡Dios! Me duele el cuello. Dillon debió haberme estrangulado con mucha violencia después de que me golpeó con el extremo trasero de su cuchillo.

—Se lo merecía —le digo.

Mis ojos se deslizan hacia las fotos que he colocado en la pared al lado este, el santuario que he creado a partir de los recuerdos que los amigos de Lionel Everhart dejaron en su cama. Es gracioso. No hay una sola foto de Lionel con Dillon.

—¿De verdad hiciste eso? —la voz de Andrea suena ronca—. ¿Coserlo antes de morir?

Le doy una triste mueca.

—Dos heridas de bala en el vientre. Algunos rebeldes ocultos intentaron esconderlo, pero él estaba muy herido para esperar, así que lo llevaron a mi madre. Ella me había enseñado cómo realizar una cesárea, así que me hizo coser una arteria cortada mientras ella sacaba la segunda bala de sus intestinos.

Miro a la pared llena de imágenes.

—Cuando Rasulullah entró, Lionel se levantó de la mesa de operaciones y trató de protegernos —miro hacia abajo a mi *tasbih* de oración que aún, imagino, llevan restos de su cerebro—. Él mostró más valentía en el poco tiempo que lo conocí que cualquier hombre que he conocido desde que mi padre murió.

Una lágrima se desliza por la pulida mejilla jaspe de Andrea.

—No me dijo que era doctora.

—Nunca me lo preguntó —le digo—. Mi madre me ha estado preparando desde que tenía diez años.

Andrea mira hacia otro lado.

—¿Sufrió? —susurra

—No. Rasulullah le disparó en la cabeza.

Se levanta y saca la foto de ella y de Lionel de la pared.

—Todo el mundo lo amaba —dice—. Yo, Daksh. Incluso los hombres lo adoraban. No había un soldado aquí que no diera la vida por Lionel, pero ¿Dillon? —suspira—. Dillon es complicado.

—Es peligroso, Señor. Él no debería estar a cargo.

—Es todo lo que le queda al Coronel —dice Andrea—. A veces, hay trabajar con lo que hay.

Capítulo 13

Aquí, en las cuevas, cada sonido se amplifica. Aprendes a ignorarlo. Pero antes del amanecer, casi puedo fingir que los ronquidos amortiguados que se filtran desde los cuarteles adyacentes vienen de mi hermana pequeña, dormida sana y salva en su cama rosa. Miro la oscuridad, al techo de antracita. Siento como si presionara sobre mí. Se siente como estar atrapado en un útero, esperando emerger. ¿Y luego qué?

¿Por qué estoy realmente aquí?

Me deslizo fuera de mi litera para orar antes de que la corneta anuncie los jolgorios matutinos. Finalmente entiendo lo que el Coronel trató de decirme el día que nos conocimos. Ningún caballero blanco va a venir montado en un corcel para salvarnos. Nuestra última esperanza de caballerosidad murió con Lionel. Si quiero rescatar a mi pequeña hermana, necesito hacerlo yo misma.

Me arrodillo y empiezo el *adhan* de antes del amanecer.

«*No hay más dios que Alá, alabado sea Alá*».

Mientras pego mi frente en el suelo, una paz familiar inunda mi cuerpo. La gente pensaba que me alejaría de la fe de mi madre, pero cuanta más libertad me dan los rebeldes, más experimento una dolorosa necesidad de retirarme a este espacio tranquilo donde puedo contemplar el panorama de una forma más amplia.

—Señor —rezo mientras termino—. Muéstrame, ¿por qué estoy aquí?

Enrollo mi alfombra de oración justo cuando la corneta empieza a tocar su llamada para despertar. El pañuelo verde oliva que me consiguieron para usar como un hijab es apenas lo suficientemente grande como para ocultar las marcas de dedos que Dillon me dejó en el cuello. En muchos sentidos, la vida en la rebelión no es tan diferente de la vida con los Ghuraba. Sólo que las mujeres aquí pueden patear el culo a los hombres y partir sus dientes si se portan mal.

Llego a la caverna antes que los otros soldados. No voy al fondo de la fila. Me paro delante de los Sargentos Instructores y observo cada movimiento cuidadosamente mientras realizamos nuestros ejercicios matutinos, imitando la poderosa gracia de Andrea y la forma exacta en que la Sargento Daksh lleva a cabo sus órdenes. Afortunadamente, no hay ninguna señal de Dillon Everhart esta mañana. No lo necesitamos. ¡No necesitamos a los hombres!

Al empezar nuestra carrera matutina, Yong y Rosseau se quedan atrás para hablar conmigo.

—¿Estás bien? —pregunta Rosseau.

—Sí, estoy bien —miento—. ¿Dónde está Maximov? No lo vi en las rutinas.

—Enfriando los talones en el calabozo —dice Yong.

—¿El calabozo?

—Sí. Después de que la Sargento Bellona te quitó al teniente de encima, intentó golpearla, así que Maximov lo tiró al suelo.

Levanto una ceja con sorpresa.

—¿De verdad?

—Sí.

Yong me da una enigmática sonrisa asiática. Él y Rosseau golpean sus codos mientras corren.

—Everhart debería estar en el calabozo —gruño—. ¡No Maximov!

—Está en el calabozo con él —dice Rosseau—. Los puso en la misma celda. Juntos. Para charlar.

—¡No!

—Sí —dice Rosseau riendo—. Ella le dijo que, si Everhart intenta salir antes de que oiga órdenes del Coronel, Maximov debe patearle el trasero y enseñarle cómo tratar a una señorita.

—El Teniente Everhart es rápido —dice Yong—, ¿pero Maximov?

Todos reímos.

—¡Es como luchar contra un muro de hormigón! —decimos casi al unísono.

Aceleran, porque el primero en terminar siempre obtiene beneficios especiales. La Sargento Bellona dice que la única manera en que una mujer puede protegerse es ser mejor que su atacante. Me apresuro hasta adelantar a la penúltima persona en la fila, un joven bastante capacitado que no toma la carrera para nada en serio.

Nos alineamos en la cafetería para desayunar. Hay tocino salado y un olor ligero de huevos, tostadas con mantequilla, y algún tipo de fruta. Compota de manzana ¿tal vez casera? Ácido y dulce. No es primera vez. Me pregunto cómo la base obtiene suministros tan consistentes, incluyendo la canela, que fue la primera especia que se agotó cuando la red de comercio global se derrumbó.

Entrego mi bandeja sobre la barra de buffet a la mutilada mujer-mariposa que trabaja incansablemente para asegurarse de que sus orugas siempre estén alimentadas, incluso su fea oruga musulmana con necesidades dietéticas especiales.

—Sólo huevos hoy, Señora —digo—, compota de manzana y pan tostado.

—¿Sin tocino esta mañana? —pregunta Crisálida.

—Maximov está en el calabozo.

Ella desliza una cucharada extra de huevos en mi bandeja. Nunca lo dijo, pero después del primer día, comenzó a darme proteínas adicionales en el desayuno para compensar la falta de éstas en el almuerzo y la cena.

—Pondré su porción en su bandeja —dice mientras coloca dos rebanadas de tocino a un lado.

—¡Gracias!

Me siento en mi mesa de costumbre, a solas sin Maximov aquí para arrebatar de mi bandeja todo lo que es *haram*. La Soldado Gomez viene. Mira a los otros hombres y mujeres.

—¿Te importa si me siento aquí? —pregunta.

Yo trago mi comida ansiosamente.

—¿Estás aquí para reclamar tu puré de manzana? —le digo, tratando de evitar tocar el tema de Dillon.

—Como lo recuerdo, ¿te debo una rebanada de tocino? — mientras habla, alarga su 'e' en un marcado acento sureño.

—Mi guardaespaldas está en el calabozo —le digo—. ¿Se lo puedes dar mañana?

Se sienta y come sus huevos revueltos en silencio. Finalmente, habla.

—Eso fue muy valiente, defender a Nickerson.

—Estaba herido —le digo—. Eso era lo correcto que había que hacer.

—Yo soy de Texas, ¿sabes? —baja la voz—. Todos deben tener cuidado con Dillon Everhart. ¿Los Irregulares? Son peores que los Ghuraba.

Se levanta y lleva su bandeja a la sección de lavado antes de que pueda hacerle más preguntas. ¿En realidad sabe algo? ¿O es sólo un rumor? Todo lo que sé es que aquel hombre me culpa por la muerte de su hermano.

Termino mis huevos en silencio. No tengo hambre, pero si no como, a la hora del almuerzo estaré lista para desmayarme.

Todos volvemos a la caverna central para nuestro entrenamiento *real*. Muerte, destrucción y perdición. No hay ninguna señal de Dillon Everhart, lo que significa que todavía está encerrado en el calabozo.

—Tenemos un cambio de planes —dice Andrea. ¿Caballeros? —gesticula a dos hombres que a veces ayudan con el entrenamiento—. Van a hacer un poco de espeleología con el Cabo Singer y el Cabo White. ¿Señoritas? Al salón multiuso. Ahora.

Nos separamos de los hombres y entramos en una cueva que fue ensanchada para albergar un pesado equipo de minería. Los rebeldes le pusieron una puerta para usarla como sala de reuniones, con una pizarra blanca y un podio, pero las gruesas paredes de antracita nos recuerdan que esta habitación sigue siendo una cueva. Sillas con brazos de escritorio al azar bordean las paredes, creando un espacio lo suficientemente grande como para que recorramos su alrededor. En el centro están las colchonetas de entrenamiento.

—Siéntense —dice Andrea.

Todas nos sentamos con las piernas cruzadas sobre las delgadas y azules alfombras. Aunque no son especialmente gruesas, son mejores que sentarse en el suelo frío.

Andrea y la Sargento Daksh se sientan con nosotras.

—Por lo general, reservamos esta charla hasta el final de su entrenamiento, pero a la luz de ciertos *incidentes* de ayer —me da una mirada aguda—, pensamos que sería mejor tenerla ahora.

Las otras mujeres me miran. Algunas de ellas colocan sus rodillas hacia su pecho. El comportamiento de Dillon asustó a todo el mundo. Desde ayer, puedo sentir un cambio en la forma en que me tratan. La Sargento Daksh toma la delantera.

—¿Quién aquí fue tomada como esclava sexual por los Ghuraba? —pregunta suavemente.

Nadie levanta la mano. Daksh espera un momento y luego levanta *la suya*.

—Yo tenía doce años cuando vinieron los Ghuraba —dice—. Mis padres eran hindúes, así que dijeron que éramos infieles y los fusilaron delante de mí —sus ojos oscuros brillan con lágrimas—. Durante dos años me compartieron entre todos sus amigos. No sé quién es el padre ni dónde está, pero en algún lugar, tengo un hijo de cinco años.

Las mujeres se sorprenden. La Sargento Daksh se lleva las rodillas al pecho.

—La primera vez que sucedió, no había nada que yo pudiera haber hecho para detenerlo. Yo era una niña, y ese Ghuraba que me violó era mucho más grande. Pero cuando ya crecí, hubo veces en que podría haber escapado. Momentos en que, si hubiera sabido qué hacer, podría haber tomado la ventaja y haberme alejado —lágrimas fluyen por su dorada piel—. Una se pregunta. ¿Busqué ser violada? ¿Lo disfruté? ¿Lo pedí de la manera en que los Ghuraba siempre afirman?

Una por una, otras rebeldes levantan la mano. Andrea aprieta el hombro de la Sargento Primero.

—No estamos aquí para hablar de *por qué* los Ghuraba violan mujeres —dice Andrea—. Todas *sabemos* por qué. Son bastardos malvados que deben ser asesinados. Estamos *aquí* para discutir cómo liberarnos cuando un oponente más grande y más poderoso nos ataca.

Ella y Daksh se levantan, hacen reverencia a la otra y luego asumen una postura de lucha. Empiezo a sudar frío mientras Andrea agarra a Daksh por la garganta. *La postura del violador*. La que Dillon usó ayer. Todas las rebeldes *me* miran.

—Para romper este agarre —Andrea dice, —crucen los brazos delante de los de su oponente...

Daksh agarra la muñeca opuesta de Andrea con cada una de sus manos.

—...y elevan la pelvis —dice Andrea— hasta el pecho de éste...

Desde su espalda, Daksh inclina la pelvis hacia arriba tan alto que se pone de puntillas, obligando a Andrea a sujetarle la garganta a la distancia del largo de su brazo.

...y luego golpean los brazos —Andrea dice—, y la pelvis, hacia abajo, con fuerza, ambos movimientos a la vez. Debería soltar el agarre del oponente.

Daksh golpea hacia abajo. Sus codos cruzados sueltan los dedos de Andrea de su garganta.

—Luego —dice Andrea—, giran la cadera hacia un lado y ponen un pie encima de su hombro, después hacen eso con el otro hombro, luego *patean*...

—Daksh se desliza por debajo del potente agarre de Andrea.

...y ruedan para alejarse.

Daksh rueda sobre su lado, y luego se levanta con un movimiento que aprendimos en una lección anterior.

Todas aplaudimos.

—¡Bien! —dice Andrea—. ¡Hagan parejas!

Me enfrento a Gomez.

—¿Tu cuello está bien para hacer esto? —pregunta.

Asiento con la cabeza.

—Sí. Sólo enséñame cómo quitarme al bastardo de encima la próxima vez.

Practicamos hasta que Andrea siente que tenemos una comprensión rudimentaria de los movimientos. Demuestran varias técnicas más, y luego Daksh se arrodilla.

—Esta es una maniobra que esperamos que nunca tengan que usar —dice Andrea. Sube detrás de Daksh con un cuchillo de goma, agarra su cabello, y pone el cuchillo en la garganta de ella.

—Todos sabemos lo que hacen los Ghuraba cuando atrapan a un rebelde —dice Andrea—. Normalmente, en una ejecución pública, controlan todas las variables. Pero a veces, si ellos se distraen, tendrán la oportunidad de hacer *esto*...

Daksh se mueve tan rápido, que no puedo ver lo que acaba de suceder. Pero de repente Andrea está sobre su espalda, sosteniendo su garganta.

—¡Ow, ow, ow! —ella ríe—. ¡Se supone que no debes apuñalarme de verdad!

—Lo siento, Señor —dice Daksh—. Todavía estoy aprendiendo.

Andrea se levanta. Un delgado rojizo carmesí resplandece contra el hueco oscuro en la base de su garganta, justo donde Dillon dijo que debemos apuñalar. En lugar de estar enojada, golpea a la Sargento Primero Daksh en la espalda con una sonrisa complacida.

—Incluso un cuchillo de goma puede hacer algún daño en las manos correctas —dice ella—. Pero la próxima vez, recuerda que soy tu amiga.

Miro atentamente mientras demuestran el movimiento otra vez. Aunque todas hemos visto las decapitaciones en masa de los Ghuraba en la televisión, creo que soy la única aquí que las ha visto en vivo. Miro el movimiento que Dillon nos enseñó ayer, la estocada a la arteria carótida, escondida en medio de una serie de movimientos mucho más complicados.

—¿Vamos a aprender eso, Sargento? —Gomez pregunta.

—Hoy no —dice Andrea—. Todavía estamos aprendiendo a hacerlo nosotras mismas. Tan pronto como el Teniente Everhart comprenda el hecho de que las mujeres de esta base no soportarán ninguna mierda, le pediremos que nos enseñe algunos de esos desagradables movimientos por los que los Irregulares de Texas son tan famosos.

—¡Morir antes de rendirse! —dice Gomez.

—¡Morir antes de rendirse! —repiten las otras mujeres.

Miro atentamente, mientras demuestran el movimiento otra vez. Es una lástima que el hombre que me enseña me odia, porque hay un *cerdo* de barba roja y su gordo maestro con un turbante negro que me encantaría apuñalar más de lo que quiero apuñalarlo a *él*.

Capítulo 14

Pasan tres días antes de que Dillon Everhart vuelva a aparecer, con su brazo en un cabestrillo y cojeando. Maximov, por otra parte, luce jovial, excepto por un moretón amarillento en su mandíbula.

—¡Hey, Maximov! —Yong grita—. ¿Los alimentan allí?

—¡Da! —él sonríe—. Mujer mariposa me trae montón de tocino. Dice que todos los que dejan una rebanada guardan para mí.

Él, Rosseau y Yong chocan los cinco.

Doy un vistazo a Dillon Everhart, que finge no mirarme mientras pasamos por nuestra rutina de ejercicios matutina. Sé que me está mirando. Puedo *sentir* su extremo resentimiento en mi espalda. Pero no me desafía. No me habla. No se *disculpa*. Dirige nuestro entrenamiento como si no perdiera la calma.

Un zumbido de emoción se agita entre los rebeldes mientras nos amontonamos después del desayuno y nos ponemos en fila. Durante cinco semanas nos han estado familiarizando con el M16, pero las balas son escasas porque los Ghuraba controlan el suministro de azufre, plomo y salitre. Si bien todos sabemos cómo desmontar y rearmar un M16 con los ojos vendados, así como las cuatro posiciones de tiro, todavía tenemos que disparar una bala real, en vivo.

Todo eso cambia hoy…

—¡Escuchen! —grita Andrea—. Vamos a rotar en el campo de tiro en tres grupos de cincuenta hombres. El Equipo A va primero con el Teniente Everhart y el Cabo Singer. Equipo B, ustedes están con la Sargento Daksh y el Cabo White. Van a practicar la carga y descarga hasta que puedan hacerlo con los ojos vendados y bajo fuego enemigo. Equipo C, están conmigo.

Nos dividimos en grupos de acuerdo con nuestras barracas. Andrea siempre se asegura de que quede con ella, ya que puede mantenerme vigilada. Al principio, pensé que era falta de confianza. Pero he comenzado a pensar que el Coronel simplemente la encomendó de cuidar a la más novata de los 150 rebeldes.

Nos amontonamos en la sala polivalente que se ha ordenado hoy como un aula. Andrea sube al podio. Una presentación de diapositivas se muestra en la pantalla detrás de ella.

—De aquí en adelante —dice ella—, vamos a comenzar a entrenarlos como especialistas. No todo el mundo será bueno en cada habilidad. Eso está bien. La idea es averiguar quién es bueno en qué, para que podamos asignarlos a los equipos que les ayudarán a equilibrar las debilidades de los demás.

Revisa una lista de todas las especialidades que existen en el ejército rebelde. Aunque mi padre rara vez explicó las políticas y tácticas, muchas de las especialidades suenan familiares, aunque las suyas eran más formales, mientras que lo que Andrea describe me recuerda más a guerra de guerrillas. Debo haber absorbido más de lo que pensaba cuando mi padre tenía invitados en casa e intercambiaban viejas historias de guerra.

Nos separamos para almorzar, y luego es nuestro turno bajar al campo de tiro, una caverna reforzada con hormigón con puntales de apoyo añadidos para evitar un derrumbe. A pesar de los paneles de absorción acústica, que son dobles para evitar los rebotes, sigue siendo ensordecedor. Uno de los Cabos nos entrega protección para los oídos.

—Tal como discutimos en el entrenamiento —dice Andrea—. Un blanco, una bala. Hagan valer cada tiro. *Siempre* tendrán menos munición que los Ghuraba.

Una ola de emoción hormiguea a través de mi cuerpo mientras ajusto el tambor en la cámara del arma. Se siente poderoso. Se siente como tener un pene. ¿Es esto lo que un hombre siente, yendo por el mundo con su *cañón* sobresaliendo hacia adelante?

Nos alineamos para tomar turnos en los corrales de tiro. Hay diez estaciones. Esperamos, dando cinco profundas respiraciones para liberar nuestras preciosas balas. La sensación de anticipación, de poder, crece cada vez que uno de mis compañeros de equipo dispara. Incluso con los protectores en los oídos, la explosión resuena dentro de mis huesos.

Todo mi cuerpo hormiguea cuando paso para hacer mi primer disparo. Ellos nos enseñaron antes cómo apuntar al objetivo de papel, dónde apuntar, y cómo corregir el viento si estás al aire libre, pero ninguna cantidad de entrenamiento puede prepararte para la primera vez que la culata golpea en tu hombro y te deja un moretón.
—En el blanco, pero no 100% —grita el Cabo Singer.
—¡Whoo! —grito.
En orden, otros soldados rebeldes saborean el uso de su arma.
Miro por el punto de mira hacia la diana en el pecho de un Ghuraba de papel. Una agradable calidez se posa entre mis piernas. He sentido semejantes sensaciones antes, a solas y en mi cama, pero nunca me he sentido excitada mientras estoy de pie, rodeada de otros, con el aire lleno de pólvora y explosiones. Tiro el gatillo. Golpea el blanco justo dentro de la franja exterior.
Miro hacia arriba para ver que Andrea ha reemplazado al Cabo Singer. Ella tiene un portapapeles.
—¿Ha disparado antes? —pregunta.
—No.
—Sólo preste atención.
Su presencia me pone nerviosa. O más precisamente, es el portapapeles. Nuestras puntuaciones deciden qué rebeldes pasan el entrenamiento básico y quién será asignado a quién.
El disparo se abre. No le di ni remotamente cerca.
—¡Rayos!
—Relájese —dice Andrea—. Imagine a su enemigo, piense en alguien a quien quiere asesinar.
Alineo el tiro. Esta vez con la mira en la cabeza. Le daré entre sus espesas cejas rojizas para volar sus sesos, como lo hizo con Lionel.
—Exhale mientras tire del gatillo —Andrea modela una respiración larga y fuerte—. No lo haga bruscamente, sino que tranquilamente y despacio.
—Alá —murmuro— guía mi mano.
Aprieto el gatillo.
Apenas retrocedo por el disparo, oigo la explosión, o veo el flash al final del cañón. No oigo a Andrea decir "buen trabajo". Todo lo que oigo es el propio latido de mi corazón mientras descargo los siguientes

veintiséis disparos y, con cada uno de ellos, mato al General Rasulullah y al Abu al-Ghuraba.

Por fin la cámara hace "clic", vacía. Miro a Andrea.

—¿Es cierto lo que dicen? —pregunta—. ¿Que los Ghuraba no irán al cielo si les dispara una mujer?

—No sabría decirle.

Apunto la mira hacia el objetivo sin cabeza que todavía tiene un corazón.

—¿Puedo usar más balas, por favor?

Andrea ríe.

—Confíe en mí —dice—. Está muerto.

Voy a la parte de atrás de la fila.

*

Después de la tercera rotación, vamos a nuestra carrera nocturna. Ignoro una dolorosa puntada lateral y fuerzo mis piernas a moverse más rápido. Los durmientes del ferrocarril ya no me hacen tropezar, ni siquiera en lugares donde los túneles son oscuros. Cuento cada paso, a pesar de que ya no estoy obligada a cubrir mis ojos con un burka.

Llego al lugar donde el túnel amarillo se bifurca con el blanco. En la esquina, Dillon Everhart está de pie con una mirada caída, llevando un sujetapapeles para anotar las cosas negativas con las que pueda hacerme quedar mal. Miro hacia adelante y corro más fuerte.

—¡McCarthy! —me llama justo cuando me desvío hacia el túnel blanco.

«*Maldición*...»

Me detengo, jadeando, y me vuelvo despacio, con la mano presionada en mi lado. No voy corriendo hacia él como lo haría sí la Sargento Primero Daksh o Andrea requirieran mi presencia.

—¿Señor?

Su expresión permanece en blanco.

—Necesito hablar contigo.

—Sí, Señor.

Me obligo a levantar la barbilla mientras camino hacia él como un prisionero a punto de enfrentarse a un pelotón de fusilamiento. Miro sus ojos y sus grandes manos mientras entro en el rango de alcance de aquel macho grande y pesado. Incluso con las habilidades que Andrea nos acaba de enseñar, no podré con él sin un arma ni un elemento sorpresa. Mi corazón late, pero me niego a tocar mi hijab o a bajar mi mirada.

Le doy un saludo tajante. Él ríe, en vez de saludarme de vuelta. Estoy ante él, erguida, orgullosa, como todo un soldado. Me niego a moverme hasta que cambia incómodamente de un pie al otro.

Miro esos ojos azul oscuro; desafiantes, furiosos como el color del mar después de un huracán. Puedo ver el parecido entre él y su hermano, pero hay algo peligroso en Dillon Everhart. Implacable. Salvaje. Un perro guardián, siempre hambriento y buscando una pelea.

Más rebeldes pasan. Las mujeres disminuyen el paso.

—¿Estás, bien Eisa? —pregunta Gomez.

—Estoy bien —le digo, sin romper la mirada de Dillon—. El teniente Everhart sólo se está disculpando por perder la paciencia.

Su boca se endurece en una línea sombría. Pero no lo niega.

—Señor —mis compañeras de equipo saludan y luego siguen corriendo.

Espera hasta que se pierden de vista antes de hablar.

—Tienes mucha osadía.

—Sí, Señor.

Estoy de pie, una actitud que no sólo transmite obediencia a la cadena de mando, sino que deja claro que soy parte del ejército de su padre.

No desvío la mirada.

Dillon echa un vistazo al túnel amarillo, el que termina en una caverna inundada en la cual ya quisiera verme ahogada, en lugar de pedirme disculpas.

—La próxima vez —dice suavemente—. Encuentr< algo menos doloroso para burlarte de mí que la muerte de mi hermano.

Pasa por delante de mí sin decir «*Descanse*». Me quedo atenta hasta que desaparece por el túnel que no va a ninguna parte, excepto hacia una caverna llena de agua profunda y envenenada.

Capítulo 15

Nunca me he divertido tanto arrastrándome por un alambre de púas, llorando a través de gases lacrimógenos y lanzando granadas falsas. Dicen que tendremos que esperar hasta que lleguemos a la parte superior para lanzar *verdaderas* granadas para no hacer colapsar accidentalmente la mina de carbón envejecida. Pero las granadas simuladas dan un pequeño *poof* satisfactorio, seguido por grumos de tinte rojo para demostrar si estás muerto.

Me pregunto, si mi padre hubiera vivido, ¿habría yo seguido sus pasos?

Tal vez...

Agarro mi M16 y salto al campo de tiro subterráneo de la manera en que Nasirah y yo solíamos saltar al parque, con las manos cerradas mientras cantábamos rimas, cuando tenía dos años y yo sólo nueve. Todos nos alineamos, sólo hay treinta de nosotros hoy, y esperamos ansiosamente por los extraños que llegaron encubiertos tarde anoche.

—¡Oficial en la cubierta! —Andrea grita,

Todos prestamos atención. Dillon Everhart entra, rodeado por dos hombres que llevan el mismo uniforme de combate negro y el característico parche de cráneo y huesos cruzados. Ambos tienen un aspecto rudo y larguirucho, como hombres que han pasado demasiado tiempo trabajando bajo el sol. Los presenta como los Especialistas Rodríguez y Jackson, ambos bajo su cargo cuando estaba con los Irregulares de Texas.

—Todos ustedes están aquí porque cada uno parece ser prometedor como tirador. Esto —toma un elegante rifle negro con mira de uno de los Irregulares—, es el M24 SWS.

Retira el seguro para cargar una bala en la cámara.

—Llamamos a esta pequeña dama, *"Kate"*. Es la peor pesadilla de los Ghuraba.

Apunta al objetivo más lejano.

—Con este rifle, hemos cambiado el curso de las cosas en Texas. Esperamos enseñarles cómo cambiarlo *aquí*.

—¡Pónganse sus protectores auditivos! —Andrea grita.

Nos ponemos los protectores auditivos mientras Dillon tira del gatillo. No hay reverberación. El M24 hace un fino 'pfooft'. No es hasta que el especialista Jackson regresa de nuevo el objetivo a 900 metros que vemos el agujero alojado perfectamente entre la mira.

—¡Uf! —explaman algunos de los cadetes.

Me tiemblan las manos con la necesidad de acariciar a *"Kate"*.

—Sólo tenemos unos pocos de estos —dice Dillon—, así que sólo seis de ustedes calificarán para el entrenamiento. Calienten con su M16, y entonces tendrán sólo *una* oportunidad de bailar con *Kate*.

Gesticula hacia Andrea.

—¿Sargento? Fórmelos.

—Oyeron al Teniente —replica Andrea—. ¡Formen filas!

Formamos dos líneas en las estaciones de tiro regulares, mientras que Dillon Everhart se encarga de la fila con *Kate*, mi nueva aspirante a mejor amiga.

Aprieto mi hijab para que no se suelte y me acerco a la cabina de tiro para hacer un tiro a la vez. Cada caseta tiene un objetivo a una distancia diferente de 450, 750 y 900 metros. Los dos Irregulares toman notas mientras Andrea tabula nuestras puntuaciones.

Después del calentamiento de 450 metros con el Especialista Jackson, voy a la segunda caseta con el Especialista Rodríguez. Muchas veces he estado a sólo 750 metros del Abu al-Ghuraba. Esa es la distancia de un tejado escapable. Pero está más allá del rango de objetivos efectivos del M16.

Al menos eso es lo que *dicen*...

Disparo al Abu al-Ghuraba de papel en el corazón, justo en el centro.

—¿Tiene experiencia previa disparando? —pregunta el especialista Rodríguez. Es un hombre alto y fornido, de aspecto moreno como yo, ¿quizás a mediados de sus veinte?

—No Señor.

Disparo de nuevo, esta vez golpeando al imaginario Abu al-Ghuraba entre los ojos.

—¿Y ha cazado para su familia? —pregunta.

—Nop —vuelvo a dar en el blanco—. Crecí en la Cuidad del Califato. La primera vez que toqué un arma fue hace cinco semanas. Mira a Dillon. *Sé* que el Teniente le dijo que me hiciera añicos, pero el Irregular no parece tener ninguna hostilidad inherente.

Apunto al Abu al-Ghuraba de papel y lo imagino, con su mano levantada, dando la orden de acabar con la vida de mi madre. Planto una bala calibre .223 en su materia gris.

Rodríguez escribe una larga nota en el borde de su portapapeles.

—No está mal —le hace señas a Andrea y sujeta su portapapeles, con una expresión como la de un perro que sabe que está a punto de ser golpeado—. Es su decisión, ¿Sargento Mayor?

Ambos miran a Dillon, ocupados con otro soldado clasificado.

—Repórtese a la cabina al final —dice Andrea.

Me muevo hacia la estación de 900 metros con una mezcla de miedo y alegría. He llegado tan lejos. Todo lo que tengo que hacer es golpear el objetivo seis veces, y luego voy a tener una *Kate*. No sólo depende de Dillon. Se supone que el entrenamiento rebelde es imparcial.

La M24 es una arma hermosa, mortal y elegante, con un gran alcance acanalado que corre a la mitad de la longitud de su cañón. Vestida de negro para entretener a la noche, se encuentra en un trípode delicado, tal como una mujer con tacones altos. Alrededor de su hocico, un silenciador amortigua su letal grito de guerra a un femenino *"pfooft"*.

El enemigo estará muerto sin que nadie escuche un disparo.

Dillon entrena a uno de los soldados rasos a través de la secuencia de disparos, desde cargar balas de calibre .300 en el tambor, hasta cómo apuntar.

—Mueva su dedo hacia atrás lentamente para no sacudir el rifle —dice Dillon—. Apunte hacia un área pequeña.

—Sí Señor.

El soldado dispara. Cada vez, el disparo se abre y falla en darle al objetivo. Dispara seis veces hasta que el gatillo suena vacío.

—¡Déjeme intentarlo de nuevo, Señor! —le ruega.

—Son seis balas —dice Dillon—. Es hora de darle una oportunidad a alguien más.

Con un resoplido decepcionado, el soldado retrocede y abandona el arma. Ahí está, mi encantadora *Kate*. Nunca he querido tanto un nuevo amigo.

La expresión neutra de Dillon se convierte en un ceño fruncido mientras mira hacia atrás para ver quién es el siguiente en la fila. Saca la cabeza de la cabina y mira a Andrea. Señala su portapapeles y luego cruza los brazos.

Dillon apunta al rifle de francotirador.

—Está bien, McCarthy —gruñe—. Veamos qué tan bien te irá matando a tu propia gente.

—Señor.

Espero instrucciones. Él se cruza de brazos, esperando que fracase.

—Señor —digo otra vez.

Me concentro en el arma, rompiéndome la cabeza para recordar lo que le acaba de explicar al Soldado Raso antes de mí: «Este es el cargador. Seis preciosas balas calibre .300, largas y letales, difíciles de conseguir ya que los Ghuraba están controlando las líneas de suministro. Introduzca cada proyectil en el tambor. Asegúrese de que el punto de mira esté orientado hacia el lado correcto. Deslice el tambor hacía el cuerpo, asegurándose de que esté seguro. Golpee el perno de nuevo para cargar una bala en la cámara».

Veo por la mira. El objetivo parece impresionantemente cercano, como si pudiera estirarme y tocar al hombre al que estoy a punto de matar. «*Imagine a su enemigo*», dice Andrea siempre. Le dispararé entre sus espesas cejas rojas.

—Nasirah —susurro—. Te haré viuda.

Tiro el gatillo. *Kate* retrocede en mi hombro... ¡Vaya que patea fuerte esta señorita! La bala golpea en el objetivo, causando un daño devastador a la cabeza, pero aterriza a la izquierda de la diana. Un tiro fatal, pero no perfecto.

—¡Erraste! — Dillon fanfarronea.

Retiro el perno para expulsar la cubierta del calibre .300. El latón tiembla cuando golpea el suelo. Alineo el disparo y tiro por segunda vez. A través de la mira puedo ver que lo golpeé entre los ojos.

Dillon acerca el objetivo de papel. El tiro dividió la línea entre el círculo más interno y el pequeño segundo anillo.

—Está bien —digo.

—No está bien hasta que yo diga que está bien.

Carga un nuevo objetivo. El mecanismo gimotea cuando el motor arrastra el objetivo a 900 metros. Alineo el tiro de nuevo. Los discos plateados en mi *tasbih* de oración tintinean, como si las hijas de Alá rieran. Como si las tres grullas me estuvieran animando.

—Oh, Alá —susurro— te pido que hagas lo mejor de mis logros.

Aprieto el gatillo. Mientras lo hago, Dillon me patea en la parte de atrás de la rodilla, no lo suficiente para derribarme, pero lo suficiente para alterar mi equilibrio. La bala se pierde completamente. Me giro para hacerle frente.

—¿Por qué ha hecho eso?

—Tienes que ser capaz de disparar en condiciones de batalla —cruza los brazos—. Acabas de fallar.

La furia arde en mis venas, tan fuerte que me hace temblar. Giro el perno hacia atrás para expulsar el proyectil de calibre .300 vacío y apuntar. *Esta vez*, me imagino que le estoy disparando *a él*.

En una rápida sucesión, golpeo el objetivo tres veces más. Retrocedo, con la cabeza muy alta.

—Señor —le doy un saludo.

Me vuelvo a girar y regreso donde los "perdedores" en la línea de 450 metros. Espero hasta llegar a la cabina antes de limpiar mis lágrimas.

—No le haga caso —dice Andrea—. Todavía está enojado porque no pudimos rescatar a su hermano.

Recojo mi M16 y miro el objetivo de 450 metros. Eso es medio kilómetro. La distancia de una azotea a un blanco en la calle. No necesito su arma apestosa. ¡Me conformaré con lo que tengo!

—Señor —miro directamente hacia adelante.

Utilizo mi M16 para arruinar el objetivo de los "perdedores" completamente.

*

Me quedo atenta mientras Dillon Everhart clava el broche en mi corazón. Su labio se estremece al extender la mano y dice: «Felicitaciones».

Respiro profundamente para obligarme a no llorar. Es gracioso cómo su piel se siente cálida, como la piel de cualquier otra persona, no como he imaginado que se debe sentir la mano del diablo.

—Gracias, Señor —murmuro.

Un músculo en su mejilla se contrae. Se aparta rápidamente, como si mi tacto pinchara. Una lágrima se desliza por mi mejilla mientras se mueve para condecorar al siguiente cadete. Aprieto mi *tasbih*, tratando de sacar fuerza de las pequeñas cuentas negras. Afortunadamente los nombres con la letra 'M' están cerca del final de la fila. Sólo quiero salir de aquí y desaparecer en la cueva más profunda.

La caverna hace eco cuando los cadetes se felicitan y gritan. Me tomo un momento para ir al baño. Yong, Maximov y Rosseau se interponen en mi camino, dándose una palmada en la espalda.

—¿Qué obtuvieron ustedes? —pregunta Rosseau.

Maximov saca una insignia plateada.

—*Especialista en municiones*. Puedo hacer volar cosas.

—¡*Russkaya Pravda*! —Yong se ríe—. La justicia rusa. Es hora de que paguen por Seattle.

La mandíbula de Maximov se endurece formando un cuadrado. Su familia emigró allí, sólo para ser atacada por un submarino nuclear estadounidense secuestrado.

—¿Qué hay de ti, Yong? —pregunta Rosseau—. ¿Qué obtuviste?

—*Operador de Ciberespacio* —Yong menea sus dedos como si estuviera tecleando—. Puedo participar en una guerra cibernética.

—¡Genial! —Rosseau golpea su propia insignia con indiferencia, pero por su expresión, parece que está listo para estallar si no decimos algo—. ¿Todo bien?

—¿Bien qué? —Yong se niega deliberadamente a morder el anzuelo.

—¿No van a preguntar cuál es mi especialidad?

Trato de rodearlos mientras Yong y Maximov miran la insignia. Parece familiar. Una cabeza de caballo, montada sobre un pequeño pedestal redondo.

—¿Vas a montar caballo? —Maximov pregunta

—No —dice Rosseau.

—Nunca había visto una insignia como esa antes —dice Yong.

—¿Qué es? —Maximov pregunta.
—Psy-Ops —respondo.
Los tres hombres se vuelven, notándome por primera vez.
—La cabeza de caballo representa una pieza de ajedrez —le digo—. Significa que manipulas a tu enemigo a través de la guerra psicológica.
—¡No! —Yong dice con incredulidad—. ¿Como en *"Los Hombres que Miraban Fijamente a las Cabras"*?
—¿A quién llamas cabra? —Rosseau sonríe.
— Cabras hijas de pu...
Maximov golpea a Yong en las costillas. Fuerte.
—Cuida lo que dices —gruñe.
Yong me da una expresión tímida.
—Lo siento, uhm... no quise decir...
Suprimo mi molestia.
—¿No te referías *a mí*?
Rosseau me da una profunda y permanente mirada de mago. Soy consciente de la referencia de la película. Mi padre alquiló el video una vez y lo vio con mi madre. Pero yo era muy joven entonces. Honestamente, pensé que la película era aburrida. Excepto por la parte donde la cabra cayó muerta. *Eso* fue divertido.
—Eso no va a funcionar con ella —dice Maximov—. Ella tiene su *chetki* —señala mi *tasbih* de oración— para mantener su mente libre de propaganda.
—¿Y qué sabes tú de propaganda? —Rosseau lo desafía.
—Crecí en Rusia —dice Maximov—. Familia venir aquí para alejarse de propaganda, enseñarme a pensar por yo mismo —golpea su sien—. Cuestionar todo. Entonces Ghuraba viene. Peor que Putin.
Dijo más palabras que en todo el tiempo que lo llevo conociendo.
—¿Qué obtuviste, McCarthy? —pregunta Rosseau.
Miro fijamente al pequeño y plateado escudo que Dillon clavó en mi pecho. Un caduceo con una estrella. Mi labio tiembla.
—*Servicios Médicos* —susurro—. Quieren convertirme en médico —les doy una sonrisa triste—. Es lo que mi madre siempre quiso.
—¿Y *tú* no quieres eso? —Yong pregunta.
Miro a través de la caverna donde seis nuevos francotiradores se agrupan alrededor del Especialista Rodríguez y el Especialista Jackson

de los Irregulares de Texas con sus nuevas insignias de puntería. Todo el secreto, todo el drama de las últimas semanas ha llevado a esto. Dillon no estaba aquí para hacerse cargo por su hermano caído. Sólo está aquí para reclutar un nuevo equipo para sus Irregulares de Texas.

¿Y el mismísimo diablo? Sólo Alá sabe hacia donde desapareció.

—Supongo... —digo con un medio suspiro.

Trato de escapar, pero Andrea coge su altavoz portátil.

—¡Muy bien, idiotas! —grita—. ¡Fórmense! Es hora de recibir sus misiones.

Me pongo en la fila. La Soldado Gomez se acerca para estar junto a mí. Espía mi placa y sonríe.

—¡Increíble! —me da un pulgar hacia arriba.

Le devuelvo la sonrisa más falsa del mundo. Desde que me enfrenté a Dillon, las mujeres de nuestro grupo se han unido en torno a mi capacidad como médico, superando mi discapacidad de alguien que no ha rechazado su fe musulmana. ¿Cómo les digo que prefiero *matar* a la gente que salvarla?

Andrea señala uno de los túneles que termina abruptamente a medio camino de la pared de la caverna. Hace algún tiempo, un caballete de ferrocarril cruzaba hacia un túnel idéntico en el lado opuesto. Nadie va hacia allá. Ahí es donde Dillon Everhart duerme. Durante los últimos tres días nadie ha tenido permitido ir allí, excepto los Irregulares de Texas que aparecieron para darnos entrenamiento de francotiradores.

Dillon aparece en la barandilla que fue construida para evitar que la gente caiga y muera.

—¡Atención! —grita—. ¡Oficial en la cubierta!

Nos miramos el uno al otro. *Él* es el oficial de más alto rango de la base. El conductor al que le faltan los dedos aparece junto a él, el hombre que es nuestro vínculo con el mundo exterior.

Dillon lo saluda.

No...

Dillon saluda al hombre que está a *su lado*.

—¡Coronel Everhart! —suspiro cuando él entra a la vista.

Un zumbido excitado ondea a través de los rebeldes. Gomez se inclina hacia mí.

—¿Es realmente él?

—Sí —digo—. Lo conocí una vez.

—¡Tienes mucha suerte! — Gomez dice arrastrando las palabras—. Sólo lo he visto en la televisión.

Dillon mira hacia adelante mientras su padre sube a un podio que se ha instalado en el centro del balcón. Todos prestamos una atención extra-nítida, el orgullo en la habitación llena hasta el último bastión de los ex militares de los Estados Unidos. Nueve semanas aquí me han enseñado la historia que los Ghuraba trataron de suprimir. Siento que estoy de vuelta en la Casa Blanca cuando la Presidenta sacudió la mano de mi padre.

El Coronel Richard Everhart agarra los costados del podio, luce alto y guapo. Una versión con cabello plateado y más noble de su hijo menor.

—Hace siete años, nuestros enemigos lanzaron un ataque que cambió el rumbo de este planeta, mataron a miles de millones de personas, irradiaron el Medio Oriente y convirtieron las grandes ciudades del mundo en vidrios rotos. Entraron a nuestro país bajo la apariencia de refugiados que necesitaban ayuda, asesinaron a nuestros líderes y mataron a nuestros ejércitos mientras dormían.

—Algunas personas nos preguntan: «¿Por qué los rebeldes todavía luchan?» Bueno, luchamos por la libertad —levanta su mano—, luchamos por nuestro estilo de vida, luchamos para restablecer el equilibrio entre el bien y el mal.

—Depende de nosotros escoger el sendero de la rectitud, llegar a ser más divinos, reconciliar nuestra naturaleza animalista, no porque algún líder religioso o general *nos lo diga*, sino porque lo sentimos *aquí*— golpea su pecho —y sabemos qué es lo que un Dios justo querría.

—Depende de ustedes —señala a todos nosotros— dar ejemplo a la gente de este país, comportarse honradamente, incluso cuando nuestro enemigo actúa menos honradamente que nosotros...

Miro a Dillon Everhart. Mira fijamente hacia adelante, su boca disimula su molestia.

—...mostrarle a la gente hay otra forma —gesticula hacia *mí*—, para que puedan levantarse y liberarse de sus opresores. Sin su ayuda, no podemos ganar.

Cosquilleos de electricidad ondulan a través de mi cuerpo.

—Él te seleccionó para un reconocimiento especial —Gomez susurra emocionada.

—La mayoría de ustedes son demasiado jóvenes para recordar lo que era nacer libre, pero mientras sigamos luchando —aprieta el puño—, la libertad seguirá existiendo.

Levanta el brazo.

—¡*USTEDES* son la antorcha de la libertad!

Todos nos alegramos. Mis primeras lágrimas desaparecen.

—Ahora, antes de que podamos asignarlos a una unidad permanente, cada uno debe demostrar que sabe cómo luchar. Estas serán redadas de combate, guiadas bajo la supervisión de un comandante experimentado. Pero sí estarán bajo fuego. Así que, deben cuidar sus espaldas.

Los rebeldes murmuran emocionados.

—Está bien —dice el Coronel—. Muévanse. Y que Dios los bendiga.

Todos nos separamos. Toco mi insignia de Servicios Médicos. ¿Dónde encajo *yo* en todo esto? ¿Un médico? ¿En alguna parte en las líneas traseras?

Miro a los seis nuevos francotiradores que siguen a los dos especialistas de los Irregulares de Texas. Sé cuál será *su* misión. Es una lástima que no pueda ir con ellos. A diferencia de ellos, sé cómo encontrar mi camino alrededor de la Ciudad del Califato con mis ojos cubiertos.

Capítulo 16

Cambiamos de vehículos, pasando de ir con ojos vendados en la parte trasera de un camión a ir con los ojos vendados en la parte trasera de una camioneta. Andrea dice que es un procedimiento estándar. Algún día uno de nosotros será capturado, y cuanto menos sepamos sobre la ubicación de la base, más tiempo los rebeldes pueden entrenar así de cerca de la ciudad capital de los Ghuraba.

¿Estamos cerca? ¡Está al menos a unas ocho horas en vehículo!

Por fin, la furgoneta retrocede en algún lugar y se detiene. La puerta se abre.

—Está bien —dice Andrea—. Al refugio.

Nos agrupamos en un garaje residencial. Las pesadas cortinas opacas oscurecen las ventanas. Los estantes lucen vacíos, a excepción de algunas esporádicas herramientas automotrices.

Subimos a la cocina de una casa de estilo rancho con armarios de madera de color marrón oscuro, encimeras naranjas y un suelo de linóleo dorado. Aunque está mohoso por la falta de uso, lleva una pulcritud gastada, como si quienquiera que vivió aquí alguna vez tuvo cuidado de mantenerla a pesar de su anticuado encanto. La ventana sobre el lavabo tiene cortinas aislantes. Debajo del alfeizar de la ventana cuelga una lámina de plástico grueso sostenida por una cinta adhesiva.

Andrea nos entrega a cada uno de nosotros un paquete de píldoras de yoduro de potasio y una placa hexagonal blanca con un dosímetro.

—¿Estamos en una zona radioactiva? —pregunto.

—Sí —Andrea pincha en su dosímetro—. Unos 11 rads.

Calculo mentalmente cuántas horas podemos tolerar este nivel de radiación antes de que nuestros órganos internos se cocinen. ¿Varias semanas, tal vez? Pero la absorción de radiación es acumulativa durante la vida. Con tantas zonas radioactivas dispersas por todo el país, la posibilidad de desarrollar cáncer es bastante alta.

—¿Dónde estamos? —pregunto.

—En algún lugar fuera de Langley —dice Andrea.

La zona muerta. Creada por los Ghuraba para despoblar el área alrededor de la Ciudad del Califato, instalada en las ruinas de la antigua capital de los Estados Unidos para afirmar su dominio sobre el mundo.

Dejamos caer nuestras bolsas en la sala de estar. En el armario del dormitorio principal, alguien ya ha montado armas para esta misión.

—Genial —silba Yong.

Maximov se mete en el armario y saca una caja marcada con "termita".

Rosseau saca una cámara de video.

—Deja eso —le susurro—. ¿Y si cae en manos equivocadas?

—Ordenes del Coronel —Rosseau golpea su insignia de Psy-Ops.

—Ahora no —interrumpe Andrea—. Sólo la misión principal.

—Pero…

Le levanta una ceja a Rosseau. Apaga la cámara, murmurando que son órdenes contradictorias. Andrea entrega a cada uno una bolsa del armario.

—Vayan a cambiarse —dice—. Todavía estamos esperando a nuestro comandante.

La sigo a un dormitorio más pequeño. Ella saca sus trenzas del moño sobredimensionado que las mantiene contenidas para que fluyan libremente alrededor de sus hombros. Antes de que dejáramos la base, nos equipó con chalecos antibalas. El mío dice "Departamento Policial de la Ciudad de Baltimore", mientras que el de ella dice "Equipo SWAT de Filadelfia". Ajusta su brazo a su cadera, y luego comienza a colocar bolsas llenas de munición en su chaleco.

Mi muñeca hormiguea mientras la veo transformarse de nuevo en la mujer que vi por primera vez en una niebla inducida por golpes. Ella es un ángel vengador, enviado desde el cielo. Si Alá tuviera tres hijas, así es como se vería *Al-Lat*, la diosa de la guerra.

—¿Qué? —pregunta.

—Nada —sonrío—. Hoy se ve muy impresionante.

Andrea sonríe.

—No ha visto nada, novata. Tenía que haberme visto con Lionel. Su sonrisa se desvanece. Ese dolor que ella siempre lleva cada vez que menciona su nombre aprieta la piel alrededor de sus ojos. ¿Eran amantes? Todo el personal superior dice que no. Si lo eran, mantuvieron su relación en discreción. Pero incluso si no lo eran, es obvio que él significaba algo más para ella que sólo su oficial al mando.

—¿Quién es nuestro contacto? —pregunto.

Ella me da una sonrisa irónica.

—No es *la única* persona que el Coronel Everhart me pidió que cuidara.

Reflexiono sobre su respuesta. ¿Cuidar?

Desde la parte trasera de la casa, oímos una vibración subiendo por la puerta del garaje.

—¡Sargento Mayor! —grita Yong desde la otra habitación.

—Está bien —dice Andrea—. Debe ser nuestro punto de contacto.

Saca su arma, un Glock-19, y se mueve a la puerta trasera como una sombra alta y oscura. Señala a Maximov para que se mueva hacia el lado opuesto del marco de la puerta. Prepara su Carabina M4. Mi corazón se acelera cuando una puerta de un vehículo golpea dentro del garaje.

Unos pasos chocan contra el hormigón. Provienen de botas grandes y pesadas.

Me encojo mientras tres golpes agudos, una pausa, y luego un toque corto suenan en la puerta de la cocina.

—¿Quién puede estar llamando a mi puerta? —Andrea grita.

—Vete, no vuelvas más por aquí —responde una voz masculina.

—Descansen.

Andrea relaja su pistola de servicio, pero no la enfunda.

La puerta se abre. Allí se encuentra Dillon Everhart, que llevaba el mismo equipo robusto y el sobretodo oscuro que usó la noche que lo conocí.

«*Malak al-Maut*...»

Mi corazón se hunde. Como si no fuera lo suficientemente malo que saboteara mis aspiraciones de francotiradora, ¿ahora el Coronel nos puso bajo su hijo pródigo para hacernos el examen final?

—Le tomó bastante tiempo —el tono de Andrea *aquí* es diferente del comportamiento deferente que lleva dentro de la base.

—Quería conocer el terreno alrededor del objetivo.

—¿Y vio algo diferente de lo que obtuvimos de nuestro informe de inteligencia?

—No —los ojos azules de Dillon se reflejan con irritación—. Pero nunca puedes saber cuáles son las condiciones en el terreno.

—Podría haber puesto nuestra misión en riesgo.

—¡*Yo estoy* al mando aquí! ¡No tú!

Estas discusiones las he escuchado, susurradas y en secreto, entre los dos en la base. Dillon Everhart no se fía de nadie para ejecutar sus órdenes. Ella, por el contrario, da una orden y espera que la gente bajo su mando obedezca. Aunque él técnicamente la supera en rango, pertenecen a dos ramas diferentes del ejército del Coronel, dos teorías de combate diferentes, que no siempre se llevan bien.

Dillon se encuentra con mi mirada. Su boca se endurece, pero él no parece sorprendido de verme. Se abre paso entre nosotros en la sala de estar y establece una serie de mapas satelitales sobre la antigua mesa de café rayada.

—Nuestro objetivo esta noche es destruir una instalación que maneja los drones —planta el dedo en una imagen satelital de un antiguo complejo de oficinas—, pero primero, tenemos que hackearlos y descargar todos sus datos.

—¿Ahí es donde entro yo? —Yong mueve sus dedos.

—Sí.

Maximov sostiene una de las granadas M67 que encontró en el armario de armas.

—¿Por qué no los volamos, Señor?

—Ese sería *mi* primer impulso —Dillon da a Maximov una sonrisa extraña—. Pero últimamente los Ghuraba han estado exterminando sistemáticamente a todo el que nos apoye. Tenemos que averiguar qué aliados están comprometidos.

—¿Y yo, Señor? —Rosseau sostiene su cámara de video—. ¿Dijo el Coronel que debo filmar esto?

La expresión de Dillon asume esa mirada de odio que lleva con frecuencia. *Me* mira, y luego a Andrea.

—Durante las últimas diez semanas —gruñe—, los Ghuraba se ha jactado de que han matado a la resistencia. Tenemos que mostrar a la gente que la libertad no murió con mi hermano.

—Amén...

Andrea murmura.

Dillon describe los objetivos de la misión a cada miembro del equipo. Precisamente. Competentemente. A pesar del distanciamiento entre Andrea y el estilo de mando de Dillon, es obvio que éste está en su terreno cuando planifica un ataque sorpresa. A medida que nos da nuestras órdenes, él finge que no existo. Finalmente, levanto mi mano.

—¿Señor? —pregunto—. ¿Qué debo hacer *yo*?

Dillon frunce el ceño.

—Sólo apoya a la Sargento Mayor Bellona.

Nos separamos en habitaciones para terminar de vestirnos. A través de las cortinas aislantes, un pequeño haz de luz proyecta una línea naranja en toda la alfombra peluda de color marrón. Después de nueve semanas en una cueva, el impulso de correr hacia la luz del sol, incluso si incrementa mi exposición a la radiación, es casi abrumador.

Andrea urgetea en su bolso y saca unas telas negras arrugadas. Lanza una de ellas hacia mí.

—Tenga.

Desdoblo el burka negro, uno de los sencillos, del tipo que una mujer de rango inferior o esclava sexual pueden llevar. Mi mano tiembla mientras estira y alisa la tela. La necesidad de ponérmela, de *esconderme* bajo sus pliegues, lucha con esa bisoña parte de mí quiere tirarlo a la chimenea y quemarlo.

—Nunca pensé que tendría que usar uno de *estos* de nuevo —digo suavemente.

—Las cosas se están poniendo mal fuera de las ciudades —dice Andrea—. Los Ghuraba ha estado usando aviones no tripulados para espiar cualquier lugar que no esté siguiendo sus leyes de la *Sharia* y exterminando sistemáticamente cualquier comunidad simpatizante a los antiguos Estados Unidos. Muy pronto, no habrá ningún lugar donde una mujer *no pueda* usar una de estas cosas.

Deslizo el manto negro hasta los hombros y lo ajusto para ocultar una carabina M4; una versión más corta del M16 de alcance más corto.

—¿Cómo puede soportar esta cosa? —dice Andrea.

—El Corán exige que una mujer cubra su piel —me encojo de hombros—. Aprendes a adaptarte.
—¿Cómo fue... — pregunta ella—. crecer bajo el dominio de esos bastardos?

Miro más allá de ella, hacia el pasado.

—Mi madre tenía un dicho: «*Mantén tu cabeza hacia abajo, tu corazón abierto y la boca cerrada. Aprenderás a rebelarte en mil pequeñas maneras*».

—¿Como aprender medicina?

—Sí.

—Yo soy quien le enlistó para el cuerpo médico —dice Andrea—. Ellos le convertirán en un médico pleno. Oficialmente.

Le doy una sonrisa triste.

—Rasulullah tiene a mi hermana pequeña. Me hubiera gustado ser un francotirador.

Andrea suspira.

—Lo intenté. Dillon no confía en usted.

Desdoblo el burka negro de Andrea y lo mantengo extendido. Lo mira con esa misma mirada de desagrado que *yo* pongo cada vez que alguien intenta darme tocino.

—Cuando los Ghuraba dijeron que todas las niñas deben cubrirse —digo—, mi mejor amiga y yo lo convertimos en un juego.

—¿Qué clase de juego?

—¡Solíamos cambiar de lugar y ver cuánto tiempo les tomaría a nuestros padres darse cuenta! —recuerdo eso y rio—. Fingíamos que yo era Sayyida Zainab, defendiendo a su hermano en la batalla de Karbala, y ella interpretaba a Hussein.

—¿Era la hija de Mahoma?

—Su nieta —la corrijo.

—Mis hermanos solían hacer eso —dice Andrea. Sólo que a nosotros nos gustaba fingir que éramos piratas fantasmas en el Holandés Errante.

—¿Cómo Sayyida al-Hurra?

—¿Sayyida al-Hurra? ¿Quién es esa?

—Ella era una reina pirata musulmana que gobernó el Mediterráneo —digo—. Su nombre significa *"mujer que no se inclina ante ningún hombre"*. Incluso se dice que Isabel de Castilla le temía.

—¿Qué hay de su amiga? —pregunta Andrea—. ¿Sigue en la ciudad?

Mi sonrisa se desvanece.

—Sus padres eran judíos. Un día, todos ellos sólo desaparecieron —me aparto y aprieto los puños—. Me temo que eso es lo que Rasulullah va a hacerle a mi hermana pequeña.

Andrea pone su mano sobre mi hombro.

—Hey. La traeremos de vuelta —dice—. Está aprendiendo cómo luchar. Eso es lo que me enseñó Lionel. Sólo seguir luchando hasta vencer.

—O morir —le digo.

Andrea mira hacia la puerta, donde los hombres se ríen en el otro lado.

—Prefiero estar muerta que ser esclava.

Busca en su bolso y saca su cuchillo, el que ella y la Sargento Primero Daksh utilizaron para enseñarnos cómo evitar ser decapitadas. Lo extiende.

—Tome. ¡Una chica debe tener su blin-blín!

Es un magnífico regalo, un estilete largo y letal, de la mitad de la longitud de mi cadera, con una funda en forma de espátula cuyas correas se sujetan alrededor del muslo o se adhieren al cinturón. En la cuchilla dentada, están grabadas las palabras *Gerber Mark 2*.

—¿Qué hay de usted? —le pregunto.

—Conseguiré otro esta noche.

Lo que quiere decir es *"A quien sea que mate, rebuscaré en su cuerpo y robaré sus armas"*. Es una parte desagradable, pero necesaria, de ser un soldado rebelde. *Escarbar 101* es una de las habilidades que nos enseñó en el entrenamiento básico».

—Gracias —le digo—. Le daré buen uso.

*

Después de una breve siesta, arrastramos nuestro equipo a través de barrios abandonados hacia el parque industrial vacío que contiene nuestro objetivo. Después que Lionel explotó la antigua sede de la CIA, los Ghuraba se escabulleron y comenzaron a repartir sus hombres por todo el campo en ruinas. No hay canto de pájaros, no hay chirrido de grillos mientras caminamos, pero en la hierba de color amarillo enfermizo de vez en cuando vemos un escarabajo. No parece molestarle a los Ghuraba que su personal de manejo de drones esté siendo lentamente irradiado.

—Recuperamos uno de los satélites —dice Andrea—, por lo que pudimos hacer seguimiento al progreso de los Ghuraba.

—¿Militar? — le pregunto.

—Google Earth —dice Andrea—. Gran parte de la programación fue hecha por ingenieros voluntarios. La cosa esa tiene más puertas traseras que una fábrica de artículos para el hogar. Cada vez que tratan de sacarnos, los hackeamos de nuevo usando una puerta trasera diferente.

—¡Nunca subestimen a un hacker! —Yong ríe. En su mochila, lleva un ordenador portátil rodeado de blindaje de plomo pesado para protegerlo de la radiación de bajo nivel.

Nos quedamos en silencio mientras nos acercamos a las barreras de hormigón que bloquean la carretera con barricadas escalonadas, lo suficientemente lejos como para que un vehículo de transporte pueda pasar a través de ellos, pero sólo a paso de tortuga. Si este centro de oficinas fue alguna vez civil, ahora es completamente militar, a juzgar por la alta valla de malla metálica de dos metros y medio, coronada por un alambre de púas, y protegida por una camada de remolques tractores, que empequeñecen la vía para evitar que algún vehículo dé la vuelta.

—¿Sólo drones? —pregunto.

—Son los camiones lo que nos llamó la atención — dice Andrea—. Al principio pensamos que los Ghuraba habían abierto una nueva fábrica de automóviles. Las hacemos explotar para que no puedan reemplazar sus partes.

Nos acercamos a un camión cisterna de agua estacionado junto a la valla, tan destartalado que el óxido ha hecho agujeros en los guardabarros. Me había dado cuenta del lamentable estado de los vehículos cuando vivía en la Ciudad del Califato, pero nunca me atreví a preguntar por qué nadie se molestaba en arreglarlos.

Los hombres toman posiciones detrás de diferentes vehículos en ruinas. Esperamos a que el sol bese el horizonte. Andrea y yo nos quedamos en silencio mientras ajustamos nuestros burkas para cubrir nuestras caras.

—Cada vez que me pongo una de estas cosas, me descubren —se queja Andrea.

—Inclínesee hacia delante y baje sus hombros —la examino—. Una mujer Ghuraba debe parecer siempre sumisa.

—Me gustaría darles un poco de sumisión con uno de *estos* — Andrea hace un movimiento como empujando el cañón de su M4 en el trasero de alguien. Suprimo una risa mientras les entrego mi carabina M4 a Rosseau por seguridad.

Nos hacemos ver por dos hombres vigilando la puerta con armas automáticas, nosotras estamos desarmadas excepto por nuestras pistolas y cuchillos. Por suerte todos los hombres, sean Ghuraba o rebeldes, tienen una debilidad conocida.

Sostengo las bandejas de comida.

—¡Asalamu Alaikum! —la paz sea con ustedes, les digo en árabe,—. ¡Eid Mubarak! —feliz Eid al-Adha.

Los dos guardias se dan vuelta y apuntan sus M16.

—¿Qué hacen aquí? —el más bajo de ellos consulta.

—Nuestro marido nos dijo que trajéramos el *hach* al atardecer — digo con dulzura—, para que sus hombres puedan celebrar el Día de *Arafat*.

—¿Quién es su marido?

Mi boca se seca, mientras rezo que nuestra inteligencia sea buena.

—Muhammad al-Satwah, el Comandante del turno.

Los dos guardias discuten entre ellos.

Andrea levanta la tapa de una de las bandejas que lleva. Se desborda con las hojas rellenas de uva, cordero asado y una ensalada de garbanzos y perejil fresco de primavera. Lo suficiente como para alimentar a un ejército de técnicos. Agita la tapa, lo que causa que el olor de cordero flote en su dirección.

Los dos guardias huelen. El guardia más alto se mueve para abrir la puerta principal.

—Colóquen la comida adentro sobre la mesa —dice—, pero después tienen que irse.

Seguimos al guardia más alto dentro del edificio. En el momento en que Andrea baja su bandeja, golpea la culata de la pistola que sostenía por debajo de ésta en el lado de la cabeza del guardia.

—¡Dulces sueños, *Zeb*!

Andrea levanta la parte delantera de su burka para exponer su cara.

—¡Rayos! ¡¿Cómo puede ver con esta cosa?! —dice haciendo una mueca.

Le doy unas correas para que pueda esposar sus manos detrás de su espalda. Luego procede a atar sus tobillos, luego las manos y los pies juntos en un arco detrás de él, en lo que tiene que ser la posición más incómoda del mundo. Finalmente lo amarra de nuevo en un doble nudo triple.

—¿Para que no se escape? —le pregunto. Andrea y Daksh nos enseñaron a escapar de las bridas, pero el enemigo tiene que atarte de cierta manera o estarás luchando por soltarte durante todo el día.

—¡Te tengo! —Andrea sonríe—. Trata de escapar de esto.

Desenrolla el *shemagh* a cuadros del guardia y se lo mete en la boca, a continuación, busca en sus bolsillos. Con una amplia sonrisa, saca un cuchillo de supervivencia nuevo.

—¡Ves! Le dije que conseguiría uno nuevo.

Lo arrastramos debajo del mostrador vacío de la recepción, un amplio escritorio en forma de U cubierto con monitores de seguridad. Alguna vez, este vestíbulo era moderno y elegante, pero varios años de asentamiento Ghuraba lo han dejado luciendo como si un montón de vándalos haya pasado y lo destrozó, sólo por diversión. Andrea desliza una unidad flash en el monitor que filma la vista fuera de la instalación. Retrocede el video al mismo de anoche. Con un par de toques del teclado, el archivo de la noche anterior muestra a los dos guardias patrullando las instalaciones mientras que el sol se hunde hacia el horizonte.

—Vamos por el segundo guardia —dice.

Ajustamos nuestros burkas, y luego vamos afuera hacia donde el guardia más bajo pasea con aburrido desinterés. Detrás de la cisterna de agua oxidada, veo un atisbo del cañón de una M4.

—¿Disculpe? —digo en árabe.

El guardia se vuelve. Andrea lo golpea en la sien con un rudo gancho derecho. Mientras ella lo amarra, corro a la puerta y la abro para que el resto del equipo pueda escabullirse dentro.

Dillon pasa por mi lado, con una expresión indescifrable. Sólo una vez, me gustaría ver algo más que desaprobación en sus ojos.

—¿Alguien las oyó? —pregunta.
—No, Señor.
—Sólo dos bellas durmientes —Andrea dice en voz alta.
Dillon le hace señas a Maximov y Yong.
—Arrástrenlo adentro.
—¡Sí, señor!
Cada uno agarra un brazo y arrastran al guardia más bajo al interior del edificio. A medida que lo atamos y lo metemos debajo de la mesa, Maximov, Yong y Rosseau se comen la bandeja llena de palitos de cordero asado.
—¿Qué? —Yong pregunta mientras le doy una mirada de desaprobación—. No querrás que la comida se desperdicie.
—¿No sabes que botar la comida es un pecado? —dice Rosseau.

Hace una panorámica con su cámara a lo largo de las dos bandejas llenas de comida, narrando como si él fuera el editor en jefe de la cocina en uno de esos viejos videos de cocina que a Crisálida le gusta mostrar en la televisión de la cafetería.

Andrea arranca su burka y cubre a los hombros cautivos.
—¡Ugh! —exclama—. Vamos.
«*Maximov y Yong, adelante*». —Dillon hace señas con las manos y en silencio—. «*Rosseau y Andrea, los cubren. Tú... te quedas conmigo*».

Es igual que en el entrenamiento a medida que avanzamos a través del edificio en una formación de 2x2. Sólo que este ejercicio de entrenamiento es real. Mi corazón late mientras nos deslizamos en cada esquina siguiente, pero los pasillos están vacíos. Quien sea que trabaje aquí, no debe tener permitido dar vueltas por el edificio. Por fin llegamos a una puerta marcada con cinta adhesiva azul que reza "centro de datos" con un rotulador permanente. Andrea y Dillon se mueven a cada lado del marco de la puerta.

—¡Maximov! ¡Rosseau! —señalan en silencio—. Aseguren la habitación.

El aire frío escapa hacia afuera mientras los dos hombres se deslizan en el interior. Contenemos la respiración a través de un breve y audible forcejeo. Esta es *nuestra* misión de entrenamiento, no de Dillon y Andrea. Un momento más tarde, Rosseau saca la cabeza.

—Lo grabé con mi cámara compacta —susurra.
—¿Están inmovilizados? —Dillon le pregunta.

—Oh, sí—, dice Rosseau—. Un toque de amor de Maximov y los *geeks* cayeron como rocas.

Maximov aparece y, con una amplia sonrisa, le da a Dillon un amistoso choque de puño. Me sorprende que, desde que debieron compartir su estadía en el calabozo, los dos parecen llevarse bien. ¿Tal vez eso es todo lo que respeta Dillon? ¿Un hombre que pueda noquearlo? ¿Y una mujer que pueda patearle el trasero como Andrea? Siento una punzada de envidia mientras Maximov choca los cinco con Dillon.

Nos amontonamos en la sala de computadores de los Ghuraba. El aire aquí es gélido, mientras que el zumbido de cientos de servidores hace que el vello de mis brazos se levante con su sutil campo electromagnético.

—Parece que este es el lugar correcto —dice Andrea.

—¡Es hora del espectáculo! —Yong sostiene su computadora portátil—. Esto va a tomar un tiempo.

Dillon apunta a Maximov.

—Tu eres el siguiente, *Russkaya Pravda*.

Maximov mete la mano en su mochila y saca un puñado de cargas de C4. Se apresura a la primera torre y mete los explosivos donde harán el mayor daño, y luego busca en su mochila para sacar un segundo.

Dillon se mueve hacia la puerta en el lado opuesto de la habitación. Coloca el oído en la puerta de acero, y *me* hace un gesto.

—*Tú* —me gesticula en silencio—. *Vas primero.*

—Ella no es de infantería —dice Andrea.

—Si ella quiere rescatar a su hermana, más le vale probar que podemos confiar en ella —se vuelve hacia mí—. ¿Crees que puede manejar esto sin meter la pata, McCarthy?

¿Me está dando una oportunidad?

—Sí, Señor —le doy un saludo ansioso—. Entrar. Decirles a todos que se queden en donde están. Disparar unas cuantas balas al techo y hacerlos irse al piso.

—Si alguien parpadea, le disparas a uno para demostrar que vas en serio.

Mi ceño se frunce.

—Pero pensé que estas personas están desarmadas.

Sus pupilas se ensanchan a casi un negro total. Agarra mi brazo.

—Escucha, princesa —me dice sutilmente—. Estos hijos de puta piensan que es una especie videojuego lanzar un misil Hellfire a la casa de algún pobre diablo. ¡Así que no me des un discurso sobre ética!

—S-señor —le respondo

—Estoy en eso, señor —Yong dice en voz alta desde el terminal de datos donde ha estado escribiendo furiosamente.

Miro a Andrea. Ella le da Dillon una mirada cautelosa.

—Está lista para esto, McCarthy.

—Hacer lo mismo que hemos entrenado —asiento con la cabeza.

—Vamos a estar justo detrás de ti, niña.

Levanto mi carabina M4, cañón arriba, y me apretujo detrás de la puerta.

Dillon señala con la mano: «5, 4, 3, 2, 1...»

—¡¡¡AHORA!!!

Le da una patada a la puerta. Voy corriendo a una habitación donde decenas de Ghuraba miran los monitores sobre mesas plegables ordinarias. En la pared frente a ellos, tres enormes pantallas planas muestran lugares donde los aviones no tripulados circulan sobre una granja civil, estudiando algo de interés.

—¡Todo el mundo abajo! —grito.

El M4 vibra mientras disparo al techo.

Los técnicos miran hacia arriba. La mayoría no son mucho mayores que mi hermano pequeño. Dos se ponen de pie.

—¡Lo digo en serio! —disparo de nuevo al techo—.¡Al suelo y no saldrán lastimados!

Como si fuera en cámara lenta, uno de los chicos se levanta con una 9mm Glock en la mano. Su brazo se eleva.

—¡No!

Mi entrenamiento entra en acción. Tiro del gatillo antes de pensar. El movimiento es instintivo.

El niño se sacude mientras una bala golpea su pecho.

El resto de mi equipo irrumpe detrás de mí, disparando.

—¡Todo el mundo abajo!

Dos disparos más le dan al niño con la pistola.

Levanta las manos y cae.

—¡No! —grito—. ¡Alto el fuego!
Corro a su lado, del chico que no es mucho mayor que mi hermano menor. Se retuerce en el suelo, agarrándose el pecho.
—¡Lo siento! ¡Lo siento mucho!
Rasgo su camisa y presiono mis manos contra la herida de bala que le acabo de provocar.
Los otros muchachos gritan mientras Dillon y los otros los obligan a ponerse boca abajo. ¡Tan jóvenes! ¡Tan jóvenes! ¡Son sólo niños pequeños jugando videojuegos!
Arranco mi hijab y lo presiono en la herida.
—¿Cuál es tu nombre, niño? —le pregunto.
La sangre se derrama de su boca.
—Ibraham —tose.
—Ese es un buen nombre —le hablo para alejar su pánico—. ¿Cómo el padre de las tres grandes religiones?
—Sí —dice el muchacho—. Mi mamá dice que es mi verdadero nombre.
Levanto mi bufanda. La sangre se derrama a través del enorme agujero. Le di a la aorta. Presiono la tela hacia abajo.
—¡Andrea! —le grito—. ¡Necesito algo para sacar esta bala!
—Estoy un poco ocupada —clava su M4 en la cabeza de un hombre joven—. No te muevas, o estás muerto.
El niño herido agarra mi mano.
—¡No me dejes!
Dillon y Maximov patean los terminales de ordenador, arrancan los cables y disparan a los discos duros. Me siento como si fuera dos personas a la vez. La mujer Ghuraba, horrorizada por los terroristas que irrumpieron en este lugar de trabajo para disparar a niños pequeños, y la soldado rebelde, destruyendo siniestramente la infraestructura que estos hombres-niños utilizan para atacar y matar a civiles.
—Tengo tanto frío —Ibraham se estremece.
Presiono la tela en su herida.
—Sólo espera, ¿de acuerdo?
Miro el caos. ¡Demasiado tiempo! ¡Está tomando demasiado tiempo! La sangre del niño se filtra a través de mi pañuelo negro, sobre el suelo de baldosas blancas, en mi equipo de combate rebelde.

Incluso si *puedo* encontrar el equipo médico, ¿es demasiado tarde para salvarlo?

—Por favor, ¡no me dejes morir!

Agarro la mano del chico de trece años que sacó una pistola. Él debería estar en casa en este momento, jugando con sus hermanos y decirle a su madre lo que aprendió en la escuela hoy, no aquí, martirizandose en nombre del Abu al-Ghuraba.

Dillon y Maximov se mueven a través de la habitación, atando las manos de los pilotos de los drones y removiendo sistemáticamente las armas que quedan. Afortunadamente ninguno de los otros chicos quiere morir como mártir. Incluso el supervisor de turno se inclina al suelo y acepta su destino.

Me doy cuenta de que Rosseau tiene su cámara de video dirigida a mí.

—¡Saca esa cosa de aquí! —estallo.

—El Coronel Everhart quiere que esta misión sea filmada.

—¿No ves que este muchacho se está muriendo?

La sangre sale de la boca de Ibraham.

—Los Ghuraba dicen que, si somos asesinados por una mujer, Alá nos enviará directamente al infierno —dice.

Una sensación de repugnancia se instala en mis entrañas. He oído a mi hermano decir exactamente lo mismo.

—¡Eso no es cierto! —mi voz se agita—. Alá nos ama.

—No, no lo hace. Me siento muy oscuro y frio.

Ibraham se está debilitando. No hay nada que pueda hacer para salvarlo. Desprendo mi *tasbih* de oración y lo presiono en sus manos.

—El paraíso es bello —lloro— como un huerto de manzanas en primavera, con abejas, flores y pájaros que cantan, ¿puedes verlo? Ora conmigo, y Alá te dará la bienvenida a casa.

Confundo mis palabras, la oración de muerte a Alá, las oraciones católicas de mi abuela y un fragmento sobre caminar por el valle de la muerte. Meto pedazos de canciones infantiles, empiezo a decir tonterías. Digo cualquier cosa en lo que pueda pensar para hacer que este chico crea que no irá al infierno.

Ibraham se estira hacia arriba. Sus ojos se ven desenfocados mientras mira hacia el otro mundo.

—Veo a un ángel, de pie, por sobre tu hombro. Él dice que se llama *Jibril* —tose—. Dice que tú nos salvarás a todos.

Su mano se desliza hacia abajo mientras su expresión queda en blanco. Presiono mi oído contra su pecho.

—¿Ibraham, Ibraham?

Acuno al chico contra mi pecho y grito.

—¡No!

Me doy cuenta de que Rosseau todavía nos filma con su maldita cámara. Me imagino al bastardo gordo en su turbante que le dijo a este pobre muchacho que iría al infierno.

—¿Eres feliz, Padre de los Extraños? —grito—.¿Estás feliz de que otro joven mártir muriera en tu nombre?

Sacudo mi puño a la cámara.

—¡Alá no quería esto! No quería esta muerte. Envió un ángel para decirle a todo el mundo que eres un *mentiroso*. ¡Y uno de estos días, *te mataré* como debí haber hecho el día que te golpeé en la cara!

Yong mete la cabeza en la habitación y sostiene su computadora portátil.

—¡Tengo todo lo que necesitamos, Señor! Es hora de volar este lugar.

Dillon retrocede hacia la puerta.

—¡Afuera todo el mundo!

El equipo se arrastra fuera de la habitación, dejándome a solas con el muchacho muerto y una habitación llena de individuos vivos, atados con bridas en el suelo.

—¿Eisa? —Andrea me toca el hombro —vamos, *Sayyida*—. Es hora de irnos.

Capítulo 17

Volvemos rápidamente al centro de datos, a la vuelta de la esquina, fuera del alcance de la explosión.
—¡Hazlo, *Russkaya Pravda*! —ordena Dillon.
Maximov tira de una antena en un dispositivo de detonación remota y presiona un botón. Aire y papel explotan cerca de nosotros desde el centro de datos, seguido de trozos de los servidores y llamas.
—¡Whoo! —los otros gritan.
La mandíbula de Maximov se abre en una amplia y cuadrada sonrisa.
Miro con fascinación entumecida cuando el centro de datos se enciende. Los rociadores empiezan a trabajar, empapando la habitación con agua.
—¿Y los chicos? —pregunto.
—Es una pequeña carga —dice Andrea— sólo lo suficiente para arruinar su equipo—. Abre una mano para capturar las gotas del rociador —el agua hará el resto, si hubieran sido inteligentes, habrían usado halón.
Recorremos el edificio con una formación de 2x2, pero nadie nos desafía. Maximov coge un palo de cordero asado de la bandeja que trajimos antes mientras Dillon y Andrea revisan la puerta principal.
Una lluvia de balas nos obliga a retroceder.
—¡Cúbranse! —grita Dillon.
Andrea y Dillon disparan a los Ghuraba.
—¿Puedes verlos? —pregunta Dillon.
—Detrás de la verja —dice Andrea—. No veo ninguno dentro.
—¿Cuántos? —pregunta Dillon.

Él dispara imprudentemente a la puerta. Andrea mira alrededor del marco de la puerta y luego tira de su cabeza hacia atrás, jadeando mientras se inclina contra la pared.

—Muchos de ellos —dice—. Hay un vehículo de transporte M35 en la valla y al menos 20 hombres.

—¡Mierda! —exclama Dillon con voz baja. Gesticula a Maximov—. ¿Tienes algo en esa bolsa de trucos, *Ruso*?

—¡Da!

Maximov saca una granada de fragmentación M67. Dillon y Andrea asoman su cabeza y sueltan una ráfaga de balas mientras Maximov tira del pasador y lanza la granada por la puerta. Rueda cerca de la valla, pero no lo suficientemente cerca como para crear víctimas. Los Ghuraba buscan refugio. Cuando el humo desaparece, la valla, y los Ghuraba, todavía están allí.

—¡Rayos! —maldice Maximov—. Brazo bueno. No tan bueno. Demasiado lejos para acertar.

Rosseau está a un lado, filmando la escena como si fuera un periodista de televisión de estilo antiguo. Con su otra mano, agarra su Carabina M4 que cuelga de su hombro con una correa.

—Estamos atrapados, Señor —dice Andrea.

—Déjame pensar, ¡déjame pensar! —Dillon gruñe.

Un recipiente entra por la puerta.

—¡Granada! —grita Dillon.

Me sumerjo detrás del escritorio de la recepción. La granada explota, arrojando fragmentos de metal y humo. Aprieto mis manos sobre mis oídos, gritando.

El paño negro debajo de mí se agita. Retrocedo. Debajo del escritorio están los dos guardias Ghuraba que dejamos atados, amordazados y cubiertos.

Apunto mi Carabina M4 en la mejilla del guardia más alto.

—El chico dijo que no puedes ir al paraíso si una mujer te mata. ¿Realmente crees esto?

Los ojos de los hombres se ensanchan. El guardia más bajo asiente con la cabeza.

—Haremos lo siguiente —le digo—.Vamos a salir de este edificio, y *ustedes* dos, malditos chacales, van a caminar delante de nosotros. Si hacen lo que digo, no será *mi* bala lo que los mate. Pero si no lo hacen

—apoyo el cañón del M4 contra su sien—, ¡no tendré recelos en enviarlos a los *dos* al infierno!

Los dos guardias murmuran asintiendo a través de sus mordazas.

Saco el cuchillo de supervivencia de Andrea y corto las correas que atan las manos del guardia más bajo a sus tobillos. Lo obligo a levantarse y lo empujo hacia la puerta.

—¡McCarthy! —grita Dillon—. ¿Qué diablos estás haciendo? Meto mi rifle en la parte posterior del cráneo del guardia más bajo.

—Alá quiere que les dé a estos dos hombres una prueba de fe — le digo—. ¿Andrea, te gustaría probar esa teoría tuya?

Dillon y Rosseau devuelven fuego a los Ghuraba en la puerta delantera para evitar que avancen mientras que Yong asegura nuestro objetivo primario, el valioso ordenador portátil, de nuevo en su estuche de plomo. Andrea corta las bridas del segundo guardia y lo empuja hacia la puerta.

—¡Ahora! —ordena Dillon.

Maximov arroja una granada de humo por la puerta principal.

—¡No disparen! —los dos guardias gritan en árabe—. ¡No disparen, somos nosotros!

Nos agazapamos detrás de ellos mientras el caos de la granada de humo nos hace invisibles. En una definida columna, los hombres se agachan detrás de nosotros, usando a los dos guardias como protección. Nos inclinamos hacia dos camiones estacionados dentro de la valla, unos deteriorados vehículos de transporte M35.

Los Ghuraba abren fuego mientras salimos de la cubierta hecha por la granada de humo. Los dos guardias gritan y tratan de correr, pero los mantenemos en su lugar.

—¡Oh Alá! —rezo—. Tú eres mi fortaleza y mi apoyo. Por Tu causa salgo y por Tu causa avanzo y por Tu causa lucho...

Rosseau sostiene su cámara hacia mí.

—¡Mierda! ¡Esta chica está loca!

Las balas pasan junto a nosotros, pero ninguna de ellas nos golpea. Los Ghuraba parecen no querer darle a sus propios hombres. Los empujamos hacia adelante hasta que podemos meternos debajo del M35 más cercano. Empujamos a los guardias frente a nosotros, usando sus cuerpos para protegernos contra las balas que rebotan en el pavimento.

Nos agachamos juntos en el pequeñísimo espacio.

Andrea señala hacia arriba.

—Vamos a tener que hacerles un puente a los cables.

—¡No hay problema señor! —dice Yong—. Tengo dedos mágicos.

—¡Deme un abracadabra! —ordena Andrea.

Yong le entrega a Andrea el valioso portátil. El propósito de nuestra misión. Disparamos para cubrirlo mientras que Yong se desliza por debajo del vehículo y sube a la cabina.

—Vamos, Yong —dice Dillon mientras el camión tose una nube de humo de escape negro y luego deja de funcionar—. Haz que esta mierda encienda.

De improviso, los Ghuraba dejan de disparar.

Una voz familiar habla…

—¿Pero si es Dillon Everhart? —Rasulullah ríe—. El hijo pródigo vuelve a casa, tratando de hacer las paces con el fantasma de su hermano.

Dillon mira fijamente hacia adelante, con el músculo de su mejilla contraído. Desliza su rifle de francotirador, *Kate*, y ajusta la mira.

—¡Puedes irte al infierno, *haji*!

Dispara en la dirección de la voz.

Una avalancha de balas regresa en nuestra dirección. Todos nos agachamos bajo los cuerpos, gritando. Las balas se detienen.

—¿Y quién está contigo? —Rasulullah se mofa desde la seguridad de su cubierta—. ¿Eisa McCarthy? ¿La hija del general Joseph McCarthy? Que intercambio tan pobre, ¿no crees? ¡La hija de un traidor por tu propio valiente hermano!

Los ojos de Dillon se vuelven más salvajes. Más oscuros. Implacables. Se apoya en sus manos y rodillas, listo para correr hacia la cerca, a toda máquina.

—¡No! —Andrea agarra su brazo—. ¡Dillon, no caigas en eso! ¡No seas un mártir como tu hermano!

—¿El Coronel Everhart te dijo que me he casado con tu hermana pequeña, Eisa? —Rasulullah continúa—. Era tan inocente cuando la tomé en nuestra noche de bodas. Sangró tanto, pensé que la había matado. Es una lástima que no pudiera haberlas tomado *a las dos* a la vez.

La furia fluye por mis venas.

—¡Bastardo! —disparo a la voz—. ¡Sólo tiene nueve años!

La hierba afuera de la cerca cruje mientras los Ghuraba nos rodean por detrás. La camioneta chisporrotea, pero todavía se niega a encender.

—¡Yong! —Rosseau grita—. ¡Nos están rodeando!

—¡Lo estoy intentando! —la voz de Yong se filtra desde la cabina.

Una esbelta figura sale de detrás del camión.

Dillon levanta su rifle de francotirador.

—¡Hermana! —dice una voz que he conocido toda mi vida—. No es demasiado tarde para renunciar al diablo y volver a casa.

Me muevo hacia adelante y golpeo el cañón del rifle del francotirador. Dillon maldice cuando su tiro sale mal.

—Hija de...

—¡Es mi hermano, es mi hermano! —agarro el silenciador de *Kate*—. ¡Por favor, Dillon, es sólo un niño!

—Ven a casa, Eisa —Adnan se acerca a la puerta—. Nasirah te extraña. Vuelve a casa, y todos serán perdonados.

Adnan abre la verja. Entra, con las manos extendidas, mostrando que está desarmado. Entre los camiones detrás de él, los Ghuraba se alinean, preparándose para correr tras él en el momento en que haya una apertura.

Uno de los dos guardias capturados se libera y corre hacia la puerta.

—¡*Mahdi*! —el guardia grita y sostiene la mochila de Yong.

—¡Tiene el portátil! —Grita Andrea.

Ella corre tras él.

Uno de los Ghuraba le dispara en la pierna.

—¡Argh! —cae, sosteniendo su muslo.

—¡Andrea! —grita Dillon.

Dillon salta corriendo desde debajo del camión, con su rifle de francotirador disparando en una mano y su Glock M19 disparando en la otra. Yo, Maximov y Rosseau soltamos un poco de fuego para evitar que lo maten. Los Ghuraba se agachan detrás de los camiones dañados mientras Dillon agarra a Andrea por debajo de una axila. Lanza su rifle de francotirador sobre su hombro, todavía disparando con su Glock mientras la arrastra de nuevo a un punto seguro.

El disparador hace clic. La cámara está vacía. Dillon no tiene munición.

El general Rasulullah ríe.

—Adnan, ¿le dirás al teniente Everhart lo que hacemos con los perros?

—Les disparamos, *Mahdi*—dice Adnan.

Busca en su chaleco y saca una pistola.

—¡No lo hagas! —grito.

Apunto la carabina M4 a mi hermano.

—¡Maldita sea, McCarthy! —grita Dillon—. ¡Dispárale!

Miro a mi hermano a través de los dos estrechos surcos que se alinean a lo largo del cañón. Son 750 metros. Más allá del rango efectivo del M4, pero es un tiro que he hecho con éxito muchas veces.

Lágrimas fluyen por mis mejillas.

—¡No me hagas hacer esto! —grito.

Me tiemblan las manos.

—¿Cuál es el problema, Eisa? —Rasulullah se burla—. ¿Acaso es la sangre más espesa que un puñado de cerdos rebeldes?

Una mano toca mi hombro. Miro fijamente la cara cuadrada de Maximov. Sostiene un frasco marcado con "termita".

—¿Ves ese camión? —dice—. ¿El que dice "agua" detrás de tu hermano?

—Sí —digo entre lágrimas.

—¿Crees que puedas darle allí arriba? ¿Cerca de esa escotilla?

Calculo la distancia. Es más allá de lo que puedo tirar de aquí. Pero, ¿es donde está Adnan?

—¿No matará a mi hermano el disparo?

—Tienes treinta segundos —dice Maximov—. Si te lanzas al piso, la metralla debe volar muy alto.

Inclina la cabeza hacia Rosseau, cuyo M4 está ocupado disparando un fuego supresor contra los Ghuraba que circundan detrás de nosotros justo afuera de la cerca. El tambor está vacío.

—¡Mierda! —grita Rosseau.

Maximov señala su propio rifle.

—¿Mejor idea que si yo le disparo, da?

—Da —asiento,
Tomo la termita, y luego tiro mi arma al suelo.
—¡Me rindo! —me levanto con las manos hacia arriba—. Dillon me secuestró, yo nunca pedí que me llevaran.
Dillon me mira, sus ojos arden de odio.
—¡Lo sabía! —grita Dillon—.¡Sabía que eras una traidora!
Rasulullah sale desde detrás del camión y camina hacia la cerca. Apunta su arma hacia *mí*.
Adnan salta entre mí y el arma de Rasulullah.
—¡No dispares, *Mahdi*! Prometiste darle un juicio justo.
Exprimo mis sesos pensando. ¿Qué hará que Rasulullah retroceda?
—¡Recordé algo! —grito—. Algo que mi padre le dijo a mi madre la noche antes de que desapareciera.
Las pupilas de Rasulullah reflejan la luz a cada lado de la puerta como un par de brillantes ojos de lobo rojo. Agita su arma a Adnan.
—Tómala entonces. Tengo asuntos más importantes que resolver.
Atraviesa la puerta apuntando su arma a Dillon.
—¡Dillon Everhart! —se burla—. ¿Nuestra pequeña espía te dijo que volamos los sesos de tu hermano?
Dillon se prepara para correr.
—¡Te veré en el infierno, falso profeta!
Se precipita hacia él. Rasulullah le dispara en el pecho.
Dillon retrocede, agarrándose a su chaleco antibalas. Él se levanta y corre hacia Rasulullah otra vez.
Rasulullah dispara de nuevo, esta vez en el hombro donde el chaleco de Dillon no lo protege. Dillon se arrodilla, jadeando, sosteniendo su hombro. La sangre se filtra entre sus dedos.
—Un mártir, ¿eh? —Rasulullah se burla—. No tendrás tanta suerte de tener un fin misericordioso como el que le di a tu hermano: ¡El Padre de los Extraños ha decretado que serás quemado vivo, lo cual será transmitido en vivo para que todos tus amigos rebeldes puedan ver tu inmolación!
Me dirijo furtivamente hacia el camión de agua,con mis manos hacia arriba, para hacerles pensar que estoy desarmada. Mantengo una mano torcida hacia mi cara. El abultamiento de mi *tasbih* de

oración oculta el perfil del recipiente de la termita. Mi hermano se precipita hacia mí, con los brazos extendidos para abrazarme.

—¿Cómo está Nasirah? —pregunto.

El general nos ha honrado haciéndola su esposa.

—Rasulullah la violó.

—El Profeta dice que un marido puede golpear a su esposa si ella desobedece.

Los tres discos plateados en mi *tasbih* de oración tintinean cuando lentamente empujo la granada contra mi pecho.

—También dijo que amonestaran a sus esposas con amabilidad...

—tiro el pasador.

—...y dejó en claro que consideraba la violencia desagradable.

En un movimiento bien practicado aprendido en mi entrenamiento básico, lanzo la granada en la parte superior del camión de agua.

—¡Allahu Akhbar!

Lanzo a mi hermano al suelo.

Las llamas fluyen por el remolque cuando la termita quema a través del acero, haciendo que gotee en el tanque. El agua dentro de él silba cuando el calor hace que se separe en oxígeno e hidrógeno. La cisterna comienza a rebosar a medida que el gas se expande. Un géiser comienza a expandirse fuera del agujero de entrada.

—¡Cúbranse! —grita Maximov.

Las llamas se elevan hacia el cielo.

Rasulullah gira mientras la cisterna explota.

La onda expansiva se sacude hacia ellos. Dillon lanza su cuerpo sobre el de Andrea, mientras la onda de choque alimentada por hidrógeno lleva el flujo pirotécnico. Rasulullah grita mientras el fuego del infierno lo envuelve. Él huye lejos de la verja, chillando, con su barba y ropa envuelta en llamas.

Abrazo a mi hermano menor.

—¡Te tengo, te tengo! —digo entre sollozos.

Detrás de nosotros, el transporte M35 ruge a la vida mientras Yong finalmente consigue puentear los cables.

—¡Muévanse! ¡Salgan! —grita Rosseau.

Él y Maximov suben a la parte trasera del camión. Se tambalea hacia nosotros. Rosseau extiende su mano.

—¡Eisa!

Me empujan de la misma manera en que aprendimos en el entrenamiento básico. Me agacho para agarrar a mi hermano.

—¡Adnan! —grito—. ¡Ven con nosotros!

—¡No! —Adnan retrocede. Se vuelve hacia Rasulullah—. ¡*Mahdi*!

Él corre hacia el monstruo ardiente.

El camión se tambalea. Yong se para para crear una cubierta entre el fuego y Dillon y la caída Andrea.

—¡Ayúdenlos! —grita Rosseau.

Saltan del camión. Agarro a Andrea por las axilas y ayudo a llevarla a la parte trasera. Dillon sube a la cabina, sosteniendo su hombro herido.

—¡Maneja! —ordena.

Yong pisa a fondo el pedal. Todos golpeamos hacia adelante cuando el camión choca a través del portón. Golpea en la esquina del camión quemado de los Ghuraba, empujándolo contra la cisterna de agua, también incendiada.

Pasamos por encima de los Ghuraba, aquellos que no se quemaron ni recibieron disparos. Nos agachamos mientras nos disparan, pero ya estamos lejos antes de que puedan responder.

Me acerco para revisar el muslo herido de Andrea. Está sangrando, y mucho.

Andrea agarra mi mano.

—¿Cree que tal vez pueda conseguir que ese ángel venga y me lleve al paraíso, *Sayyidi*? —pregunta.

—¿Pensé que no creía en el cielo?

—No lo hago —hace una mueca mientras agarro su pañuelo y lo meto en la herida de su pierna para detener el sangrado—. Pero cuando ese camión explotó, juro por Dios que vi a Jesús entre usted y las llamas.

Miro sus ojos marrones. ¿Habla Andrea en serio?

—¿Es eso como la mujer que vio a Jesús en su sándwich de queso a la parrilla? —bromea Rosseau.

—He oído que lo mandó a barnizar para preservar la cara —Yong dice a través de la ventana abierta de la cabina—. Se vendió en una subasta por veinticuatro mil dólares.

—Eso nunca funcionaría con Maximov alrededor —dice Rosseau—. Probablemente se lo comería, con barniz y todo.

—¡Oh! ¡Oh! —Andrea grita—. ¡No me hagas reír!

Las cejas rubias de Maximov se unen, perplejas.

—¿Jesús hace sándwiches de queso a la parrilla?

Dillon gruñe desde el frente del camión.

—¡Sólo conduce!

Nos dirigimos hacia la noche, lejos de los, ahora ardientes, Ghuraba.

Capítulo 18

Los tres discos plateados reflejan luz hacia los túneles. Me conducen hacia aquel que alberga los monumentos a los muertos. Paso mirando las fotografías de millones de personas asesinadas en una sola noche por unos cuantos misiles nucleares y bombas sucias, y otras fallecidas en las purgas que siguieron.

Saco una foto del chico que maté anoche. La fijo en la pared, justo al lado de la imagen de los once rebeldes que el General Rasulullah decapitó.

—Espero que hayas llegado al paraíso.

Toco la foto, la cara del chico. Porque mientras esté viva, nunca olvidaré mi primer asesinato.

El chico mira fijamente hacia afuera de la imagen con una expresión seria. Se siente como si estuviera esperando que yo hiciera algo para hacer valer su muerte.

*

Abro los ojos y miro fijamente el techo negro de antracita. A veces, cuando recién me despierto, se siente como si la tierra estuviera respirando. Los cuarteles están silenciosos esta mañana, sin más que un murmullo o un suave ronroneo. Me inclino y me quejo. ¿No acabo de oír la llamada del altavoz con el toque de diana militar? No. Miro mi reloj. Eso fue hace varias horas. Debí quedarme dormida.

Con un bostezo, me deslizo de mi litera y pongo mi alfombra de oración frente a la pared llena de fotos de Lionel, la pared al este, la pared que mira a La Meca y Medina, ahora nada más que trinitita. Dillon ordenó que se nos permitiera dormir, pero yo *tenía la intención* de despertar antes del amanecer para orar por el niño que maté.

—Gracias por cuidar de nosotros, Señor —digo, mientras inclino mi cabeza hacia abajo en el suelo.

Una sensación familiar de paz inunda mi cuerpo. Cuanto más me alejo de los Ghuraba, más claramente, al parecer, mi camino me devuelve hacia Alá. De alguna manera, cuando pienso en el chico, siento que Alá le dio la bienvenida al paraíso. Ruego que mi hermano proteja a nuestra pequeña hermana. Que Rasulullah esté muerto. Ruego por mi madre, mi padre y mi abuela que desapareció la misma noche que mi padre. Ruego que el General Rasulullah sufra una muerte larga y horrible, estremeciéndose de dolor mientras el fuego arde en su piel, y que Alá lo haga arder en toda la eternidad y lo haga sufrir, de la misma manera que él lo hizo con tantos millones.

—Alá es poderoso —susurro.

Me levanto y coloco mi tasbih de oración en mi cama.

El olor de los sándwiches de cerdo desmenuzado, cubierto en salsa de barbacoa y pan recién horneado se arrastra desde la cafetería mientras camino a través de la caverna central. Todos a los que veo me saludan. Cuando entro en la cafetería, la televisión está encendida en una estación de propaganda de los Ghuraba en lugar de las repeticiones en blanco y negro que Crisálida sintoniza de una cocinera de mediana edad llamada Julia Childs.

Miro fijamente la pantalla de televisión mientras Crisálida prepara un sabroso brebaje de cebollas, frijoles y salsa de barbacoa en mi pan, todo mantenido en una cacerola separada del cerdo desmenuzado que le sirve a todos los demás.

—¡No sabía que podríamos sintonizar las estaciones de televisión de los Ghuraba! —le digo.

—¿Quién quiere oír *esa* basura? — Crisálida se ríe. Lo único que dicen es *mata. Mata. Mata. Alá dice que lamamos sus botas. Mata. Mata. Mata.* Pero hoy hay algo especial.

—¿Han dicho algo sobre Rasulullah?

—Todavía no —dice Crisálida — lo único que han admitido es que "terroristas" irrumpieron en un tranquilo edificio de oficinas.

—Sólo quisiera la confirmación, eso es todo —le digo—. El bastardo tiene a mi hermana.

—¡Bueno, seguro que *parecía* muerto! —dice Crisálida mientras coloca una doble porción de papas horneadas en mi bandeja. Luego sostiene una más—. ¿Quizá su repugnante cuerpo quedaría un poco más crujiente acompañado de una porción de papas fritas?

Escucho atentamente sus palabras mientras me voy a mi mesa habitual. ¿Cómo sabe cómo es Rasulullah? ¿Le dijeron los otros que Rasulullah se quemó?

La Sargento Daksh gesticula mientras paso por la mesa del oficial.

— ¿McCarthy? —pregunta—. ¿Le gustaría sentarse con nosotros?

Miro a mi mesa habitual donde Maximov está comiendo solo. Normalmente, diría que sí, porque me agrada Daksh. Pero no soy tan superficial para olvidar a la primera persona que me hizo sentir bienvenida.

—No, gracias —le digo—. Tengo que ir a alimentar al oso.

Daksh se ríe. Continúo más allá de la mesa con las tres jóvenes que, el primer día, se levantaron y se negaron a comer conmigo. Se mueven hacia un lado, dejando claro que tienen un asiento vacío. Murmuro palabras de agradecimiento, pero me dirijo hacia Maximov.

Me siento frente al gigante silencioso que, desde el principio, se autonombró mi protector.

—Gracias —susurro—. Gracias por no haberme hecho matar a mi propio hermano.

Maximov gruñe, con su habitual falta de palabras.

—¿Vas a comer eso? —señala el cerdo desmenuzado que Crisálida puso a un lado de mi plato separado para "alimentar al oso".

—No —me río — y lo empujó hacia él.

Comemos en un silencio amigable, Maximov siendo un hombre de pocas palabras, y yo sin nada especial que decir. En la televisión, las noticias vuelven a informar que el general Rasulullah está en el hospital, víctima de un incendio doméstico. Maximov deja de comer. Ambos miramos fijamente la pantalla de la televisión.

—Me imaginaba —digo—, que tratarían de ocultar lo que ocurrió.

El material de noticias cambia a una mujer vestida de negro con el rostro cubierto por un nicab, gritando maldiciones a los rebeldes que mataron a su hijo. Los periodistas cuentan una historia sobre la escuela taller pacífica de un niño que fue atacada brutalmente sin ninguna razón.

Un bulto se forma en mi garganta.

—Lo siento —digo por la mujer afligida.

La pantalla pasa a estática. Y entonces suena el himno de los Estados Unidos. Los rebeldes de vez en cuando bloquean la señal de emisión de los Ghuraba con su propia señal pirata. Tienen que hacerlo brevemente y desde diferentes lugares porque los Ghuraba pueden rastrear la señal de vuelta al transmisor. Esto siempre le da a Adnan un ataque de histeria

La imagen de la televisión vuelve, sólo que esta vez es el Coronel Richard Everhart, sentado en un escritorio. Detrás de él cuelgan estrellas y rayas, así como también la bandera rebelde, una serpiente verde en un fondo amarillo con las palabras *"vive libre o muere"* estampadas debajo de su cola.

El distinguido Coronel Everhart, de cabello gris, el rostro de la rebelión, cruza sus manos frente a él. Es el único líder militar sobreviviente de las purgas de los Ghuraba. El hombre con todo el conocimiento. El único hombre vivo, además del general Rasulullah, que entiende lo vasto y grande que fue la milicia de los Estados Unidos.

—Anoche —dice— un pequeño equipo de patriotas asaltó una instalación de operación de drones que estaba aterrorizando a civiles inocentes.

La televisión muestra planos, diagramas esquemáticos y fotografías de contrabando del chico dirigiendo los drones.

—Las personas a las que atacaron no fueron culpables de ningún delito...

La cámara se desplaza para mostrar casas en llamas.

—...sino ciudades pacíficas cuyos habitantes se negaron a seguir la ley de la Sharia.

Luego aparecen mujeres gritando, hombres conmocionados y niños cuyos cuerpos han sido despedazados.

—Cuando nos apoderamos de esta instalación, se les dio la oportunidad a los pilotos de los drones de rendirse. Desafortunadamente, uno de los jóvenes decidió actuar precipitadamente.

La señal muestra un video inestable, captado por Rosseau, en donde soy la primera en entrar y disparo al techo en la sala de objetivos de los drones. Un niño levanta la mano. Las imágenes de la televisión se acercan para mostrar el arma. Grito: «¡No lo hagas!».
Disparo contra el chico.
Mi boca se abre cuando lo veo caer de nuevo.
—¡No!
La televisión vuelve a mostrar al Coronel Everhart.
—Lamentamos profundamente la muerte de este joven pero, como ustedes pueden ver, fue claramente en defensa propia. Nuestros corazones están con su familia. A diferencia de los Ghuraba, tratamos de evitar matar a los niños.
La televisión cambia a una nueva imagen *mía* tratando de salvar al niño moribundo. Agarro sus manos y digo mi oración desordenada, entre musulmana y católica, fragmentos de canciones y poesía inventada. Él ve más allá de mí, a su ángel imaginario.
Todos los rebeldes en la cafetería aplauden.
—¡No! —me levanto de la mesa—. ¡Esto está mal!
Corro fuera de la cafetería mientras la televisión me muestra lanzar una granada de termita en el camión de agua y gritar: «¡Allahu Akhbar!». El Coronel narra las imágenes de video, recordando a los Ghuraba que soy la hija de su Guardián, y que todo lo que los Ghuraba afirmaron sobre los misiles es una mentira.
Dillon se detiene en la puerta, con su brazo en un cabestrillo, me observa con una mirada caída.
—¡Usted sabia! —grito—. ¿ Usted sabía que planeaba esto?
—Esa era la misión.
—¿Sabía que mi hermano estaría allí?
—Nos dieron la noticia de que estaba trabajando en esa instalación.
Golpeo la cara de Dillon Everhart.
—¿Cómo *se atreve* a usarme como propaganda?
Agarra mi mano antes de que pueda golpearlo de nuevo.
—Confía en mí, princesa —su voz se vuelve amenazadora—, no fue idea mía.
Lo empujo para pasar y voy hacia el túnel que conduce a los niveles superiores restringidos. Los dos Irregulares de Texas, el

Especialista Rodríguez y el Especialista Jackson, permanecen delante de una puerta marcada como "estudio de grabación".

—¡Whoa! —Rodríguez levanta la mano.

—Déjeme entrar —susurro— ¡O juro por Dios que los mataré a los dos!

Se dan mutuamente una expresión de perplejidad. Ambos imponen sus figuras sobre mí por más de medio metro.

—Déjenla entrar —ordena Dillon Everhart detrás de mí.

—Sí Señor.

Rodríguez y Jackson se apartan.

Irrumpo a través de la puerta donde el camarógrafo acaba de terminar de filmar al Coronel detrás de su escritorio.

—¿Cómo pudo? —le grito.

El Coronel Everhart gesticula al camarógrafo.

—Déjenos —dice. No se levanta. Espera hasta que el camarógrafo se vaya antes de dirigirse a mí—. Soldado McCarthy, ¿puede tomar asiento?

—¡No me sentaré hasta que se explique!

El Coronel Everhart suspira y añade: «En una guerra, hay que usar todas las herramientas a nuestra disposición».

—Ese niño *murió*.

—Ese niño encontró a *Dios* —dice— ¡porque usted le recordó que los hijos de Ismael son más que simples marionetas!

La furia arde en mis venas.

—¡No soy *su* salvadora musulmana! —golpeo su escritorio con mis palmas—. ¡Si quiere un representante, salga y guíe a sus hombres *usted mismo*!

El Coronel se inclina hacia un lado. Hay un "clic" suave y audible. Cuando sale de detrás de su escritorio, no se levanta, sino que rueda.

Me quedo boquiabierta ante una silla de ruedas, hábilmente disfrazada para que, desde el otro lado de su escritorio, parezca una silla.

—Eso sería difícil —dice—, apenas puedo caminar —gesticula en una silla situada cerca de su escritorio—. Por favor, señorita McCarthy. Siéntese. Tengo algo de información para usted.

—Sí, Señor —me siento, aturdida.

El Coronel Everhart avanza hacia una pared llena de archivadores y rebusca través de uno de los cajones. Saca una carpeta y gira hacia mí.

—Hay una razón por la que Lionel se convirtió en el rostro de la rebelión —dice—. Me permitió mantener mi discapacidad oculta.

Coloca una fotografía descolorida sobre el escritorio frente a mí. En la foto, él mismo, mi padre y otro hombre llevan trajes militares de combate.

—¿Sabía usted que su madre nos salvó la vida?

—No señor —me aferro a mi *tasbih* de oración— pero papá siempre dijo que tuvo suerte el día que la conoció.

—¡Eso es un eufemismo! —señala al tercer hombre de la imagen, grande y corpulento, con un gran cabello castaño rojizo—. ¿Lo reconoce?

—No —miro la imagen hasta que me doy cuenta de lo que estoy viendo—. ¡Oh! —pongo una mano sobre mi boca—. Ese es...

—El General Rasulullah —termina el Coronel —en ese entonces conocido como el mayor Eugenio Melville, era la mano derecha de su padre.

Recojo la fotografía y examino a los tres hombres en ella. En aquel entonces mi padre llevaba la hoja de oro de un Coronel, el Coronel mismo era todavía un Teniente, y Rasulullah llevaba las hojas de roble de un Mayor.

—¿Cuándo se tomó esta imagen?

—Durante la Tercera Guerra del Golfo —dice el Coronel—. En aquel entonces, los Ghuraba eran conocidos como ISIS. Seguíamos recibiendo informes de que estaban recibiendo armas del mercado negro robadas a los militares estadounidenses. Se suponía que debíamos ponernos en contacto con un agente de inteligencia que trabajaba de encubierto.

—¿Mi madre? —pregunto.

—No —dice—, nunca llegué a conocer a tal persona.

Toca la foto.

—Rasulullah nos emboscó en camino a la reunión. Le disparó a su padre en el pulmón. Me las arreglé para arrastrarlo a un pueblo sirio cercano. Los secuaces de Rasulullah fueron a buscarnos de casa en casa. Su madre nos mantuvo vivos hasta que los militares pudieron rescatarnos.

—¿Fue Rasulullah quien robó las armas?

—Sí —dice—, y otro montón de atrocidades. Después de que lo llevamos a la corte marcial, las Naciones Unidas exigieron que lo entregáramos por crímenes de guerra. Desafortunadamente uno de sus compañeros de prisión era el Abu al-Ghuraba. Lo convirtió en un hombre radical. Hasta ese momento, Rasulullah no era más que un soldado.

—Así que por eso Rasulullah dijo que, si no fuera por mi madre, él nunca habría conocido al Abu al-Ghuraba?

—Sí.

Junto mis cejas.

—¿Por qué no la mató? —pregunto—. ¿Por qué mantenernos a todos vivos?

—Alguien le hablo de ustedes al Abu al-Ghuraba —dice el Coronel—, lo convenció de convertir a su madre en un arma de propaganda. Para que cumpliera su agenda, la mujer que sedujo a un general debía traicionar a su país.

—¡Eso no es cierto! —digo—. Mamá amaba a mi padre.

—Su madre era una mujer pragmática —dice el Coronel—. Creemos que su padre le dijo quién era el agente de inteligencia antes de morir. Alguien tan encubierto que ni siquiera Rasulullah sospecharía de su existencia. Debe haberlo amenazado, me imagino que si él no la mantenía a usted con vida, ella expondría su identidad secreta.

—Mamá nunca mencionó a esa persona.

—No tendría que —dijo el Coronel—. Su madre sobrevivió a Siria. Sabía mantener la boca cerrada.

—¿Puede un agente permanecer encubierto todo este tiempo?

El Coronel toma la fotografía y la mira fijamente.

Quienquiera que sea el hombre, ha estado con ellos durante veinte años. Y no puedo imaginar lo que estar encubierto durante tanto tiempo puede haberle hecho a su vida.

Miro al Coronel, que no es el hombre que parece.

—¿Cómo terminó en una silla de ruedas? —pregunto delicadamente.

—Lo último que esperábamos era que los refugiados se metieran a hurtadillas en las casas de los soldados y los mataran mientras dormían —su voz se eleva con ira. Un millón de soldados, todos muertos en una sola noche. Algunos estaban dormidos en los cuarteles, pero la mayoría de estos hombres estaban en casa, durmiendo, con sus esposas e hijos.

—¿Quién le hirió? —pregunto—. ¿Rasulullah?

—No —su voz adquiere un tono amargo—. Rasulullah estaba demasiado ocupado torturando a su padre. Crisálida, la mujer que trabaja en la cafetería, me ayudó a escapar. Pero no antes de que me dañaran la columna vertebral, ¡y le causaran daños *más graves* a ella!

—Pero lo vi caminando, Señor —digo—, el otro día, en el podio, ¿no es así?

—Franklin D. Roosevelt fue un presidente en tiempos de guerra que estuvo debilitado por la poliomielitis —dice—. Sus asesores utilizaban muletas, tirantes y ángulos de cámara inteligentes para ocultar su discapacidad del público.

—Así que usted puede sentarse en una silla, o estar en un podio...

—Sólo el tiempo suficiente para que la gente vea que la rebelión todavía tiene una cabeza —sus ojos se humedecen —pero Lionel era el corazón y el alma de la rebelión.

Miro hacia la puerta. En el otro lado, estoy segura de que Dillon escucha.

—¿Y su *otro* hijo, señor? ¿Por qué no puede *él* ponerse en los zapatos de Lionel?

El Coronel adopta una postura rígida.

—Dillon es... complicado.

—¿Me explica? —le digo.

—¿No lo ve? ¡Su padre no nos traicionó! —me da una expresión suplicante—. Usted es la hija del general Joseph McCarthy, quien fue un héroe para su gente durante los últimos siete años. Y ahora *usted* la hija del Guardián, se ha levantado para decir que los Ghuraba mintieron sobre los misiles.

El resentimiento de Dillon, la forma en que me trató desde el primer día, de repente tiene sentido. No sólo mi familia mató a su hermano, ¿sino que su propio padre no quiere ponerlo a cargo?

Miro a mi *tasbih* de oración. Trece pequeñas piedras negras, caídas del cielo, unidas por una gran tectita negra y tres discos plateados tallados con grúas.

¿Qué querría Alá?

Cierro los ojos e imagino al hombre apacible y anciano que mi imaginación ha conjurado cada vez que rezo, el que me consuela siempre que estoy preocupada.

—Desde que llegué aquí —le digo— todo lo que puedo pensar es en rescatar a mi hermana pequeña. Pero luego maté a ese niño...

Lo miro.

—Nunca había matado a nadie antes, señor. Había muerto personas sobre mí, pero nunca había sido yo quien les arrancara la vida.

El Coronel Everhart se acerca y me agarra las manos. Las da vuelta, con las palmas hacia arriba, y toca mi *tasbih* de oración, el cual debe reconocer que perteneció a mi padre.

—Su gente necesita a alguien que pueda inspirarles a defenderse por sí mismos —dice—. Ese fue el problema que tuvimos en el Medio Oriente. La gente necesita levantarse y luchar sus *propias* batallas. De lo contrario no hay manera de que podamos ganar.

—No soy esa persona, señor. *Su* gente está mejor entrenada.

—¡Hemos estado *intentándolo*! —su voz alcanza un tono de desesperación—. Destruimos su infraestructura, pero los Ghuraba siguen matándonos y cortando nuestros suministros.

Golpea su puño sobre el escritorio a su lado.

—¿No lo ve? ¡Están ganando! —grita— ¡No tengo suficiente gente con el coraje para luchar contra ellos! ¡*Estamos* muriendo, mientras ellos se hacen más fuertes!

Miro mi *tasbih* de oración. El mismo que guardaba mi padre. Lágrimas comienzan a fluir por mis mejillas.

—Tienen a mi hermana, Señor —le digo—. Si me convierto en su figura insigne, la ejecutarán de la manera más terrible posible y sólo tiene nueve años.

Los hombros del Coronel Everhart ceden, derrotados.

—Está bien —su voz se hace más gruesa—encontraremos otro camino.

*

Deciden confiar en nosotros, al menos lo suficiente como para dejar que Maximov, Rosseau y Yong me lleven hasta la camioneta azul que el conductor usa para traer los suministros de la base. Es bastante aterrador, el montón de escorial que oculta esta entrada a la mina, pero no es el aterrador pozo sin fondo de mi imaginación. Con la nieve desaparecida y el interminable montón de follaje y arbustos silvestres, la roca negra carbonizada parece casi pintoresca.

—¿Te despediste de la sargento Bellona? —Rosseau pregunta.

Toco el cuchillo de supervivencia atado a mi cadera.

—Se negó a verme.

—Lo superará —dice Rosseau—. Sólo está herida, porque has decidido irte.

Le doy un abrazo a Rosseau y luego me vuelvo hacia Yong.

—¿Te dijeron a dónde vas? —pregunta.

—No —me obligo a darle una pequeña sonrisa—. Todo lo que sé es que finalmente seré médico.

—Estoy seguro de que eso haría feliz a tu madre.

Retuerzo mi *tasbih* de oración.

—Es lo que ella siempre quiso.

Yong sacude mi mano.

Me vuelvo hacia Maximov. Si no lo supiera, podría jurar que este gigante grande y corpulento ha estado llorando.

—Próxima vez que nosotros ir a la ciudad —dice—, yo volar casa de Rasulullah, tomar tu hermana, traerla de vuelta. Y así tú pelear a Rasulullah ¿Da?

Le doy un gran abrazo, aferrándome a su enorme complexión. Máximov ha sido mi roca, mi espada, mi escudo. ¿Cómo me mantendré sin él cubriendo mis espaldas?

—¡Oh, gran oso ruso! —digo entre risa y sollozos—. ¿Quién te va a dar de comer cerdo y salsa que no sea yo ?

—¿Tal vez yo visitar a sargento Bellona en la enfermería? —levanta una enorme ceja rubia—. Yo oír la comida no tan mala.

La forma en que lo dice, como si fuera la cosa más lógica del mundo, me hace reír. Rosseau y Yong se ríen con nosotros. Somos un buen equipo. ¡Es una lástima que yo esté huyendo como una gallina!

Colocan mis escasas pertenencias en la parte de atrás de la camioneta y me llevan al asiento delantero para encerrarme.

—¡Adiós! —les gesticulo con la mano.

La Sargento Daksh los conduce por el sendero serpenteante que lleva a las cuevas.

El conductor de los dedos faltantes gesticula a mi hijab. Se hace llamar John Smith. Estoy seguro de que es un alias.

—¿Conoce la rutina?

—Sí, Señor —digo—. No puedo arriesgarme a encontrar mi camino de regreso.

—No es personal —levanta la mano con sus dos dedos desaparecidos—. No, a menos que esté segura de que puede soportar *esto*.

—Lo sé —me estremezco—. Aunque me torturen, no puedo divulgar algo que no sé.

Desenrollo mi hijab y lo ajusto para envolverlo alrededor de mis ojos. Mientras lo hago, miro a Dillon Everhart, apoyado contra un árbol.

Su mirada se encuentra con la mía. ¿Es odio? ¿Desprecio? ¿El remordimiento que siente por engañarme como a una tonta? No me despido de él con mi mano. Y él no lo hace de vuelta.

Envuelvo mi hijab para cubrir mi vista.

—De acuerdo, Señor —digo—. Estoy lista.

Capítulo 19

Conducimos por horas a través de caminos alternativos muy abultados que me sacuden los dientes y lanzan mi cabeza contra la ventanilla lateral. Cuando el conductor habla, usualmente son frases de dos palabras. ¿Quién mejor para ocultar nuestra ubicación que un hombre que rara vez habla? Nuestro compañero constante es el radioaficionado del conductor. Escanea todas las frecuencias, escuchando las señales de los Ghuraba y conversaciones civiles. Con mi venda puesta, no tengo nada que hacer sino escuchar. Después de un tiempo, empiezo a discernir que ciertas palabras llevan advertencias.

El conductor pisa bruscamente los frenos.

—¿Qué sucede? —pregunto.

Hay un obstáculo adelante.

Da la vuelta a la camioneta y toma una ruta diferente. El camino se vuelve más abultado.

—Cierre la ventana —dice—. Esto será desagradable.

Me sostengo del tablero, aterrada, mientras el camino se vuelve horriblemente más irregular. El camión baja cuesta abajo. Me golpeo hacia adelante, contra el cinturón de seguridad. Fuera de la camioneta, agua salpica por todas partes. Incluso con la ventana cerrada, puedo oír el rugido del agua corriendo.

—¿Dónde estamos? —pregunto.

—Sabe que no puedo contestar eso —su voz suena tensa.

—¿Un riachuelo?

—Algo así.

Maldice mientras el agua entra al camión y, sólo por unos segundos, se siente como si estuviéramos flotando río abajo. Grito cuando me doy cuenta de que mis pies están húmedos. ¿Tenemos agua? ¿Dentro de la cabina?

Agarro mi *tasbih* de oración mientras el camión golpea contra una roca. El conductor apaga el motor. Los neumáticos giran, y luego el camión sale del río. Sube derechamente. Por un momento parece que podríamos volcarnos hacia atrás.

De repente, el camión golpea hacia adelante mientras se nivela. Las ramas rascan el metal. Después de unos momentos, el camino se vuelve más suave. Nos acomodamos de nuevo escuchando la tranquila charla del escáner del radioaficionado.

—¿Qué tal es estar aquí afuera? —pregunto.

—No hay mucho que ver —dice el conductor— los Ghuraba irradiaron la mitad del país, y últimamente han estado matando a la gente que queda y enviando a *su propia* gente a colonizar.

Avanzamos en silencio. Después de lo que parece ser una eternidad, el conductor dice: «Está bien, señorita McCarthy, puede quitarse la venda».

Remuevo mi hijab y parpadeo hasta que mis ojos se adaptan a la luz del sol. A nuestro alrededor, la tierra se extiende a través de campos suavemente ondulados, tierra fértil negra y maíz que fácilmente alcanzaría mi tobillo. A través de la ventana, el aire apesta con el olor de los campos recién sembrados. Aquí y allá, el ganado pasta sin preocupaciones.

—¿Dónde estamos? —pregunto.

—País Amish —dice—. Los Ghuraba no saben cómo cultivar alimentos sin maquinaria, así que dejan que los Amish paguen el impuesto *jiyza* a cambio de la mitad de todo lo que cultivan.

—¿Qué le pasó a la maquinaria?

Por su falta de respuesta, supongo que tuvo algo que ver con rebeldes y explosivos. Esto explica por qué la comida en la Ciudad del Califato es siempre tan escasa.

Pasamos por casas rurales bien mantenidas y enormes graneros rojos. De vez en cuando, un vehículo gris en forma de caja nos adelanta, llevado por un caballo marrón. El conductor agita y asiente con la cabeza en cada vagón mientras pasamos frente a la gente de facciones duras y vestida de negro.

—¿Viven realmente en el 1600? —pregunto.

—Mientras puedan hacerlo —dice el conductor—. Debería estar a salvo aquí. Los Amish no ven la televisión.

Giramos en un largo camino de tierra que sale de la carretera. Pasamos por campos llenos de maíz y cerdos. Muchos y muchos cerdos. Nos estacionamos en frente de una casa de campo meticulosamente cuidada de color blanco con un porche envolvente. Aunque no hay líneas eléctricas, un antiguo molino de viento extrae agua del suelo.

—Los Hochstettlar han acordado darle refugio a cambio de tratar a su comunidad.

—¿Quién me va a entrenar? —pregunto.

—Nadie —dice el conductor—. Esta es una granja en funcionamiento. Todo el mundo trabaja, incluyendo al médico del pueblo.

—No tengo ningún problema con eso, Señor.

—Bien —dice el conductor—. Están asumiendo un gran riesgo, albergando a alguien que está educado. Cuanto más usted se integre, más seguro será para todos.

Miro a los cerdos que esperan en la valla para ser alimentados, un campo gigantesco lleno de ellos. ¿Pensé que los cerdos se criaban en pocilgas?

—Sí, Señor —susurro.

El camión se detiene bruscamente.

Un hombre alto y de aspecto señorial baja por el porche delantero, vestido de manera conservadora con pantalones negros, una camisa azul abotonada hasta el cuello y un pálido sombrero de paja. De sus barbillas se deja caer una barba larga y gruesa con tonos de gris, pero sin bigote. Parece un hombre acostumbrado a la oración.

Detrás de él se deja ver una mujer muy alta de aspecto agobiado, quien lleva un vestido azul y un delantal blanco que le llega a la mitad de la pantorrilla. Encima de su moño rubio, un pequeño casquillo blanco de rezo declara su fe como Amish. Se limpia las manos en una toalla de cocina mientras once niños idénticos, desde pequeños a adolescentes, se apilan fuera de la casa detrás de ella, junto con dos perros de pelaje blanco y negro.

A sus espaldas, un joven guapo y de hombros anchos, de unos 19 años, me estudia sin temor. Si bien lleva el mismo atuendo conservador que su padre, hay algo en él que luce un poco rebelde.

—¿Eisa? —el conductor señala al viejo hombre Amish—. Le presento a Levi Hochstetlar, el patriarca de esta familia.

—Buenos días, señorita McCarthy—. Levi me estrecha la mano.

—Buen día, Señor, ¿entiendo que necesita un médico?

Su esposa me saluda con una sonrisa amistosa.

—Soy Sarah —estira la mano, todavía espolvoreada ligeramente con harina—. La madre de Levi se está poniendo delicada de salud. Nos dará tranquilidad tener a alguien alrededor que sepa cómo cuidarla.

Menciona rápidamente los nombres de los chicos cuyos nombres suenan como salidos de la Biblia cristiana. Hay doce, entre ellos el guapo joven que sigue mirándome y sonriendo.

El conductor mira hacia el cielo. También lo hacen Levi y Sarah.

—No me atrevo a quedarme —dice el conductor—. Eliminamos sus ojos en el cielo, pero quién sabe cuánto tiempo les tomará recuperarlos.

«¿Oh? *Es posible que no utilicen la tecnología, ¿pero son conscientes de los drones?*»

—Vuelvan al granero —Levi dice—. Caleb— gesticula a su hijo mayor— supervisará la transacción.

Los niños Amish siguen a Levi y al conductor al granero en un desfile caótico. Los chicos se lanzan un instante después y siguen a su hermano mayor a un pequeño cobertizo de madera con una chimenea que sobresale del medio que huele maravillosamente a humo de madera.

—¿Anke? —Sarah gesticula a una chica alta y esbelta que se quedó atrás, cuya edad parece ser de quince años.

La chica agarra mi bolsa de viaje y la transporta a la casa antes de que yo misma pueda agarrarla. Su casi idéntica hermana menor sigue detrás de mí, en busca de una bolsa que pueda llevar. Excepto por una ligera diferencia en su altura, ambas tienen un notable parecido con su madre.

—¡Ven! — Sarah dice—. Vamos a que te instales.

Ella, Anke y su hermana menor, Lissette, me llevan a través de una sala de estar que, aunque claramente amueblada, es hermosa en su sencillez, con muebles tan artísticamente unidos que todo parece hecho en casa. Todo el lugar huele a pan horneado. Dominando el centro de la habitación, una anciana frágil se sienta inclinada sobre un enorme marco acolchado, cosiendo meticulosamente un patrón de plumas con una mano delicada y arrugada. Su otro brazo, sin embargo, cuelga flácido en su regazo. Cuando levanta la vista, veo que un derrame hizo que un lado de su cara se cayera.

—¿*Guder daag*? —la anciana nos saluda.

—Esa es *Grossmammi* —susurra Anke—. Y esa será mi colcha cuando tenga edad suficiente para casarme.

Ventanas de gran tamaño inundan la habitación con luz natural, negando la necesidad de iluminación artificial. Sarah me conduce por un ancho vestíbulo forrado con perchas de abrigo a un dormitorio soleado con tres camas individuales alineadas frente a una ventana que da hacia un campo de maíz.

Tendrás que compartir una habitación con Anke y Lisette —Sarah suaviza una colcha hecha a mano—. Evitamos la electricidad, así que nos levantamos antes del amanecer y nos vamos a la cama después de la oración de la noche.

—Si quieres quedarte leyendo —añade Lisette, de trece años, con entusiasmo — hay una lámpara de aceite en el escritorio —observa la expresión desaprobadora de su madre—. A veces me gusta leer la Biblia.

Un nudo se eleva en mi garganta. Me recuerda a Nasirah, hasta tarde por la noche, leyendo su pequeño libro rojo con una vela.

—Gracias, Señora —le digo a Sarah—. Esto se ve mucho más cómodo que donde he estado.

—¡Podemos ser como hermanas! —Lissette palmea sus manos.

Anke. Lisette. Por favor, no abrumen a nuestra invitada—dice su madre con una expresión incómoda.

—Sí, *Mammi*—dicen ambas obedientemente.

Sarah Hochstetlar se acerca a una de las cómodas. Su rostro lleva la expresión de alguien que tiene algo incómodo que decir.

—Señorita McCarthy —dice ella—, el Señor Smith ha explicado que su hijab es genuino, sin embargo...

¿Sí, Señora? —adopto una postura rígida

Abre el tocador y saca un vestido Amish azul claro con una blusa blanca y una delicada gorra de oración del mismo color, idéntica a las que ella y Anke llevan.

—Nosotras también cubrimos nuestro cabello para mostrar nuestra fe —sostiene su gorra de plegaria—. Rezaré para que usted considere nuestro compromiso, por nuestra seguridad y por la suya.

Toco mi hijab. Prenda opresiva, prenda bendita, que siempre me ha protegido de miradas indiscretas. No me parezco a ellos, una niña morena de cabello castaño, de apenas un metro y medio de altura, en comparación con los altos Amish rubios de ojos azules con su ropa severa y sobria.

—El Corán sólo dice que debemos cubrir nuestro cabello y pecho —me encuentro con su mirada—. ¿Creo que Alá estará contento si adopto la forma en que interpreta su mandato?

Sarah Hochstetlar se relaja visiblemente.

—¡Vengan, Anke, Lisette! —dice. Vamos a darle a la Señorita McCarthy la oportunidad de instalarse.

Conduce a sus dos curiosas hijas desde la habitación hacia el pasillo. Al salir, bombardean a su madre con preguntas.

Me quedo mirando en el espejo mientras desato mi hijab y lo doblo cuidadosamente en un cuadrado. Lo he usado tanto tiempo que se ha convertido en parte de mi identidad. No puedo recordar no usarlo, aunque de acuerdo a las fotos de mi familia, nunca llevé uno hasta el día en que llegaron los Ghuraba.

Me pongo el vestido azul y el blusón, y luego acomodo la gorra blanca de oración a mi moño color marrón. Las mangas de tres cuartos dejan mi *tasbih* de oración expuesto. Un rosario de oración *musulmán* contra una tez morena, algo que los sencillos Amish nunca usarían.

En el cajón superior, alguien talló la palabra "Faith". Paso mis dedos por cada letra con apariencia infantil.

La única manera que puedo mantener a Nasirah a salvo es escondiéndome.

Desato mi *tasbih* y lo pongo en el cajón marcado con "Faith".

—Es sólo por un tiempo —le prometo.

Luego, está mi cuchillo. Miro a la puerta donde Sarah y su hija simplemente desaparecieron. Miro hacia abajo, al perro que ha tomado residencia en el piso junto a mi cama. Criaturas *Haram*. Al igual que los cerdos.

—¿Tienes fe? —le pregunto.

El perro menea la cola.

Raspo la hoja de mi cuchillo contra el dorso de mi mano, donde el general Rasulullah sujetó los cables de batería. Dejó una marca de quemadura dentada, como un par de dientes de caimán, sobre la piel entre mi dedo índice y mi pulgar.

—Andrea dice que la *primera* persona en la que debes creer es ti misma —le digo al perro.

Subo el vestido amish y sujeto el estilete a mi muslo. ¿Quién sabe? ¿Tal vez necesitaré rebanar un poco de pan?

Capítulo 20

La vida en la granja rápidamente se convierte en una rutina. Despertar antes del amanecer. Duro trabajo físico en los campos. Comidas con la familia en una cocina superpoblada. Me recuerda al entrenamiento básico, a excepción de las oraciones. Cinco veces al día, los Amish unen las manos y cantan alabanzas al Señor, mientras me inclino hacia mi alfombra de oración y toco mi frente contra el suelo. Anke dice, entre nosotras dos, que traeremos piedad tanto al cielo como a la tierra. Me hace extrañar terriblemente a mi hermana. ¿Estará Nasirah a salvo? ¿Está bajo el cuidado de Adnan? ¿Realmente Rasulullah sigue vivo?

Grossmammi Hochstetlar sufre de hipertensión y los efectos secundarios de un derrame cerebral, sólo lo suficiente para incapacitarla ligeramente, pero asustó a su hijo lo suficiente como para aceptar a un médico rebelde. Muy rápidamente, se corre la voz alrededor de la ciudad de que la "prima" de Hochstettlar es una matrona experimentada.

Levi desanima cualquier conversación sobre mi pasado.

—Todos somos criaturas de Dios —dice. Y luego cambia el tema a las tareas que los niños deben realizar. En cuestión de días, toda la curiosidad sobre mi vida antes de aquí desaparece, ya que su padre los desalienta de cuestionarme amenazándolos con enviarles a realizar trabajos desagradables.

¡Ugh! ¡Cerdos! ¿De todas las criaturas que los Hochstettlar tenían que criar, tenían que ser cerdos? ¡Nunca he visto tantos cerdos en tantos tamaños y formas y colores del arco iris! Cerdos gordos. Cerdos flacos. Cerdos grandes y pequeños. Cerdos rápidos. Cerdos diminutos. Cerdos amables.

Y el cerdo más malvado de todos ...

Satán...

El jabalí de los Hochstettlar es un monstruo de setecientas libras, dos veces el tamaño de un hombre, de piel negra, que me recuerda a la barba del Abu al-Ghuraba, y dos enormes colmillos que sobresalen de su mandíbula inferior. Ellos dicen que es un cerdo de la Edad del Hierro, un taxón recreado de un jabalí para aumentar su tamaño y su capacidad de buscar comida. Desafortunadamente, junto con esa agudeza de supervivencia viene un temperamento gruñón que hace que incluso Dillon Everhart parezca tranquilo y amable.

—¡Ugh! —arrugo mi nariz—. ¡Puedo ver por qué estas criaturas son consideradas *haram*!

Caleb Hochstetlar me observa echando los restos sobre la valla con una expresión confundida. Siendo tan alto como Dillon Everhart y posiblemente incluso más fuerte, es alegre y tranquilo, como un día de sol en el verano después de una vida de estar atrapado en la contaminación de los Ghuraba. Mientras Dillon siempre fruncía el ceño y me decía que yo no estaba a la altura, Caleb me sigue con curiosidad y buen humor.

—Es sólo un cerdo —se ríe.

—Un cerdo muy *grande* —digo—. ¡Y malo! ¡Lissette dijo que, si me caigo, un cerdo de la Edad del Hierro me comerá! ¿Por qué no crían vacas?

La sonrisa de Caleb se desvanece en una mueca.

—Lo hicimos, pero luego los Ghuraba vinieron y se las llevaron a todas por su carne. Eso fue antes de que los *idioots* se dieran cuenta de que no sabían cómo cultivar su propia comida.

Miro a Caleb con sorpresa.

—¿Idiotas?

Su expresión adopta un tono mortificado.

—Lo siento —tartamudea—. No debería aburrirte con una vulgar charla de *rumspringa*.

—¿Rumspringa?

—Algo así como "el cuestionamiento" —dice Caleb—. ¿No tienes esta tradición, eh, donde tu vivías?

Es una pregunta indirecta, la forma en que los niños Amish preguntan de dónde vengo sin hacerlo directamente y preguntar acerca de mi pasado.

—¿Qué cuestionan en esa etapa?
—Todo —dice Caleb—. Nuestra fe, nuestra familia, Dios, ¡la manera en que vivimos!
—Los Ghuraba no permiten que *nadie* cuestione nada —le digo—. De ser así, te declaran apóstata y buscan alguna forma de matarte.
Tuve dudas una vez. Preguntas horribles y blasfemas. Como por ejemplo, ¿por qué Muhammad describe a Alá como amable y justo en los primeros libros del Corán, pero luego, después de que el bendito Khadija muriera, de repente los hadices se vuelven crueles y sanguinarios? Le pregunté a Mamá una vez si dos personas diferentes escribieron el libro, pero me dijo que me callara. Tal conversación haría que me mataran.
—Bueno, se nos permite cuestionar *todo* —Caleb sonríe—. Pero sólo por unos pocos años, luego tengo que decidir si quiero ser bautizado como Amish.
—Pero ¿ya no eres Amish? —lo miro, confundida—. —No se nos da la opción. Convertirme en Amish es algo más que ponerse un gorro de oración —levanta su mano para tocar el casquillo blanco que sigue soltándose de mi cabello—. Es una cuestión de fe, significa que yo elijo, por mi propia voluntad, seguir la fe de mi padre.
Hay algo en los ojos de Caleb que me recuerda a Lionel Everhart. De color azul claro, con un rayo plateado que irradia de su iris en un anillo índigo, rodeado de pestañas oscuras y rubias. Andrea dijo que Lionel tenía esta manera de iluminar una habitación, de hacerte creer que, si luchabas lo suficiente, al final ganarías.
—¿Y si decides que no quieres ser bautizado?—pregunto sin aliento.
Las pupilas de Caleb se hacen anchas y oscuras.
—Entonces seré rechazado —dice suavemente—. Mi familia tendrá que fingir que nunca existí.
Caleb está demasiado cerca de mí. Me doy cuenta de que he olvidado respirar.
Doy un paso atrás y bajo la mirada. Instintivamente alcanzo mi hijab para cubrirme la cara, pero por supuesto ya no existe.
—Eso no suena muy diferente de los Ghuraba —le digo.

Puedo ver el dolor en sus ojos. Antes de poder responder, su hermano de ocho años, Jacob, viene corriendo por el campo, descalzo, con los dos perros ladrando tras él, agitando los brazos.

—¡Eisa, Eisa! —grita—. ¡Ven pronto, la señora Bontrager acaba de entrar en parto!

Lovina Bontrager es la vecina de al lado, tiene unas treinta y ocho semanas de embarazo, y también es Amish. Aunque es un embarazo de apariencia rutinaria, este será su primer bebé. Le prometí que vendría y me aseguraría de que no hubiera complicaciones.

—Ten —entrego a Caleb el cubo de paja—. ¡Diviértete conviviendo con Satanás!

Corro tras Jacob, agradecido de ser relevada de la carga de cuidar a los cerdos.

Capítulo 21

No toma mucho tiempo en correrse la voz en la ciudad de que los Hochstettlar tienen una "prima" que, además de ser una matrona, puede coser heridas más graves.

—¿Eisa? —Sarah llama—. Hay alguien en la puerta.

Ahí se encuentra Larry Beaner, un agricultor inglés que vive más o menos a una milla de distancia. Los Amish llaman a todos los que no son Amish "ingleses" debido a la lengua que hablan. Excepto por los Ghuraba, de quienes hablan lo menos posible.

—Siento molestarle, Señorita Steuban —dice. Steuban es el nombre que usan los Amish para mí alrededor de sus amigos—. Pero la esposa de Gregory Adam me acaba de llamar por la radio. La pierna de su esposo quedó atrapada en una cosechadora.

Miro a Sarah. Hasta ahora, sólo he tratado a nuestros vecinos inmediatos.

—¿Cuánto tiempo tardará llegar hasta allí?

—La llevaré en mi camión —dice Larry—, si el señor Hochstetlar no tiene problemas. ¿Viven en el lado opuesto del pueblo?

Levanta una ceja interrogadora. Mientras que los Amish se niegan a conducir sus propios vehículos, si otro transporte es necesario, no tienen ningún escrúpulo sobre confiar en la buena voluntad de otros. Aunque con el Oriente Medio destruido, la gasolina es tan cara que la mayoría de la gente se ha visto obligada a abandonar sus vehículos.

—Caleb la acompañará —dice Levi—. Conoce su camino.

Tomo mi bolsa médica, la mayor parte de ella recogida de los Amish, y la acomodo en el asiento delantero de la vieja camioneta de Larry Beaner. Larry me da una sonrisa algo tímida mientras pone su mano cerca de entre mis piernas y acciona la palanca de cambios.

—Lo siento, Señorita Steuben —dice—. ¿Quizá quiera colocar las piernas al otro lado?

Muevo mi pierna para descansarlas junto a Caleb. Sus ojos se ensanchan cuando se da cuenta de que no sólo hay piel debajo de mi vestido, sino la línea dura del cuchillo de supervivencia de Andrea atado a mi muslo.

Su carne arde con la mía mientras nos internamos en el camino. Puedo sentir su mirada, pero miro directamente hacia adelante para evitar contestar preguntas.

Agarro el cuchillo mientras nos acercamos al puesto de control de los Ghuraba que aísla a la ciudad del mundo exterior. Un camión de reparto golpeado que muestra una bandera negra, está posicionado en el lado de la carretera delante de una choza pequeña con un tablero pintado de rojo y blanco.

Larry detiene el camión y espera que un caballo inglés y un vehículo pasen por el puesto de control frente a nosotros. Al lado del camino, un remolque abandonado tiene pegado los usuales carteles de propaganda árabes y las reglas que, hasta donde puedo decir, nadie aquí puede leer.

—¡No sabía que estaban tan cerca! —susurro.

—Están en todas partes —dice Larry—. Sobretodo últimamente, se rumorea que los rusos han comenzado a atacar y a sacarlos de Europa del Este.

Un hombre de mediana edad que lleva un M16 y un *shemagh* se ubica al lado del camión y pregunta: «¿A dónde se dirige?».

—Llevo a estas personas al mercado central —Larry rueda sus ojos—. Ya sabe... el caballo perdió una herradura.

El Ghuraba se ríe.

—¿Tiene algo extra para *mí*?

Larry busca detrás de su asiento y saca un pan, un poco de jamón de pierna y un tarro de masón lleno de compota de manzana. El pan es suave, amarillo y gomoso. Pan Amish. Y la compota está hecha de manzanas del verano pasado.

—Algo para sus hijos —dice Larry.

El Ghuraba acepta el soborno. Mientras seguimos nuestro camino, Caleb y yo suspiramos aliviados.

—¿Lo conoce? —pregunto.

—No es tan malo —dice Larry—. Solía ser uno de los habitantes locales convertidos cuando los Ghuraba dieron la orden. Él solo hace los movimientos, igual que el resto de nosotros. Ahora, los *nuevos* chicos...

Él y Caleb se miran preocupados.

—Digamos que los que vienen a recoger el impuesto de *jiyza* no son tan razonables —dice Caleb.

Paradies, Ohio, es una pequeña y tranquila ciudad que se convirtió en un importante centro de comercio cuando la gente huyó de las zonas radioactivas en lo que fue una vez la "zona de cosecha". Las zonas verdes centrales se han convertido en un mercado comercial, donde la gente vende carretillas Amish, vagones de heno inglés y la ocasional camioneta o vehículo. Me recuerda las historias del libro de Nasirah, Lozen, sobre los antiguos puestos comerciales occidentales donde los nativos americanos y colonos venían a la ciudad para comerciar.

Los Ghuraba van de vagón a vagón, rebuscando en las cosas que traen y tomando un porcentaje de todo lo que se vende. Las mujeres con sus escoltas caminan a través de los puestos, usando sus vestidos sencillos y los casquillos blancos de oración de los Amish, mientras que las mujeres inglesas usan pañuelos negros cubriendo su cabello para crear un hijab.

Un grupo de mujeres usando los estrictos nicabs negros de la brigada de pureza al-Khansaa se desplazan por el mercado como una manada de lobos. Se acercan a un par de mujeres inglesas y sacan sus látigos.

Por primera vez, considero el terrible riesgo que los Amish están tomando al refugiarme. Caleb coloca su mano sobre la mía que agarra el cuchillo. Él puede ser algo ingenuo, pero no es estúpido.

—Larry —advierte—. ¿Me parece que es mejor que no nos detengamos?

Una de las mujeres al-Khansaa se vuelve y apunta a nuestra camioneta, o más exactamente a *mí*, una mujer joven sentada entre dos hombres extraños. Larry acelera el motor, ignorando su llamada a detenerse. No puedo respirar hasta que llegamos al límite de la ciudad y nos estacionamos en la entrada de una casa de campo de dos pisos.

—Aquí estamos —dice Larry alegremente.

Caleb me ayuda a salir del camión y lleva mi bolsa médica. Una mujer inglesa agobiada, tal vez de unos cuarenta años, abre la puerta principal y se precipita hacia el porche.

—¡Gracias a Dios que vinieron!

Nos invita a entrar en la casa. En la sala de estar, Gregory Adams se sienta en una silla reclinable, sujetando un trapo ensangrentado envuelto alrededor de su pierna. Frente a él, un televisor de pantalla grande transmite la habitual estación de propaganda de los Ghuraba.

Caleb mira la televisión como una polilla atraída por una llama.

—Me lo suponía —murmuro. Caleb cuestiona todo, especialmente aquellas cosas que su padre dice que debe evitar.

La Sra. Adams, con una voz aguda y exagerada que embellece su relato, explica cómo su esposo se lesionó mientras trabajaba en la cosechadora. Gregory Adams, por otro lado, parece bastante desconcertado.

—¡Ah, es sólo un rasguño! —dice—. ¡No veo por qué estás haciendo tanto escándalo, Edna!

Con cuidado retiro el vendaje empapado de sangre. La señora Adams comienza a llorar cuando la sangre brota de un pequeño corte muy profundo. Reviso los bordes. El corte es limpio, no dentado. La sangre se filtra, pero no chorrea.

—¿Cuándo fue la última vez que se vacunó contra tétanos? —le pregunto.

—¿Tétanos? —dice—. Unos años antes de que ellos vinieran.

Gesticula a la gente en la televisión.

Calculo la línea de tiempo. Es mucho más tiempo de lo ideal, pero sin vacuna contra el tétanos disponible, no tengo más opciones que rezar para que no tenga intoxicación por metales.

—Esto es profundo —digo—. Tendré que aplicar puntadas o seguirá abriéndose.

—¿Ves? —dice su esposa—. ¡Te lo dije!

—¡Estás exagerando! —la voz de Gregory se vuelve brusca—. No es nada, se curará por sí solo.

Me lavo las manos en el fregadero de la cocina y luego pongo los implementos para coser la pierna de Gregory Adams. Se queda en silencio mientras saco una aguja quirúrgica curvada y un hilo negro ordinario, hervido para esterilizarlo.

—¿Esto va a doler? —suena menos confiado ahora.
—Seré tan amable como pueda —me encuentro con su mirada—. No tengo anestesia general.

Gregory asiente con la cabeza. ¿Será uno de *esos* tipos...qué prefiere desangrarse a aguantar unos puntos de sutura?

Su esposa agarra su mano mientras presiona la aguja contra su piel.

—¡Ooh! ¡Ooh! ¡Owww! —grita
—¡Oh tú! —su esposa lo reprende—. ¡Vas a hacer que ella crea que realmente te está lastimando!

Me hace reír, la forma en que bromean. Mis padres discutieron así una vez cuando Papá cortó su mano mientras podaba los setos. Aulló y lloriqueó cuando mamá le puso siete puntadas. Es curioso cómo uno olvida esas cosas. ¿Qué tan *normales* eran mis padres?

Con una puntada a la vez, meticulosamente uno la piel dañada. En la televisión, la propaganda cambia a un noticiero.

—Y hoy, *el hereje que se hace llamar Sayyida al-Hurra irrumpió en un mercado comercial pacífico y mató a seis hombres.*

Mi cabeza se levanta como una taltuza asomándose fuera de su madriguera. ¿Sayyida al-Hurra? Las imágenes muestran a una mujer alta, vestida de burka, irrumpiendo en un mercado de esclavos, disparando con un M4, a cualquier Ghuraba lo suficientemente tonto como para oponérsele con su arma. Detrás de ella hay tres hombres, con el rostro cubierto por un shemagh negro rebelde, liberando a las mujeres jóvenes que están a la venta como esclavas sexuales.

Uno de los hombres tiene la complexión de un gran oso ruso...

—¡Alá me ha enviado para liberarles de la esclavitud! —Sayyida al-Hurra grita—. Levántense y eliminen al falso Profeta. ¡Alá envió un ángel para revelar al *verdadero* salvador!

Bajo la cabeza y me obligo a no sonreír mientras termino de coser la pierna de Gregory Adams.

—Algunos se preguntan si se trata de Eisa McCarthy —dice un segundo locutor de televisión—. La hija del Guardián, que se rebeló contra el Abu al-Ghuraba.

Una imagen de *mí*, con mi cara perturbada, se exhibe en la televisión. Se tomó momentos antes de que se suponía debía apedrear a mi madre. Caleb se vuelve hacia mí, con su expresión sorprendida.

—Esa es...
—¡Shh!
Bajo la cabeza y continúo cosiendo la pierna del agricultor inglés. La transmisión de televisión continúa.
—Ha habido esa especulación —dice el primer locutor—. Sin embargo, si comparas el tamaño y la fuerza de al-Hurra, ¡*claramente* este es un hombre!
El segundo periodista se ríe.
—Dejen a los rebeldes esconderse en ropa de mujer.
Me obligo a no sonreír mientras termino de coser la pierna de Gregory Adams. Afortunadamente, la noticia cambia a las tediosas mentiras acerca de lo saludable que es el aire dentro de las ciudades, libre de radiación, y otras menudencias para explicar por qué tantas personas están desarrollando cáncer.
Caleb me agarra apenas salimos.
—Tu eres...
—Nadie —miro hacia un lado a nuestro vecino inglés—. No tengo nada que ver con eso, si le dices a alguien, sólo traerá problemas.
Él me observa, con los brazos cruzados, todo el camino de regreso a nuestra granja. Espero que diga algo a su padre, pero no lo hace.
En su lugar, comienza a preguntar cómo es luchar contra los Ghuraba.

Capítulo 22

—¿Por qué Alá requiere que beses el suelo? —pregunta Lissette.

Miro hacia donde se supone que mi compañera de cuarto de trece años ora antes de vestirse pero, como de costumbre, tiene el brazo arrojado alrededor del más joven de los dos perros.

—No lo besamos —digo—. Ponemos nuestra frente en el suelo, para demostrar sumisión a Alá.

—*Daed* dice que tu dios y el mío son iguales.

—Eso es lo que decía *mi* padre.

Los ojos de Lissette se estrechan.

—No *quiero* que tu dios sea el mismo que mi dios —dice—. ¡Tú dios es *malo*!

—¡Lissette, mamá te dijo que fueras respetuosa! —Anke, que reza obedientemente junto a su cama, la reprende agudamente.

—Tengo trece años —dice Lissette—. Soy lo suficientemente mayor para hacer preguntas.

—No es *tu* fe lo que estás cuestionando —dice Anke, sino la de Eisa. Es muy grosero de tu parte.

Toco mi *tasbih* para sacarlo junto con mi hijab y la alfombra de oración para orar.

—Fui a casa de la señora William ayer —Lissette cambia de tema—, para dejar unas cacerolas que *Mamm* pidió prestadas. El hombre de la televisión dijo que iban a regalar nuestras granjas.

—Eso no es lo que dijeron —dijo Anke—. Dijeron que una nueva oleada de peregrinos acaba de llegar de Europa.

—La Sra. Williams dijo que cada vez que sucede eso, los envían aquí, y entonces inventan excusas para botarnos de nuestra tierra.

—No deberías creer todo lo que dice la Sra. Williams —dice Anke—. Ella es paranoica y cree que todo el mundo está persiguiéndola.

—¡Ellos botaron a la familia de su hermano la semana pasada!

—Eso es diferente —dice Anke—. Son ingleses.

—¿Y la familia Verkler? —Lissette protesta—. ¡Toda la congregación fue desalojada de su tierra en Millersberg!

—Ellos fueron capturados evadiendo el impuesto *jiyza* —dice Anke—. Mientras pagues tu parte, los Ghuraba te dejarán en paz.

—Pero Faith dijo que...

—¡Lissette! —la voz de Anke contiene una advertencia aguda.

Ambas chicas me miran de lado, y luego inclinan sus cabezas, terminando en silencio sus oraciones. Técnicamente, Lissette es un poco joven para comenzar el *rumspringa*, pero tiene la misma mente escéptica que Nasirah.

Me levanto y saco mi *tasbih*, hijab y alfombrilla de oración y pongo mi gorra de oración blanca en su lugar. Me miro en el espejo mientras pincho el delicado capuchón a mi cabello, ahora marcado por el sol. Rasulullah tenía razón. Mi cara no se parece a *ninguna* de las nacionalidades de mis padres.

—Soy un chucho —digo.

¡El más viejo de los dos perros menea su cola hacía mí desde los pies de mi cama!

—¡Oye! Aléjate de mi cama —le reprendo con fingida indignación—. ¿No sabes que los perros son *haram*?

El perro menea la cola y se queja. Desde que llegué aquí, todo lo que puedo recordar es lo mucho que amé al Golden Retriever de mi abuela. La primera cosa que hicieron los Ghuraba en la Ciudad del Califato fue matar a todos los perros.

—¡Abajo! —señalo hacia el suelo.

El perro se escurre, dándome una mirada como si lo acabara de golpear, y luego toma su posición habitual cuidando la puerta. El perro más joven se le une. Ambos me miran con ojos reprobadores.

Termino de vestirme y luego todos salimos de la habitación para desayunar. Hoy es día de mercado. Iré con ellos.

Después de comer, Caleb y sus hermanos cargan lechugas, rábanos y pimientos, junto con las fresas que pasamos todo el día de ayer cosechando en la carretilla. Fue un día glorioso, arrastrándonos por los montículos cubiertos de paja sobre nuestras manos y rodillas, poniendo una fresa madura en la canasta por cada dos que nos metíamos en la boca. Te llaman como minúsculas sirenas carmesí, su aroma es tan dulce que casi puedo saborearlo. Tomo una baya roja brillante y la llevo a mis labios.

—¿Te das cuenta de que estarás usando la evidencia de ese robo todo el día? —Caleb se burla.

—¿Qué quieres decir? —tomo un delicioso bocado.

—Siempre que tomas una, les da a tus labios un tono rojo casi pecaminoso.

El jugo de la fresa cae por mi barbilla. Los ojos de Caleb brillan. Siempre que él sonríe así, mi estómago estalla en mariposas.

Sarah viene repleta de negros trajes de viaje y gorros Amish.

—¡Ponte esto! —dice—. Para que no ofendas a los recién llegados.

—¡*Mamm*! —Anke se queja—. ¡Es mediados de julio!

Caleb me da una mirada lateral.

—Nunca pensé que vería el día en que los Amish fueran los ciudadanos peor vestidos de la ciudad — refunfuña en voz baja.

Por un momento, sus ojos reflejan la misma sombra oscura azul marino que asocio con Dillon Everhart. Me da un escalofrío. Bajo diferentes circunstancias, ¿podría Dillon resultar más parecido a Caleb y su hermano? ¿Y si Caleb se volviera tan rudo como Dillon?

Reviso mi muslo para asegurarme de que mi cuchillo esté firmemente atado. Caleb nota el gesto.

—¿Estás segura de que quieres venir? —habla bajo, para que nadie lo oya—. Si me das una lista, trataré de conseguirla para ti.

—No tengo un equipo médico completo —le digo—. Necesito juntar lo que pueda.

Hace tres días, realicé mi primera cesárea en solitario. ¡Sin anestesia! Mamá las hacía en condiciones menos que óptimas, pero al menos en la Ciudad del Califato los Ghuraba preferirían hacer caso omiso cada vez que me mandaba al farmacéutico. Aquí, no tengo suministros en absoluto.

—Aten a los perros —dice Levi—. Asegúrense de que no nos sigan.

—.... o les dispararán —susurra Caleb.

Levi se sube a la carreta Amish y da una bofetada a las riendas del Caballo de trote. El resto de nosotros caminaremos. No tiene nada que ver con que sean rudos con nosotros. La carreta está llena y es sólo un paseo de tres millas si tomamos un atajo través de los campos del vecino. Volveremos sanos y salvos, *Alhamdullilah*, si Dios quiere, si tenemos un buen día y hacemos muchas ventas.

Lissette lidera el camino entre campos llenos de maíz, sus hermanos y hermanas marchan detrás de ella en un alegre desfile. Caleb se queda atrás para caminar junto a mí.

—¿No tienes miedo de que alguien te reconozca?

—Sí.

—¿Por qué estás aquí, si los rebeldes dicen que estás peleando con ellos? —pregunta.

La vergüenza se hunde en mi estómago. Empujo hacia abajo el borde profundo del sombrero negro Amish que hace que mi cara emita una sombra.

—Es complicado.

—¿No has estado viendo las noticias?

Me vuelvo hacia él con mis puños apretados.

—¡La razón por la que me enviaron *aquí* es porque ustedes, y su gente, supuestamente no ven la televisión!

—¡*Tenemos* que verla! —dijo Caleb—. Si escuchamos a los Ancianos, vamos a estar ciegos, al igual que Faith.

Deja de hablar y se mete las manos en los bolsillos. Estoy cansada de este secreto familiar, de lo que no quieren hablar. La hermana en cuya cama duermo cada noche.

—¿Qué le pasó a tu hermana? —pregunto.

Caleb frunce el ceño.

—Nada. No tengo hermana. Ya no.

Acelera, alcanzando a los demás. Yo camino detrás de ellos miserablemente. Mientras que los Hochstettlar han salido de su camino para hacerme sentir bienvenida, a veces su peculiar complejidad me deja bastante perpleja.

Es temprano en la mañana, pero ya el sol está lo suficientemente caliente para hacer llevar el vestido de viaje negro una experiencia miserable. Después de seis meses con los rebeldes, y ahora con los

Amish, la ropa ajustada se siente como estar encerrada en La Ciudadela.

Bueno. Quizás no *tan* así...

Atravesamos barrios residenciales, evitando los puestos de control de los Ghuraba, pero no los recién llegados que vagan por las calles con sus barbas largas, shemaghs a cuadros y camisas de oración. Siguiendo a sus espaldas con cautela, las mujeres vestidas de negro caminan tímidamente con burkas. Lissette tiene razón. Ha *habido* una afluencia de gente Ghuraba.

Cuando llegamos al mercado, Levi no está aquí para reunirse con nosotros. Caleb se mantiene vigilando en un punto, prometiendo al Ghuraba que debe tomar un porcentaje de ventas que pagaremos cuando su padre llegue aquí. Anke está a mi lado, retorciéndose las manos mientras la gente entra en la plaza luego de bajar de un autobús de Springfield, nuestros mejores clientes. Sin productos, no ganaremos dinero.

—Cada vez que venimos, hacen que *Daed* pague un soborno más grande.

—¿Es por eso que caminas? —pregunto.

—No —dice—. No creo que le guste que le veamos pagando impuestos.

—Pero le pagan al encargado del mercado por el puesto.

—Eso es diferente.

—¿Cómo?

—Para ser tan piadosa, haces muchas preguntas—. Anke dice y echa un vistazo hacia los lados

Ella se aleja, dejándome sola.

Eventualmente la carreta de Levi llega golpeteando en la calle. Mientras su rostro parece rojo y nervioso, cuando habla con sus hijos, lo hace con la mayor calma.

—Está bien, hijos, ¿vamos a preparar el puesto?

Descargamos la carreta y amontonamos las canastas de forma atractiva alrededor del portón trasero, todas excepto la parte que prometimos pagar al encargado del mercado. Levi analiza el porcentaje prometido con diligencia, ¡ni una sola fruta menos! Por si acaso, lanza unos cuantos pimientos adicionales.

—¿*Daed*? —pregunta Caleb—. ¿Dónde está la canasta de fresas?

Levi mira de nuevo el camino del que acaba de salir. Agarra el borde del carro.

—Alguien las necesitaba más que nosotros.

—¿Quieres decir que las *robaron*? —exclama Caleb.

—¡Caleb! —Levi advierte—. No hagas gran cosa de esto, tenemos otros productos para vender.

Por el aspecto de las cestas, las fresas no son lo único que los guardias del punto de control robaron. hemos perdido varios panes que Sarah pasó toda la noche cocinando. He llegado a comprender que los Amish ayudan a los rebeldes por necesidad, tanto como por patriotismo.

Los clientes se amontonan alrededor de nosotros. Pronto Levi y Caleb están ocupados regateando con clientes: ingleses, Amish, Ghuraba, no importa. Si llegan con siclos de plata, los Amish los toman, junto con las permutas de bienes hechas por los granjeros locales.

Agarro a Anke por el brazo.

—¿Vendrás conmigo? —le pregunto—. Necesito comprar suministros.

—Por supuesto.

Lissette intenta venir, pero Levi la llama de vuelta. Ella mira a su hermana mayor con una envidia descarada, pero yo no digo que la necesito. Adoro a Lissette, pero ella no entiende el peligro.

—¿*Guder daag*? —Anke saluda a cada comerciante Amish.

—¡*Alo*! —le saludan de regreso.

—¡*Alo*! —me esfuerzo en imitar el acento apropiado.

Esta es un área donde puedo meterme en problemas. Los Amish descubrieron que no soy realmente la prima de Hochstettlar, pero hay menonitas que vienen de otras ciudades para comercializar sus productos. Ya es bastante malo que no me parezca a la gente alta, sencilla y germánica, y sobretodo no poder hablar su pintoresca versión del idioma *alemán de Pensilvania*.

He estado aprendiendo lo más rápido que puedo...

En un vagón inglés encuentro un suministro de hilo de colcha en muchos colores diferentes. Todavía lleva el logo "J & P Coats".

—¿Están fabricándolos de nuevo? —Anke pregunta.

—No lo creo —dice la mujer inglesa vestida de hijab que vende junto a su marido.

—Mi suegra tenía un montón de cosas —gesticula en sus cestas de extraños cortes de tela—. Murió durante el invierno, así que ahora estamos vendiendo todo.

Los colores me tientan, pero mamá dijo que siempre me quedara con el negro porque algunos de los tintes contienen productos químicos tóxicos. El blanco es aún más puro, pero es difícil de localizar en la carne después de que se asienta una semana y cicatriza.

Me aseguro de conseguir bastante hilo negro, y luego agarro un carrete de azul cerúleo, del mismo color que los ojos de *Grossmammi* Hochstettlar. Ha sido muy amable en dejarme entrar en su reserva. Debe coincidir con la tela de la colcha que está terminando para Anke.

En un vagón Amish donde venden tapicería, hago un hallazgo precioso, tres agujas curvadas para coser cojines de asiento. Son mucho más gruesas que las agujas delgadas que los médicos prefieren para las puntadas, pero *esas* agujas se doblan fácilmente. De las seis agujas que me dieron los rebeldes cuando me fui, me quedan tres. Anke regatea por ellas, pero el curtidor reconoce que las quiero mucho. No soy la *única* persona que se ha visto obligada a recurrir a la auto-medicina.

Compro *una* aguja, envuelta en un pequeño pedazo de cuero. Tengo suficiente dinero para comprar las tres, pero demasiados shekels llamarán la atención de los Ghuraba.

En el tercer puesto, le pregunto a una mujer menonita que vende ungüentos y pociones sobre lo que utiliza para los ingredientes y la base de su investigación. La medicina herbaria no era parte del repertorio de Mamá, ¡ella era una mujer de ciencia!. Pero una vez que la medicina fabricada comenzó a escasear, incluso *ella* tuvo que aventurarse a las peligrosas suposiciones de la medicina alternativa.

La mujer menonita me observa con una mirada cómplice.

—Tienes bastante conocimiento sobre química —dice ella—, para ser una mujer Amish.

Ella cambia a la lengua Deutch cuando se acercan tres mujeres musulmanas, vestidas no de negro, sino de *abayas* de colores brillantes con elaborados bordados, máscaras de cuero y hijabs tintineando con monedas. Junto a ellas camina su hijo adolescente, sin duda su escolta.

Anke mira con sorpresa a estas tres coloridas aves y exóticas que parecieran haber salido de Las Mil y una Noches.

—Son beduinos —susurro—. De la tierra santa cerca de La Meca.

Los recién llegados conversan en árabe, ignorando que lo hablo con fluidez. A través de su conversación, me entero de que se mudaron a Paradies como parte de un gran grupo que acaba de reasentarse aquí desde Alemania en algunas granjas recientemente "confiscadas". Rusia, al parecer, ha expulsado a los Ghuraba de las antiguas Repúblicas soviéticas y ahora está ganando territorio en el resto de Europa.

—¿Tiene medicina contra los malos espíritus? —pregunta la mujer más joven, hablando un alemán moderno, quizás de la misma edad que Lissette.

—*Ya* —dice la herbolaria—. ¿Qué tipo de infección?

Las cuatro recién llegadas conversan en árabe. Una de las mujeres tiene un hijo que se cortó el pie, y ahora está hinchándose con la infección. La mujer más joven intenta traducir su conversación en palabras que la herbolaria pueda entender.

Me encuentro con la mirada de la herborista menonita.

—Ese —señalo con la boca sin decir palabra mientras apunto a uno de sus pequeños tarros.

La herbolaria les vende un ungüento que trata un tipo específico de infección. Luego las convence de llevar un hamamelis destilado vertido en una vieja botella de whisky que hace un sustituto bastante decente para el alcohol y un poco de corteza de sauce seca para preparar un té para el dolor. La familia beduina se aleja.

Saco mis siclos para pagar mis *propios* medicamentos. Voy a probar varios de sus ungüentos, sólo para ver si funcionan.

—¿Hablas su idioma? —pregunta casualmente. Pero por su expresión atenta, veo que quiere saber más.

—Sólo unas pocas palabras —miento—. Pasé algún tiempo en la ciudad.

Sé que presumirá que soy de Springfield, que se ha convertido en un bastión de los Ghuraba. Ella toma mi dinero, y luego saca una tarjeta de visita escrita a mano en un rectángulo de papel. Escribe una dirección, así como una radiofrecuencia, ya que los Ghuraba destruyeron todos los teléfonos.

—Vivo en Vorsehung —dice—. Si alguna vez necesitas algo, pídele a tus vecinos ingleses que te ayuden a ponerte en contacto. Hacemos entregas especiales.

Anke me da una expresión preocupada. Se ha corrido la voz de que puedo hacer más que simplemente traer bebés al mundo. Cuanta más gente sepa, más riesgo corro de ser expuesta.

—No voy a decir nada —añade en un susurro—. Solía trabajar en una farmacia CVS hasta que vinieron y mataron al farmacéutico.

Asiento con la cabeza. Ella, como yo, está tratando de ayudar a usar la única vía que queda a su disposición. ¿Me pregunto si tendrá algún libro, lleno de descripciones de medicamentos y cómo fueron descubiertos originalmente, como el libro de referencia de médicos que Mamá usaba para hacerle ingeniería inversa a la medicina moderna?

¡Oh! ¡Qué no daría por un libro así!

Anke me lleva de vuelta hacia la carreta. Nos aferramos mientras pasamos por la brigada al-Khansaa, nuestros corazones están palpitando mientras acosan a una mujer inglesa con una colorida bufanda de flores envuelta alrededor de su cabeza formando un hijab. Tres guardias Ghuraba se involucran cuando su marido intenta intervenir.

—¿Por qué ignoran a las mujeres beduinas? —Anke inclina la cabeza hacia un grupo de mujeres *aún más coloridas* que miran, con sus máscaras y pulseras tintineando mientras se mueven.

—El Profeta Muhammad fue enviado a ser criado con una familia beduina en el desierto —le digo—. Él amaba a su familia de crianza, así que cuando se negaron a convertirse a su nueva religión, ordenó que se quedaran solos. El desierto, según él, los acercó a Alá más que mil oraciones.

Hago un gesto a un séquito de hombres de los Ghuraba que observan a las mujeres beduinas con extrema fascinación.

—Es el sueño de cada Ghuraba tomar a una mujer beduina como su esposa, por lo que el Abu al-Ghuraba sigue tratando de atraer a más. Hubo algunos de ellos pasando por la ciudad donde yo vivía, pero odian los espacios confinados, por lo que los Ghuraba les dan tierras para cuidar sus rebaños.

—*Nuestra* tierra —Anke dice bruscamente.

Ella marcha delante de mí, de vuelta hacia la carreta de su padre. Sigo tras ella miserablemente. Toda esta charla de *rumspringa*, un día ser rebelde, al día siguiente piadoso, me confunde.

Ayudo a Joy y a Hope a reorganizar las verduras para que las canastas se vean más llenas. Es una forma de arte, hacer parecer que posees mucho más de lo que realmente tienes. Caleb se acerca detrás de mí.

—Tengo algo para ti —dice con una sonrisa.

Sostiene una pequeña canasta de papel. En la parte inferior, reposan cuatro pequeños orbes púrpura, agrupados como en un pequeño racimo de uvas. Llevan un aroma decadente similar a las fresas, sólo que un poco más ácido.

—¿Frambuesas? —pregunto.

—Zarzamoras —dice—. Las primeras de la temporada. Adelante, prueba una.

Levanto la baya pequeña y púrpura y la sostengo al sol. La gelatina de frambuesa fue una de las primeras cosas que desaparecieron.

La muerdo. Es tan dulce como recuerdo, con una textura granulada causada por las semillas. La hago girar alrededor de mi lengua, degustando el sabor cuando estalla cada glóbulo individual, prolongando el placer cuanto pueda antes de tener que tragar.

—¿Dónde las conseguiste?

—Ryan Jester las siembra en el lado sur de su granero para que maduren temprano.

Gesticula al hombre inglés que está junto a nosotros.

—¿Le quedan más? —pregunto—. Tengo un poco de dinero.

—Tendrás que preguntarle —dice Caleb—. Él las esconde para que los Ghuraba no las roben.

Termino de reorganizar nuestras canastas, y luego paso a la cabina de Ryan Jester para revisar sus productos. Caleb mira con intenso interés. ¡A veces siento como si me observara de la misma manera que lo hacen los Ghuraba a las mujeres beduinas!

Una pareja inglesa delante de mí pregunta si le quedan algunas moras.

—Ya casi no me quedan —dice Ryan—. Es el producto que más vendo.

—Llevaremos un cuarto, por favor —dice la esposa.

—¿Un cuarto? le saldrá algo costoso.

Busca por debajo del parachoques para sacar una caja cubierta con hojas de lechuga, las cuales usualmente los vendedores retiran una vez que empiezan a marchitarse. Debajo de la lechuga yacen decenas de diminutas cestas llenas de pequeñas bayas decadentes.

—Serán treinta siclos —dice.

—¡Treinta siclos! —Exclama el marido.

—¡Shh! — Ryan dice—. Mantén tu voz baja.

—¡No voy a pagar treinta siclos por zarzamoras! —el esposo dice en voz alta.

—Pero necesito un cuarto para hacer un pastel — chilla la voz de la mujer—. Es el cumpleaños de nuestro hijo.

—¡Olvídate de que voy a pagar treinta siclos por moras!

Tres hombres barbudos se acercan, atraídos por el escándalo. Llevan el aspecto áspero del Gharib que vino durante *La Primera Gran Oleada* de refugiados, los que mataron a los soldados mientras dormían. El más grande de los tres, un hombre de barba negra espesa y fríos ojos negros, exhibiendo las rayas de un sargento, pregunta:

—¿Cuál es el problema?

—¡Es extorsión! —exclama el marido—. ¿Treinta siclos por moras?

Aparece el Ghuraba que administra el mercado. Los guardias lo miran con interés.

—Él no declaró ningunas moras —dice.

—¡Todo el mundo sabe que Ryan Jester es el mayor vendedor del mercado negro! —el esposo anuncia.

Retrocedo, desesperada por salir de allí antes de que los Ghuraba me noten. Dos de ellos agarran a Ryan, mientras que el administrador del mercado y el sargento rebuscan en las cestas. Inmediatamente encuentran más bayas. Uno de ellos entra en la cabina de la camioneta, encontrando…

—Eisa —alguien agarra mi brazo. Vuelve a la carreta.

Levi Hochstetler me hala hacia atrás. Echo un vistazo en esa dirección mientras los Ghuraba buscan a través de unos libros prohibidos. *Desobediencia civil. Historia del mundo de Norton.* ¿Y el título más condenatorio de todos?

1984...
—Deténganlo — dice el sargento Ghuraba.
—¡Son sólo libros! —dice Ryan Jester.
El sargento Ghuraba lo sostiene.
—¿Crees que no sabemos que los simpatizantes usan estos libros para coordinar con los rebeldes?
—Todo lo que posees ahora es propiedad del Abu al-Ghuraba — gesticula a la camioneta.
—¡No hice nada!
El sargento de los Ghuraba saca un palo y golpea al granjero por encima de la cabeza. Los otros dos lo detienen para que no pueda defenderse. Lo tiran al suelo.
La estridente esposa y su marido se alejan.
—¡Ayúdame, por favor! —Ryan grita con cada golpe brutal. Lo golpean hasta que la sangre emana de su cabeza.
Levi me arrastra hacia atrás.
Cientos de personas, la mayoría de ellos Amish e ingleses, rodean a los tres Ghuraba, pero nadie se mueve para ayudarlo. Esa sensación de furia que he estado sintiendo cada vez más últimamente sale a la superficie.
—¿No se dan cuenta de que los superan en número, doce a uno? —grito.
Me libero del agarre de Levi y busco debajo de mi falda por el cuchillo de supervivencia atado a mi muslo. ¿Si apuñalo en el riñón al que está vigilando, tal vez puedo agarrar su M16 y disparar a los otros dos?
Una emoción de poder sube a través de mis tejidos mientras mis dedos se cierran alrededor de la manija del cuchillo.
—¡Eisa, no!
Un enorme par de brazos me rodea desde la parte trasera y me levanta, agarrando mi muñeca para que no pueda sacar el cuchillo.
Golpeo la parte de atrás de mi cabeza contra su barbilla y muerdo su brazo. Mantiene su brazo atascado en mi boca para que no pueda gritar ni siquiera mientras lo muerdo y saco algo de sangre.
—¡No, Eisa, no! —Caleb grita—. ¡Por favor, no lo hagas! ¡Sabes lo que harán con nuestra familia!

Es su miedo lo que me detiene, la forma en que sus poderosos brazos tiemblan mientras él me arrastra hacia atrás, sin represalias mientras lo pateo, lo rasguño y lo muerdo.

—No lo hagas, no, no… —susurra en mi oído.

Dejo de luchar. Caleb me empuja contra su pecho mientras me recoge y me lleva como una muñeca tiesa. Me baja cuando nos ponemos detrás de nuestra carreta.

Los rasgos estoicos de Levi se solidifican en una expresión de desaprobación. No tiene ni idea de que tengo un cuchillo. Pero él reconoce que estaba a punto de hacer algo precipitado.

—Señorita Stueben —dice—. La violencia no es nuestro camino.

—¡Él no hizo nada! —digo.

—Los Ghuraba pidieron una contabilidad completa de todo lo que teníamos para la venta —dice Levi—. Es por eso que tomó tanto tiempo pasar por el puesto de control. Querían las bayas. Esto ocurre todos los años.

—¿Por qué?

—A sus líderes les gustan más que a *nosotros*.

Desde la calle, un megáfono ordena a todo el mundo abandonar el área. Un convoy de camionetas y Hummers llega hasta la carretera que rodea la plaza y decenas de hombres saltan llevando armas automáticas.

Arrastran el cuerpo sin vida de Ryan Jester fuera del campo y lo tiran en la parte trasera de uno de los camiones. Dos Ghuraba agarran a su mujer e hijas sollozantes.

Todos vemos como los Ghuraba se las llevan para ser esclavizadas…

Capítulo 23

A *Grossmammi* Hochstetlar le encanta contar historias, no con muchas aventuras, sino de pequeños finales felices que involucran a gente común. *Esta persona sobrevivió cuando una plaga de saltamontes trató de comerse su campo. Esta persona salvó su granero de un fuego gracias a la ayuda de vecinos. Esta otra persona perseveró a través del trabajo duro y el ingenio, etc.* Sobre todo, habla de la fe en Dios, en la comunidad y la confianza mutua. Levi puede ser el patriarca de la familia, pero *Grossmammi* es su corazón.

Un corazón que está más débil por la hipertensión y una dolencia que sospecho que podría ser diabetes.

Presiono mis dedos contra su muñeca y miro mi reloj mientras cuento los segundos.

—Ciento cincuenta sobre noventa y cinco —le digo—. Diez puntos menos que la semana pasada.

—¿Esto significa que le dirás a Sarah que está bien comer algo de *Scrapple*?

—¡No! —me río—. Si lo hace, volverá a subir.

Los Scrapples son vísceras de cerdo, mezcladas con harina de maíz, fritas hasta que quedan doradas y crujientes y cargadas de sal. Si alguna vez vuelvo a la base rebelde, llevaré una bolsa entera para alimentar a Maximov y a los chicos. Desafortunadamente toda esa grasa y sal tiene un efecto terrible en la presión arterial de *Grossmammi*.

—Quizá la próxima semana —digo—. Sólo un poco. *Si* baja su presión hasta ciento treinta sobre noventa.

Grossmammi se ríe. Estoy mintiendo y las dos lo sabemos. En sus ojos azules veo la misma tranquila divinidad que imagino cada vez que sueño con Alá. Me gusta estar con ella. Es lo más cerca que he estado del cielo. Me alegro de que, al cuidar de ella, me haya ganado un lugar en este pequeño y tranquilo paraíso.

Masajeo su mano y la persuado para mover los músculos afectados por el derrame. Ella ha recuperado mucha movilidad, pero con su presión arterial tan alta, es sólo cuestión de tiempo antes de que la siguiente apoplejía la incapacite mucho más.

Anke irrumpe en la puerta delantera con una cesta llena de huevos.

—¡*Mamm*! —grita—. ¡Camiones!

Sarah tira su remiendo y corre hacia la puerta principal. Toca la campana que indica la cena con un celo frenético.

—¿Que está pasando? —pregunto.

—Los Ghuraba vienen —la cara de *Grossmammi* se arruga de preocupación—. Cada septiembre, vienen y toman la mitad de lo que hemos cosechado.

—¿Por el impuesto de *jiyza*?

—Sí. Es el precio que pagamos para vivir pacíficamente junto a ellos.

Los pollos chillan mientras los niños pasan corriendo cerca de ellos para entrar. Sarah corre al armario y agarra la caja de madera tallada donde guardan la Biblia de la familia. Los niños mayores agarran los pocos recuerdos que la familia posee mientras los niños más pequeños se arremolinan aterrorizados.

—Lleva a los demás —ordena Sarah—. Escóndelos en el granero.

Anke y Lisette llevan a sus hermanos menores hacia el gran granero rojo. Yo los persigo, muy consciente del riesgo de que los Ghuraba me reconozcan. Nos amontonamos en el granero que alberga a los caballos de la familia, todo su heno y cereal, y los tres cabritos en la lechería que guardan para dar la leche de la familia.

—¡Sube la escalera! —Anke señala hacia el pajar.

—Si pagan el impuesto *jiyza* —le pregunto—, entonces ¿por qué se esconden?

Anke mira de reojo a sus hermanos y hermanas menores.

—Ha habido secuestros —susurra—. Si nos ven, pueden obligarnos a convertirnos en sus esposas.

Ayudamos a cada niño a subir la escalera. Se apresuran hasta el final del pajar y presionan sus caras contra los tableros exteriores.

—¿Anke? —susurra Lisette—. ¿Dónde está Caleb?

Todos presionamos nuestras caras hacia las grietas. Caleb aparece frente a la casa y señala la nube de polvo que se aproxima.

—¡Vamos, Caleb! —dice Lisette—. ¡Ahora no es el momento de cuestionar a *Daed*!

Caleb gesticula airadamente a los camiones, y luego a la casa donde Sarah se encuentra, retorciendo su blusa, en los escalones. Levi sacude la cabeza y gesticula al granero.

Con un ceño fruncido, Caleb se apresura hacia nosotros.

—Gracias al Señor —susurra Lissette.

Nos enfrentamos a Caleb mientras se une a nosotros en el pajar.

—¡No debes discutir con *Daed*! —Anke lo reprime.

—¡*Ella* lucha contra ellos! —Caleb *me* señala.

Todos los niños se vuelven hacia mí con sus amplios e inocentes ojos azules.

—¡Shh! —susurro. ¡Nos pondrás a todos en peligro!

Los neumáticos crujen cuando los camiones se detienen en frente de la casa. Tres de éstos son camionetas tirando remolques, el cuarto es un Hummer con una ametralladora montada en el techo y una bandera negra de los Ghuraba agitando ominosamente en el viento.

Mi intestino se aprieta cuando un hombre corpulento sale del Hummer vistiendo un uniforme de camuflaje verde oliva y un shemagh a cuadros. Se trata del brutal sargento Ghuraba que golpeó a Ryan Jester. Ocho Ghurabas más se apilan fuera de los camiones llevando ametralladoras y asumen una formación defensiva.

El sargento de los Ghuraba se acerca a Levi Hochstetlar y gesticula airadamente al granero. Analizo a los soldados, cuántos hay, qué tipo de armas, hacia donde apuntan, las armas que podríamos usar. En mi cabeza, calculo las lecciones rebeldes sobre cómo derrotar tal fuerza.

—¿Qué están diciendo? —pregunto.

—Lo mismo que siempre dicen —dice Caleb amargamente—. ¿A quién estamos vendiendo?, ¿por qué no hay más alimento para pagar el impuesto? ¡Y luego él va a decir que estamos escondiendo algunos para que puedan tomar más de la mitad!

—¡No podemos luchar contra ellos! —Anke dice.

—¡Los superamos en número! —Caleb dice—. ¡Si todos nos enfrentáramos a ellos, todos a la vez, se irían!

Me quedo boquiabierta ante Caleb, al oír mis palabras salir de su boca.

—¡Caleb! —Anke mira a sus hermanos—. ¿Quieres que salgan corriendo a desafiar a los Ghuraba también?

Lisette grita cuando el sargento Ghuraba golpea a su padre en el estómago con el extremo de su rifle y lo derriba al suelo. Tres de los Ghuraba descienden sobre Levi para darle un puñetazo mientras los otros cinco entran a la casa.

—¡No! —los niños lloran.

—¡Shh! Shh! —Anke y Lisette los callan. Arrastran a los niños lejos de los espacios entre las tablas para que no puedan ver a su padre ser golpeado.

Sarah Hochstetlar grita cuando uno de los Ghuraba la arrastra fuera de la casa. Dos de ellos lanzan muebles a la puerta principal, incluyendo la colcha que *Grossmammi* acaba de comenzar a coser para Lisette.

—¡Mi colcha!

Uno de los Ghuraba sale arrastrando a *Grossmammi*. La lanza en el porche y luego la patea por los escalones.

—¡Ya basta! —susurro—. He tenido suficiente.

Los niños chillan mientras saco el cuchillo de supervivencia de Andrea y me muevo furiosamente hacia la escalera. ¿Cómo puedo poner fin a esto? ¿Uno contra nueve? ¿Tal vez si creo una distracción? ¿Qué tipo de distracción? ¿Cómo puedo separarlos? ¿Cómo puedo derrotarlos? Es una vergüenza *para mí* no haber anticipado que esto pasaría.

Caleb aparece en la parte superior de la escalera con una horca.

—¡Voy contigo! —dice.

Lleva la misma mirada de furia que Dillon Everhart el día que me rescató. Justa indignación. Es a su familia a quien los Ghuraba están apuntando. Con una expresión sombría, asiento con la cabeza.

—¡No! —Anke salta delante de nosotros—. ¡Por favor, Eisa! Esto es lo que siempre sucede, nos golpean y luego se van.

Apunto mi cuchillo en la dirección donde *Grossmammi* pide ayuda.

—¿No te das cuenta de que los Ghuraba nunca se detienen? —grito—. Ellos usan tu tolerancia y empatía contra ti, y luego, cuando están listos, te echarán de tu tierra.

Caleb me pone la mano en el hombro.

—Eisa tiene razón —dice—. Cada año, los Ghuraba nos tratan peor. Nos han estado hablando de purgas en otras comunidades agrícolas.

Anke señala a sus diez hermanos acobardados.

—Si sales allá afuera, pondrás en peligro a nuestros hermanos y hermanas: *Mamm* y *Daed* y *Grossmammi* morirán para protegernos, pero si los Ghuraba te matan, destruirán su corazón y su alma.

—¡No protegieron a Faith! —Caleb grita—. ¡La perdimos porque se negaron a ir a buscarla!

—¡Caleb! —Anke *me* mira de reojo—. Sabes que no podemos hablar de los exiliados.

Su hermano pequeño Jacob grita.

—¡Aquí vienen!

Los niños más jóvenes se apresuran hacia los fardos de heno que se han apilado en una enorme plaza contra la pared más alejada. Jacob y Lisette arrastran dos de esos fardos por el frente. Uno por uno, los niños más pequeños desaparecen en un túnel.

—¡Vamos! —Lisette hace señas—. ¡Tenemos que escondernos!

Fuera del granero, los Ghuraba pierden interés en Levi y comienzan a correr, tratando de atrapar a los pollos. El sargento apunta al granero. Los ocho hombres se dirigen directamente hacia nosotros.

Anke corre hacia el túnel.

—¡Si te matan, ¡no me pidas que ore por ti en tu funeral! —reprende a su hermano.

Abajo de nosotros, los caballos relinchan de terror mientras los Ghuraba entran y comienzan a hurgar en los puestos. Uno de los viejos caballos grandes de tiro golpea la puerta.

—¡Eh! ¡Ese es uno grande! —uno de los Ghuraba dice en árabe—. ¿Crees que podríamos comerlo?

—Nah —dice otro—. Los caballos son intocables. Los necesitan para tirar de los arados.

—¿Qué tal estas?

Las cabras chillan mientras los Ghuraba las sacan de los pesebres.

—¿Tal vez podamos venderlas a los beduinos?

—Prefiero cambiarlas por una novia.

Recogen a uno de los chicos, una hembra recién nacida de apenas unos días. La madre balbucea mientras el Ghuraba atrapa a su otro bebé.

Caleb se para en la escalera, con su horca levantada en una actitud no muy Amish. Sus ojos azules brillan de furia. He visto esa mirada. Justo antes de que Dillon se precipitara hacia Rasulullah y le disparara...

—Caleb —susurro—. Hay demasiados. No puedes ganar.

Un músculo se contrae en su mejilla. Cuando se encuentra con mi mirada, sus ojos son una mezcla de furia y lágrimas.

Extiendo la mano y tomo la suya.

—Vamos. Hablaremos de esto cuando se vayan.

Quito a Caleb de la escalera. Por un momento temo que me haya abandonado cuando me mete en el túnel frente a él, pero luego el túnel se vuelve completamente negro. Retrocede hacia la pequeña habitación en forma de colmena donde se esconden los otros niños Amish.

—Acabo de meter un segundo fardo de heno en la entrada —susurra—. Si quitan el primero, todavía no verán ningún túnel.

La única luz es lo que se filtra a través de las tablas del suelo. Presiono mi cara a éste, observando lo que hacen los Ghuraba abajo. Uno tras otro, llevan las tres camionetas al granero y llenan los remolques con el maíz que hemos pasado todo el verano cosechando.

—Eso es más de la mitad —dice uno de los Ghuraba de menor rango, un hombre con dientes podridos.

—Todo el mundo sabe que los Amish ocultan cosas — otro Ghuraba dice, es alto y delgado—. Mira todos esos campos y, ¿quieren que creamos que es todo lo que tienen?

Cavan en el silo de grano hasta que está casi vacío y las camionetas tan llenas que los amortiguadores bajan hasta la parte superior de los neumáticos. Las tres cabras lecheras son empujadas en los asientos delanteros de las camionetas, junto con todos sus hijos.

Un tercer Ghuraba recoge un pico de acero largo y delgado.

—¿Para qué es esto? —pregunta.

—Para pegarle a los cerdos —dice el Ghuraba alto y delgado—. Criaturas repugnantes.

—¿Tal vez deberíamos pegarle a los Amish con esto? —dice el Ghuraba con dientes podridos—. ¿Y ver si chillan?

—Me gustaría pegarme a una mujer Amish rubia bonita —dice el alto y delgado—. Con mi propio palo, ¿sabes a qué me refiero?

Hace un movimiento como empujando su entrepierna en algo. El otro Ghuraba se ríe.

Junto a mí, Caleb gruñe.

Sacan el último camión. El sargento de los Ghuraba entra.

—¿Eso es todo?

—Todo lo que pudimos encontrar —dice el que tiene dientes podridos.

—Revisa el pajar —el sargento señala hacia arriba.

Los niños lloriquean. Anke y Lisette callan a su hermana más pequeña mientras Caleb agarra a sus tres hermanos menores.

—Recuerden —susurra—. Hagan lo que dijimos.

—Quedarse quieto, no hacer ni pío, confiar en que Dios cuidará nuestra alma —susurran todos juntos.

Nos agarramos las manos mientras las botas pisan los tablones de madera que componen el pajar. Una oración Amish. Una oración musulmana. Todo se mezcla mientras los trece oramos por la salvación.

—¿Ves algo allá arriba? —pregunta el sargento Ghuraba.

—Sólo heno —exclama el de los dientes podridos.

—Asegúrense de que no escondieron nada allí.

Los niños se aferran el uno al otro cuando alguien empieza a mover los fardos de heno. De repente, los dientes de una horca aparecen a centímetros de mi cabeza. Agarro a los niños. Incluso el más pequeño comprende que tenemos que estar absolutamente callados.

—No veo nada, Señor —dice el de los dientes podridos—. Sólo un montón de heno.

—Entonces, sigan —ordena el sargento—. Tenemos tres granjas más que revisar antes del atardecer.

Los Ghuraba se meten en sus camionetas y se dirigen por la larga calzada de tierra, levantando el polvo cuando regresan a la carretera principal. Esperamos hasta que la nube de polvo desaparezca antes de bajar del pajar para ver que los Ghuraba se fueron.

—¡Nuestro maíz! —Anke se echa a llorar—. ¡Se lo han llevado *todo* esta vez! ¿Con qué se supone que vamos a alimentar a los cerdos?

Todo el maíz que hemos pasado los últimos seis meses cosechando, el maíz que ayudé a plantar, a quitarle las malas hierbas y a sacarle los gusanos del tabaco. Todo el maíz que regamos con un cubo durante la parte más calurosa del verano, escogido a mano, cosechado, secado y arrancado del maizal. Todo el maíz se ha ido. Todo, excepto el que dispersaron por el suelo.

Sin decir una palabra, los niños recogen las escobas y las palas para barrer lo que queda de maíz. Incluso la pequeña de dos años de edad, Mary, va a través del granero, inclinándose para recoger cada precioso grano y lo coloca en su bata. Un nudo se eleva en mi garganta. Es obvio que han sufrido este destino antes.

Levi entra cojeando, sosteniendo su estómago donde le patearon, acompañado por su esposa.

—¿Y *Grossmammi*? —pregunto.

—Está en la casa —dice Sarah—. Descansando.

En silencio, todos unen las manos, inclinan la cabeza y dan gracias a Dios por permitirles mantener su estilo de vida por otro año.

Capítulo 24

Cada mes de septiembre, los Amish sacrifican parte de su rebaño y colocan la carne en un ahumadero para sobrevivir el invierno. Ahí es hacia donde fue todo el trigo que los Ghuraba no pudieron encontrar. Fue utilizado para alimentar a los cerdos. Y los cerdos, a su vez, alimentan a los Amish y a los rebeldes.

—¿Entonces este año tendrán que matarlos a *todos*? —pregunto.

—No tenemos elección —dice Caleb—. No necesitan mucho en el verano porque pueden rebuscar, pero una vez que el terreno se congele, se morirán de hambre. Tenemos que disminuir el rebaño para que los más fuertes —señala al enorme jabalí de la Edad del Hierro y a varias cerdas reproductoras gordas—, sobrevivan para darnos lechones el próximo verano.

—Pero ¿y estos? —muevo mi mano apuntando a los cerdos que nacieron el mes pasado—. ¿Tu padre dijo que los conservaríamos hasta el próximo año?

Caleb frunce el ceño.

—Los Ghuraba se llevaron *todo* —dice—. Si no los alimentamos, matarán y se comerán a los cerdos más débiles.

Abre la puerta al pastizal externo. Los cerdos se reúnen con impaciencia hacia la cerca. Han aprendido a asociarme con la comida.

—¡Aquí, cerdo, cerdo, cerdo! —llama.

Tiro puñados de maíz en la hierba para atraerlos mientras Caleb separa seis cerdos para ser las primeras víctimas. De vuelta al granero, Levi y el resto de la familia ya han comenzado la caldera para escaldar el pelo de los cuerpos una vez que los matemos.

—Nunca pensé que sentiría lástima por un cerdo — digo.

—Terminará rápido —Caleb imita un rápido corte a la arteria carótida para poner fin a sus vidas—. Es el camino de Dios, darnos el dominio sobre los animales.

—Suenas como los Ghuraba —frunzo el ceño—. Eso es lo que dicen sobre las mujeres.

Caleb se vuelve hacia mí, con su expresión seria.

—He estado mirando la televisión del vecino.

—¡Está prohibido! — le interrumpo.

—Estoy en el *rumspringa* —dice—. Es mi derecho a examinar todas las pruebas antes de tomar una decisión.

—¿Qué decisión?

—Tendré veinte años la próxima semana —dice en voz baja—. Tengo que decidir si quiero o no tomar el *Ordnung*.

El aire fresco de otoño parece acentuar cada sonido. Todo tiene un *resplandor*. Como si algo importante estuviera a punto de suceder. Los cerdos desaparecen.

—Una vez que elija el bautismo —dice—, ciertos caminos se cerrarán para mí para siempre.

—Siempre puedes elegir *no* ser bautizado —le pregunto—. ¿Cierto?

Adopta una mirada seria.

—Entonces seré un exiliado.

—¿Exiliado?

—Forzado a dejar a la familia para no contaminar a mis hermanos y hermanas —dice—. Será como si ya no existiera, me volveré como mi hermana, la de la cama en la que duermes.

—¿Faith?

Sus cejas se unen en un gesto de dolor.

—Mientras esté aquí, está prohibido pronunciar su nombre.

—¿Por qué? —digo intrigada.

—Nuestros ancianos temen que el mundo exterior contaminará nuestra devoción. Somos libres de elegir otro camino, pero si lo hacemos, ya no podemos ser Amish.

—¡Suenas como los Ghuraba! —doy una risa nerviosa—. ¡Somete, o muere!

Caleb toma mi mano.

—Nuestra familia es todo para nosotros —dice—. Ser exiliado es, en cierto modo, elegir la muerte.

—Entonces, ¿no te arriesgarás?

Un calor irradia de su mano a la mía. El mundo se detiene, como si todo tuviera un agradable zumbido.

—Si tomo el bautismo, significa que sólo puedo casarme dentro de la fe —ríe, como si considerara que es irónico—.

—Faith significa fe en español. Perdí mi fe cuando los Ancianos rechazaron a nuestra hermana.

—¿Por qué me cuentas esto, Caleb?

Toca mi mejilla.

—Porque me pregunto cómo sería ser valiente como *tú*. ¿Oponerme? ¿Defender a mi familia de las personas que quieren lastimarlas?

—¡*No* soy valiente! —tartamudeo—. ¡Vine aquí a esconderme!

—Creo que subestimas la influencia que tienes sobre los demás. He estado viendo los videos en la televisión, la forma en que enfrentaste al Abu al-Ghuraba, ¡la forma en que *inspiraste* a los europeos a luchar!

Se inclina hacia mí, su boca está a centímetros de la mía.

—Quiero casarme contigo —susurra—. Incluso si eso significa ser rechazado.

Mi corazón late. *Quiero* esto. Lo he querido desde que puse por primera vez los ojos en este bondadoso y alto muchacho Amish que me trata como una reina. Pero, ¿cómo le afectará ver los horrores que yo he visto?

Doy un paso atrás y digo: «Nunca he pensado en el asunto».

Él me busca.

—¡Eisa, no puedo pensar en otra cosa!

Lo quiero más que nada en el mundo, ser llevada a la divinidad compartida por Caleb y su familia. Pero ese no es el sacrificio que acaba de ofrecer. Él cortará sus alas y se arrojará a mi propio infierno.

—¡Puede que sea mejor pensar en los cerdos! —grito—. Porque es así como me llaman, ¡un cerdo musulmán!

Cojo el cubo de maíz y me apresuro a huir de Caleb y su propuesta de matrimonio. Corro por el campo lleno de cerdos destinados a la matanza. Corro hacia el corral de sacrificio, donde Levi Hochstetlar afila su cuchillo.

Caleb grita: «¡Eisa, Satán escapó de su corral!».

Echo un vistazo a la puerta abierta. Setecientas libras de pezuñas negras y peludas, testosterona en abundancia y colmillos de quince centímetros se dirigen directamente hacia mí por el campo. Dos veces más grande que un hombre, el jabalí de la Edad de Hierro es rápido y violento, ya que fue cruzado con su antepasado salvaje para mejorar su capacidad de sobrevivir.

Tiro el cubo de maíz de madera, rezando para que lo persiga. Lo golpea con sus colmillos. El cubo se rompe, completamente vacío. Viro a la derecha rápidamente, hacia la valla más cercana. El jabalí viene tras de mí. Zigzagueo de un lado a otro, chillando, mientras la bestia me alcanza.

Caleb corre a toda velocidad delante de mí.

—¡Cerdo, cerdo! —agita su sombrero de paja para hacer que el jabalí lo persiga.

Corre hacía la valla más lejana.

El jabalí persigue a Caleb en lugar de mí.

Lo veo zigzaguear mientras guía al jabalí hasta donde pueda. Corre apresurado hacia la valla.

¡No lo va a conseguir!

—¡Caleb! —grito.

El jabalí lo embiste.

Caleb desaparece en una ráfaga de brazos y piernas.

Setecientas libras de pezuñas y colmillos, sacuden su cabeza hacia adelante y hacia atrás para cornearlo. Caleb grita mientras mueve sus colmillos hacia su cuerpo.

¡Lo está matando!

—¡*Yaqta' 'omrak*! —digo en árabe. Estoy cansada de ver morir a la gente que me importa.

Saco mi cuchillo de supervivencia desde debajo de mi vestido y corro hacia el jabalí, con mi corazón palpitante, mientras lanzo mi complexión de ciento cinco libras contra este monstruo de setecientas libras de la Edad de Hierro.

—¡Allahu Akhbar!

Salto sobre su espalda.

El jabalí se sacude y patea.

Envuelvo mis brazos alrededor de su cuello.

—¡*Bismillah*! —grito.

El jabalí gira hacia un lado, tratando de tumbarme. Clavo el cuchillo a través de nervios, tendones y músculos. Sigo cortando hasta que la hoja golpea la columna vertebral del jabalí.

El animal convulsiona y cae haciendo un escándalo estremecedor. La sangre brota de él. Me deslizo detrás de su espalda y busco debajo del cuerpo que aún se mueve.

—¡Caleb, Caleb!

Encuentro un brazo y luego un hombro. Por fin encuentro su cabeza completamente cubierta de sangre.

—¡Caleb! — lloro.

Abre los ojos y sonríe.

—Lo juro por Dios —dice—. Parecías un ángel, que bajó del cielo para herir al diablo con una espada.

Le agarro la cara y luego lo beso. Sabe salado y dulce, sangre de cobre y dulce deseo. Lloro contra sus labios.

—¡Gracias a Alá, Gracias a Alá, Gracias a Alá!

Levi y sus hijos vienen corriendo a investigar los gritos. Rompo nuestro beso, avergonzada que su padre nos vea.

Juntos arrancamos el cerdo del cuerpo de Caleb. Me arrodillo junto a él, ahora helado, y uso mi cuchillo de supervivencia para cortar sus pantalones. La sangre sale desde un orificio de dos dedos de ancho, precariamente cerca del lugar donde su pierna se une a su hueso pélvico.

—¡Traigan una manta! —Levi grita.

Entre todos llevamos Caleb hacia dentro de la casa para la cirugía.

Capítulo 25

La gran pregunta se prolonga, inundada por una promesa prohibida. Lo veo en sus ojos, cada vez que cambio sus vendajes. Afortunadamente Sarah, o uno de los otros hermanos Amish están siempre presentes cada vez que voy a ver a Caleb sin sus pantalones.

Él me observa ahora con una sonrisa descarada, y sus ojos azules bailando con la pregunta. Miro con mi cara un tanto sonrojada a su madre que merodea como una gallina ansiosa. ¿Se ha dado cuenta? ¿Cómo podría cualquiera *no* darse cuenta de que durante la última semana, su hijo ha estado coqueteándome?

Reviso la gran herida roja que se acercó terriblemente a perforar su arteria femoral. Unos pocos centímetros a la izquierda, y Caleb se habría desangrado aún más rápido que el cerdo. Unos pocos centímetros a la derecha, y Caleb habría estado cantando con voz de soprano. Un área que mantiene astutamente oculta debajo de una manta.

—¿Está infectado? —pregunta Sarah.

Caleb se estremece mientras empujo el borde de su carne mutilada. La piel no se vuelve blanca de la manera que debería, pero no puedo ver ningún signo de pus que se filtre de la herida.

—Un poco —digo—. La centella asiática parece estarla manteniendo a raya.

Tomo un puñado de pequeñas hojas verdes recogidas anteriormente del borde de un estanque pantanoso y las aplasto en una repugnante pasta verde oliva. Huele como lechuga hervida mezclada con tierra en un día húmedo de agosto. Presiono el pegajoso desastre en sus puntadas y lo envuelvo con un vendaje de algodón limpio.

Pretendo no notar que las áreas más *privadas* de la anatomía de Caleb tienen una extraña respuesta fisiológica cada vez que cambio sus apósitos. ¡Qué no daría ahora mismo por ocultar mi cabeza entera en un nicab!

—¡*Mamm*! —Caleb tira su manta en el momento en que retiro mi mano—. Por favor, ¿qué tal algo de privacidad?

Se ha sentido lo suficientemente libre de dolor como para salir de la cama y caminar alrededor. Ya se han arrancado dos de sus puntadas. Es como si, al pedirme que me casara con él, ya está practicando lo que será ser un rebelde.

—¿Quieres que te traiga un poco de té? —Sarah le pregunta a su hijo.

—Sí, Mamm, ¿y un par de galletas con mermelada, por favor?

Agarra mi mano, impidiéndome que me vaya, mientras su madre se apresura a hacernos el té.

—Jacob, Aaron, ¡fuera! —ordena a sus dos hermanos menores que comparten su habitación.

Jacob sonríe mientras empuja a su hermano menor Aaron por la puerta.

—¡Caleb tiene novia!

Mis mejillas se sonrojan más.

—¡Silencio! —le digo.

Los muchachos se apresuran a salir, riendo y mirándonos de forma bromista. Hasta donde ellos saben, yo realmente *soy* una prima Amish, que vino de uno de los asentamientos invadidos por los Ghuraba. No se dan cuenta de que soy una musulmana real, y no una falsa como las mujeres inglesas pretenden ser. No entienden que, amándome, Caleb se enfrenta a ser rechazado.

Trato de no mirar su hermoso rostro, esos ojos azul cielo, esa sonrisa gentil que, últimamente, lleva un poco de travesura.

—Debería marcharme —balbuceo.

—Ojalá no lo hicieras —dice.

— Caleb —me tiembla la mano— no creo que hayas pensado lo suficiente en esto. Tu familia te ama.

—¡Y yo te amo a *ti*!

Él toma mi mano y la gira, con la palma hacia arriba, apoyándola en su gran mano y pasa su dedo por las líneas.

—Dime que no me quieres, y te dejaré tranquila.

—Pero...

—Dime que no sientes nada —su expresión se hace más seria—, y voy a recoger mi corazón roto y asegurarme de que nos crucemos lo menos que podamos.

¡Cuán diferente de los Ghuraba, quienes imponen su lujuria sobre nosotras las mujeres! Es un ángel dulce y puro que se balancea al borde de una nube, pidiendo una excusa para caer. Y yo soy la tentadora malvada, haciendo señas desde las puertas del infierno.

—Caleb...

Una voz aclara su garganta.

Caleb y yo alzamos la vista para ver a su padre, Levi, parado en el umbral, su expresión inescrutable.

—¿Eisa? —Levi dice—. Hay alguien en la puerta.

Me apresuro antes de que Caleb pida que le dé una respuesta justo delante de su padre. Un hombre se para justo dentro de la puerta, no es Amish a juzgar por su camisa a cuadros, pero vestido sencillamente.

—Eisa —dice Levi, —éste es Samuel Zimmerman, uno de nuestros vecinos menonitas.

—Buen día señor —le estrecho la mano.

—Utilizamos un radioaficionado para comunicarnos con nuestros familiares —dice Samuel—. Una de nuestras primas, su vecina, ha estado en labor de parto durante más de setenta y dos horas, el bebé es demasiado grande y yo les dije....

Él le da a Levi una mirada de disculpa.

—Les dije que quizá sabía de un médico.

El miedo se aferra a mi vientre. Cuanto más se corra la voz de que los Hochstettlar están albergando a un médico, más probable es que los Ghuraba vengan, dispuestos a ejecutar a cualquier mujer que se atreva a practicar la medicina.

—¿Puedes confiar en ellos? —Levi pregunta.

—He conocido al marido —dice Samuel—. Son gente buena, viven en Vorsehung.

—Eso es a dos pueblos de distancia—dice Levi.

—Pero no hay controles Ghuraba —dice Samuel—. No si tomas el camino de tierra que pasa junto a la vieja red ferroviaria.

Levi se pasa los dedos por la barba.

—Depende de la Señorita Steuben —dice, usando mi nombre "Amish"—. Arriesga su vida cada vez que se aventura fuera de la granja.

El riesgo es para *él* y su familia. ¿Qué pasará si los Ghuraba descubren que está albergando no sólo a un doctor, sino a la hereje que destrozó la cara del Abu al-Ghuraba?

—Déjeme buscar mi bolso médico —digo.

Me apresuro de regresar al dormitorio que comparto con Anke y Lisette para sacar mi abrigo de viaje y mi sombrero negro. Al menos, esto me permitirá evitar a Caleb y su pregunta sin contestar por otro día.

—¿Haces una oración por mí? —le digo a Lisette.

Ella sonríe desde la pila de ropa que está doblando.

—Toma —me entrega un par de guantes tejidos color negro. Será de noche cuando vuelvas.

Me apresuro a esperar a que Levi termine de montar su caballo Saddlebred en la carreta gris. Es un bello y helado día de otoño en la sombra del porche. Un poco de niebla fría salpica las fosas nasales del caballo mientras se aproxima a la casa desde el granero. Levi me ayuda a subir y luego golpea las riendas contra la espalda del caballo.

—¡Gyah!

El caballo se tambalea hacia adelante, poniendo el carro en movimiento. Montar un caballo no es como saltar a una camioneta. Toma horas ir a la misma distancia que un vehiculo puede hacer en veinte minutos.

—¿A qué distancia está esto? —pregunto.

—Quizá once millas.

Calculo la distancia. Normalmente Levi se niega a forzar a su caballo a ir a más de tres o cuatro millas por hora, pero lo hace hoy, instándolo a ir más rápido hasta llegar a la red ferroviaria, y baja la velocidad lo suficiente como para que el camino de tierra maltratado no saque nuestros dientes de nuestros cráneos. El caballo comienza a soltar una espuma sudorosa.

—¿Lo estamos presionando demasiado? —pregunto.

—¿Setenta y dos horas? —Los ojos de Levi se distancian—. Sarah perdió un bebé, entre Caleb y nuestra, uh...

No menciona a *Faith*...

—¿Anke? —ofrezco una respuesta.

—Sí —continua—. Cuatro días estuvo en parto hasta que finalmente entregaran a Isaac. Sólo vivió un par de horas.

—Lo siento.

—Fue la voluntad de Dios —golpea las riendas contra el caballo, dispuesto a ir más rápido—. Pero quizás contigo aquí, ¿será la voluntad de Dios que el *boppli* viva?

—Sí.

Cabalgamos en silencio hasta llegar a una señal que dice "*Entrando a Vorsehung*" pegada descuidadamente en el suelo. Tan pronto como llegamos a la carretera pavimentada, Levi insta al caballo a ir más rápido. Pone su cabeza hacia abajo y tira del carro con cada onza de fuerza.

—Buen chico —murmuro.

Cruzamos una calle suburbana llena de ingleses y casas menonitas de Nuevo Orden. Todas las casas muestran algún tipo de envejecimiento, como un viejo suéter que ha comenzado a desteñirse. Si bien hay coches aquí, la mayoría reposa en sus calzadas, oxidados por falta de repuestos y gasolina. Estamos cerca de la dirección que nos dio Samuel. Un hombre barbudo, vestido de manera similar a nuestro vecino Samuel Zimmerman, agarra al caballo por el cabestro y conduce la carreta fuera de la calle.

—Los Ghuraba han estado intensificando sus patrullajes últimamente —dice el hombre menonita—. ¿Por qué no llevas a la Señorita Steuben a mi casa? Lo limpiaré y le daré algo de avena y agua en el garaje.

—Estaría agradecido —dice Levi—. Por favor no le dé mucho alimento de una sola vez. Sólo un poco, luego un poco más, dándole tiempo para descansar.

Tomo mi bolsa médica y sigo a Levi hasta la puerta trasera. Se abre inmediatamente. Una mujer inglesa de aspecto ansioso que lleva un pañuelo para la cabeza mal ajustado mira hacia ambos lados, y luego agarra mi brazo.

—¡Gracias a Dios que llegaste!

Me lleva hacia dentro y cierra la puerta al momento que Levi se marcha.

—Mi hermana, Rebecca, su bebé está de nalgas —dice ella frenéticamente—. Hemos intentado todo lo que podemos pensar para sacar al bebé, pero su parto está retrasado.

Me conduce a través de una cocina moderna, iluminada por electricidad, pero la presencia de lámparas de aceite significa que hay apagones frecuentes. Me quito mi abrigo de viaje y me detengo en el fregadero de la cocina, que tiene agua corriente, y no sólo una bomba, para frotar mis manos antes de seguirla a la sala de estar. En el interior, más mujeres inglesas y menonitas se pasean alrededor de un hombre hispano bajo y fornido de unos treinta años.

Agarra mi mano como un hombre que se está ahogando.

—¡Gracias por venir! —dice con un ligero acento español—. Yo soy José González, mi esposa, Rebecca, ha comenzado a debilitarse.

—¿Dónde está el paciente?

—Por aquí —José me conduce por un pasillo alfombrado al dormitorio principal. En el interior, se encuentra una mujer menonita de mediana edad con una mujer inglesa sudorosa y exhausta, extendida sobre la cama, agarrando las sábanas y jadeando.

La mujer menonita se pone de pie, con una ceja levantada mientras indudablemente estudia mi complexión no Amish.

—Soy Jane Uxbridge —dice ella—. La matrona de Vorsehung.

—Eisa Steuben —miento—. Recibí un poco de entrenamiento médico de mi madre.

Escéptica, Jane levanta una ceja gris.

—Debo decir que eres mucho más joven de lo que pensaba.

Mi corazón late más rápido. Sí. Esa fue la misma reacción que recibí cuando le dije a los rebeldes que había cosido a Lionel.

—He realizado once cesáreas —le digo—. Una con mi madre, el resto de ellas por mí misma desde que vine aquí. Pero uno nunca puede afirmar experiencia bajo este tipo de condiciones. Con mucho gusto aceptaré cualquier tipo de asistencia que pueda darme.

Oculto mi nerviosismo colocando mi bolsa médica de cuero marrón en la cama, sacando mi estetoscopio y tomando el pulso del paciente. La expresión dudosa de Jane desaparece mientras hablo con la paciente, que por su expresión letárgica ha agotado sus reservas, y toco su abdomen bajo e hinchado para confirmar el diagnóstico.

—El bebé está de nalgas —le digo—. ¿Ha intentado girarlo?

—Lo hice —dice Jane—. Antes de que llegaran los Ghuraba, la habría llevado al hospital del condado, pero lo cerraron y asesinaron a todos los médicos y enfermeras.

Por la forma en que habla, tenía familiares entre las víctimas.

—Lo siento —digo.

Su expresión se arruga formando una triste mueca.

—Siete pacientes han muerto porque no supe qué hacer —Jane toma mi mano—. Enséñame, para qué no se pierdan más vidas.

Si es atrapada, los Ghuraba la matarán. Es el riesgo que tomamos *todas* las mujeres. Sabias ancianas con conocimiento médico prohibido. Nos llaman brujas. Adoradoras del diablo. *Djinn*.

—*Inshallah*. Haré lo mejor que pueda.

Coloco los instrumentos médicos que me dejaron tomar de la base rebelde. Tijeras quirúrgicas y agujas curiosamente curvadas. Pinzas especiales. Varias abrazaderas. Y luego saco los nuevos suministros, reabastecidos por los Amish. Piezas de algodón blanco limpio para actuar como esponjas. Vendajes largos de lino con bordes suaves y fibrosos. Hilo de algodón negro hervido, y un frasco de hamamelis, hervido para actuar como desinfectante. Y el instrumento más odiado de todos...

Sostengo una clavija de madera con una tira limpia de tela envuelta alrededor de ella. ¡Lo que daría por los opiáceos del mercado negro que mi madre pudo obtener en la Ciudad del Califato!

—Tendrá que morder en esto.

Rebecca asiente con los ojos anchos y aterrorizados.

Jane corre hacia la puerta y hace señas para que las hermanas de Rebecca entren. Forman una barricada en la puerta detrás de ellos. El primer instinto de su marido será matar a la persona que haga a su esposa gritar. Espero que Rebecca se desmaye después del primer corte. Pero si no lo hace, necesito que sus hermanas la mantengan firme.

Tomo el bisturí que me diferencia de Jane. Es un instrumento tan pequeño, no mucho más largo que mi dedo, con una pequeña hoja curvada del tamaño de mi uña. Con sus enormes cuchillos, los Ghuraba pueden decapitar y matar, pero con esta pequeña espada de plata, yo puedo salvar una vida. Es un poder al que temen...

—Lo siento —digo.

Rebano la blanca y cremosa piel de Rebeca.

Ella grita.

Sus hermanas se acuestan sobre sus brazos y piernas para mantenerla firme, mientras Jane pierde sangre que fluye de la incisión horizontal de quince centímetros. Nunca te acostumbras a ello, al sonido de las mujeres gritando. Susurro la oración del nacimiento, mientras corto hábilmente a través de las capas de grasa subcutánea y las separo.

José golpea en la puerta, gritando, mientras su esposa hace lo mismo. Fuera de la puerta, Levi y el hombre menonita, el que se contactó con nuestro vecino, arrastran al esposo y le aseguran que lo he hecho muchas veces antes.

Rebecca se desmaya, estremeciéndose.

—¡Gracias a Dios! —dice Jane.

Le explico lo que estoy haciendo para que pueda aprender a hacerlo por su cuenta.

La última vez que vi a papá me contó una historia inusual. Mucho antes de que el pueblo de Mahoma llamara a Alá *Al-Iyah*, la gente que vivía a lo largo de los ríos Eufrates y Tigris lo llamaron *Nanna* o *Sin*. No *Sin*, como pecado en inglés, algo negativo. Sino, *See-in*, "ver a través". Su símbolo era la luna creciente, que no ha cambiado, y él era el dios del ganado, según la interpretación justa de la ley, y de los bebés.

¿Tal vez por eso siempre he sentido una conexión especial con Alá?

Señalo la vejiga de Rebecca a Jane.

—¿Ve esto? —señalo—. Tiene que tener mucho cuidado de no cortarla, ¿podría mantenerla a un lado? Va a querer migrar al agujero.

—¿Quieres que yo...? —jadea

—La única manera de aprender es hacerlo.

Las hermanas de Rebecca miran mientras coloco dos pinzas en el útero de Rebeca para hacer un pliegue de piel, y luego corto varias capas de tejido, exponiendo la cabeza del bebé.

Ellos jadean ante una cabeza llena de cabello oscuro y negro.

Un nudo se eleva en mi garganta.

—¿Ayúdeme? —le digo a la hermana de Rebecca.

Canto un himno Amish mientras alcanzo el vientre de Rebeca y retiro cuidadosamente una nueva vida.

Siempre lloro cuando hago esto. No puedo evitarlo. Simplemente parece tan increíble, una necesidad expansiva de cantar y llorar y bailar. Se siente como si las estrellas explotaran dentro de mi pecho, la tierra canta, y estoy flotando en una nube. Desde que empecé a ayudar a traer bebés al mundo, entiendo por qué mi mamá no podía soportar dejar a sus pacientes.

—¡Es un niño! —mi voz se ahoga.

Las hermanas de Rebecca lloran cuando el bebé toma sus primeras respiraciones enojadas.

Muy delicadamente, sujeto el cordón y lo corto. Listo. Ahora respira por su cuenta. Un buen hijo nuevo. Ruego que los Ghuraba no lo tomen y lo conviertan en un suicida.

Hilo una aguja y comienzo a coser todo el daño. Mamá a veces tenía acceso a un tipo de hilo que se disolvía, pero todo lo que tengo ahora es el hilo de coser tradicional de *Grossmammi* Hochstettlar. Este es *mi* edredón. El tejido de la nueva vida. Rebecca llevará mis puntadas dentro de su vientre por el resto de su vida.

Cuando termino, tomo al bebé y canto la *dua adhan aza* en su oreja izquierda.

*

Seis horas y cuarenta minutos. Eso es lo que se tarda en traer al mundo un bebe una nueva aprendiz de cirujano y tres futuras enfermeras.

Reviso al niño que duerme acurrucado en los brazos de su madre.

—Cuidado con las infecciones —digo—. ¿Sabes de la centella asiática?

—Sí —dice Jane—. Y varios otros brebajes.

¡De *esto* no tengo ninguna duda! Aunque los Smish y menonitas se han beneficiado del conocimiento quirúrgico de mi madre, me he beneficiado aún más de sus costumbres, porque tienen alternativas para hacer medicina de las que mi madre siempre se quejaba eran escasas.

Recojo mis instrumentos médicos y los ubico en un trapo limpio. Una vez que lleguemos a casa, los herviré.

Salgo a la sala de estar donde José González, junto con Levi y sus vecinos, esperan ansiosamente otras noticias aparte de las de "es un niño".

— La madre y el bebé están bien.

—¡Gracias a Dios! —José me da la mano—. Pensamos que ambos morirían antes que el señor Lapp —señala el hombre que tomó el caballo de Levi —señalara conocer un médico.

—Tenemos un acuerdo —Levi les recuerda—. ¡Deben mantener en secreto la existencia de Eisa!

—¡Si, lo prometo! —José gesticula a la televisión que sólo tiene un canal funcionando, la estación de propaganda Ghuraba—. Sabemos lo que hacen los Ghuraba a cualquiera que tenga educación. Esperan que muramos para que queden sólo los fanáticos.

Hago un gesto hacia el pasillo.

—Ella va a estar desorientada por las próximas horas —digo—, pero puede ir a ver a su hijo, es un niño muy hermoso y sano.

—¡Gracias, *thank you*! —me da la mano otra vez—. ¡Lo nombraré Eisa, en honor a su salvadora!

Me río.

—¡Eisa es nombre de chica! Si quiere honrarme, ¿por qué no nombrarlo Joseph? ¿Por mi padre?

—¿Joseph? ¡Sí! ¡Un buen nombre para un hijo!

Una de las hermanas de Rebecca nos acompaña hasta la puerta. Ella aprieta su chal apresuradamente alrededor de su cabeza para hacer un hijab antes de salir. Si bien el día se ha convertido en noche, de todas formas comprueba todas las direcciones antes de apresurarnos a través al garaje que alberga el caballo y carreta de Levi.

Me besa las dos mejillas en un gesto adoptado, sin duda, por su cuñado latino.

—Ten cuidado en el camino a casa —le dice a Levi—. Los Ghuraba siguen preguntando por los extraños que vienen a la ciudad, ¿quién está comprando nuestra comida y a dónde va cada pedacito de productos de nuestro jardín? —hace gestos a su patio trasero, que alberga un huerto sustancial—. Escuchamos que han estado apoderándose de granjas en Pennsylvania y reemplazando a las familias con su propia gente.

—Somos gente de bien —dice Levi con voz tranquila—. Pagamos el impuesto de *jiyza*. No molestamos a nadie.

La cuñada baja la voz.

—Hemos escuchado que su gente ha estado desertando de seguir a *Sayyida al-Hurra*. Están frenéticos por terminar con su apoyo antes de que gane impulso.

Una emoción corre por mi espina dorsal, junto con una sensación de temor. *Sayyida al-Hurra*. Es todo de lo que la gente habla, rumores entre sus familiares más cercanos y amigos. Las hazañas de Andrea se han extendido por todas partes. Los Ghuraba dejaron de hablar de ella en sus estaciones de televisión y radios, pero aun así el fuego se extiende. Una chispa de esperanza. Una reina pirata musulmana que no responde a ningún hombre.

Nos despedimos y luego subimos al carro. Levi deja que el caballo camine a su propio ritmo en la oscuridad. Cruzamos al camino de tierra que corre junto a las vías del ferrocarril, un tono negro, a excepción de la luna y las estrellas.

El caballo galopa suavemente en el camino oscuro y vacío que corre junto a las vías del ferrocarril ahora abandonado. Llevo los guantes negros de Lisette y observo las formas negras de los árboles contra las estrellas.

—Debo preguntar —dice por fin Levi—. ¿Conservó su cuchillo, aunque sabe que no refleja nuestras costumbres?

Estiro la espalda.

—Sí, Señor, parecía... prudente.

El caballo camina sin prisa. Levi tarda mucho en hablar.

—Se supone que debemos confiar en Dios —dice Levi—. El Amish en mí condena lo que hizo, conservar un cuchillo en caso de violencia. Pero el padre en mí — hace caso omiso—. El padre es egoísta. Me alegro de que mi hijo siga vivo.

Me toco mi vestido que, incluso ahora, sigue escondiendo el arma ofensiva.

—Maté a un cerdo —digo—. Eso es todo. Íbamos a matar a algunos de todos modos. Ahora, un jabalí más bondadoso lo reemplazará. ¿Uno que habría muerto en su lugar?

El caballo se mueve, lento y constante. El carruaje se balancea de un lado a otro a un ritmo soporífero.

—Usted le agrada a Caleb —dice finalmente Levi.

Toco mi muñeca vacía, desnuda sin mi *tasbih* de oración.

—Lo sé — digo suavemente—. He estado tratando de desalentarlo.

—Quisiera que no lo hiciera.

Miro al patriarca de la familia, sorprendida.

—Él es Amish, y yo soy musulmana. Está prohibido casarnos. No es sólo *su* fe, sino también la mía.

Levi le da a las riendas del caballo un poco de holgura.

—No es nuestra forma de hacer proselitismo —dice—. Pero a veces alguien entra entre nosotros, cuya fe es real. En tal situación, se puede hacer una petición para permitir un bautismo.

Sus palabras cuelgan pesadamente a mi alrededor, como si el aire descendiera del cielo y me rodeara de nubes livianas y esponjosas.

—Amo a Alá tanto como usted ama a Dios —susurro.

—Todos somos hijos de Abraham e hijas de la Tierra —dice—. Sólo nos referimos a Dios usando nombres diferentes.

Pongo mis dedos alrededor de mi muñeca y los tuerzo hacia adelante y hacia atrás, de la forma en que solía retorcer mi *tasbih* de oración, cuando aún lo llevaba. Si me convierto, los Ghuraba seguramente me matarán. ¿Pero no han jurado matarme? ¿Estaría mal, saltar a las nubes que me rodean cada vez que estoy alrededor de estas personas piadosas y vivir, felices para siempre, en su pequeño cielo terrenal?

—Es sólo el *rumspringa* hablando —digo finalmente—. Le gusto a Caleb porque soy diferente.

—¿Tiene algún sentimiento por *él*?

Miro al horizonte, tratando de unir el revoltijo de emoción que ha dominado cada pensamiento despierto desde que Caleb anunció que me ama. Un zumbido suave pasa directamente por encima.

Miro hacia arriba.

—¡Dron!

Levi levanta los ojos también.

—Siempre hay aviones no tripulados —dice—. Tuvimos paz gracias a ellos por un tiempo, pero ahora parece que los Ghuraba los han modificado.

El caballo se acerca al final del camino de tierra que corre a lo largo de las vías del tren. Mientras subimos una colina, miramos hacia abajo en el valle que alberga la ciudad de Paradies. De horizonte a horizonte, la tierra está llena de...

—¡Fuego! —grito.

Levi golpea las riendas contra su caballo.

—¡Gyah!

El caballo rompe en un galope. Las ruedas rechinan mientras Levi conduce la carreta más rápido de lo que estaba destinado a ir. Un espeso humo nos ahoga mientras corremos por el centro de Paradies. La gente corre a la calle, sus casas envueltas en llamas. Amish o ingleses, no importa. Los Ghuraba atacaron a todos ellos. En los campos, vacas y cerdos y ovejas mueren.

Me inclino hacia adelante, rezando mientras la carreta entra en la larga calzada de los Hochstettlar. Pasamos el pasto donde los hijos de Satán suelen obtener su alimento. Todos ellos están muertos o moribundos.

—¡El granero! —Levi grita mientras hacemos el giro final.

El Saddlebred relincha mientras ve su hogar en llamas. Galopa más rápido, hacia el granero ardiente que ya ha comenzado a ceder.

En frente de la casa, Sarah se arrodilla en el suelo, gritando.

—¡Sarah! —Levi grita.

— ¡Levi, se llevaron a las chicas!

Salto de la carreta y paso a través de los chicos que se aferran a su madre, sucios y sollozando. En el suelo, Caleb se agarra con una horca, con la cara congelada de determinación. El resplandeciente fuego anaranjado da a todo un resplandor infernal. Una mancha de sangre roja estropea el frente de su camisa azul.

Caigo de rodillas.

—¡Caleb!

Presiono mis manos en la herida de bala, pero la sangre ya no fluye. Está muerto.

Capítulo 26

Los Amish viven la muerte de una forma tan simple como la vida. Sobre una colina azotada por el viento, me paro a un lado mientras bajan suavemente dos cajas de madera hacia la tierra que veneran con el mismo amor y cariño que a su Dios Cristiano.

—Padre nuestro, que estás en los cielos, santificado sea tu nombre —sus labios se mueven en silenciosa oración.

Junto a Caleb, colocan a *Grossmammi* Hochstetlar. Murió cuando los Ghuraba dispararon a Caleb. Su corazón puro y frágil se rompió al ver tal maldad.

Como desearía que Anke y Lisette estuvieran aquí para apretarme las manos y decirme que esta es la voluntad de Dios, pero los Ghuraba se las llevaron, junto con Joy, Charity, Hope y Grace. La única hija que queda es la pequeña Mary, que a los dos años todavía es demasiado joven para que los Ghuraba la puedan violar.

El mundo se hace brillante, muy a lo lejos, mientras los Amish susurran.

—Venga a nosotros tu reino, hágase tu voluntad en la tierra como en el cielo...

¿Dónde estás, Dios?

¿Por qué has enviado a tus ángeles a sufrir?

Me inclino contra un antiguo roble. *Nuestra* familia no es la única que está afligida. Decenas de hombres fueron asesinados anoche, algunos de ellos Amish, muchos de ellos ingleses. Madres fueron violadas delante de sus hijos. Cientos de hijas fueron tomadas como esclavas sexuales. ¿Qué les pasará? ¿Qué pasará con estas personas tan devotas?

Cierro los ojos mientras los Amish cantan un himno triste, el cual me devuelve a mi pequeña habitación rosa con Nasirah a salvo en su cama, con el libro rojo apretado en su pecho que se eleva y cae en un tranquilo y despreocupado sueño. Papá presiona el *tasbih* musulmán en mis manos.

—Esta gran cuenta representa a Alá —dice— mientras que cada uno de estos discos —extiende los tres discos de plata —representa a una de las hijas de Alá.

—¿Alá tiene tres hijas?

Papá me da una sonrisa cansada.

—Según el hombre que me los vendió, la bendita Khadija, la primera esposa de Muhammad, era la nieta de *Asad ibn Abd-al-Uzza*, el hombre que tenía la llave de Kabba, el santuario más sagrado de La Meca.

—Mamá me ha hablado de este santuario, su familia hizo el *hajj* una vez, cuando todavía era una adolescente. ¿Dijo que la piedra negra fue colocada por el mismo Muhammad?

—La piedra es más antigua que Muhammad —dice papá—. Dicen que fue un meteoro enviado desde el cielo. Una vez al año, los beduinos llegaban desde el desierto, dejaban de lado sus diferencias y oraban.

—¿A Alá?

—No, cada tribu adoraba a una hija diferente y creían que, cuando las tres se reuniesen, tendrían las llaves para hablar directamente con Alá.

La voz de papá se desvanece junto con los himnos Amish. Levi Hochstetlar quita su sombrero para recitar el Génesis.

—En el principio, Dios creó los cielos y la tierra, la tierra estaba sin forma y vacía, y las tinieblas estaban sobre la faz del abismo.

Solloza.

—Y... Y... el Espíritu de Dios estaba flotando...

Su voz se rompe con angustia.

—Y dijo Dios: Sea la luz —levanta sus manos al sol—. ¿Dónde está la luz? Oh, Señor, ¿no somos personas lo suficientemente piadosas como para que debas castigarnos matando a nuestros hijos y llevándote a nuestras hijas para ser violadas?

Él y Sarah, junto con sus hijos sobrevivientes, se agrupan, llorando.

—¿Quién nos librará? —Levi solloza—. ¿Quién nos librará de esta oscuridad, oh Señor?

El sol se hace tan brillante que dificulta nuestra visión. Junto a Levi, aparece el anciano, mi Alá imaginario, con sus antiguos ojos atemporales. Pone la mano sobre el hombro del patriarca Amish. Me gesticula y luego extiende su mano como si rodeara a la gente afligida. Sus ojos arden, no como estrellas pacíficas, sino como la furia de una supernova.

—¿Quién librará a los justos de este mal? —Levi grita—. ¿Quién salvará la tierra que amamos?

El sol se vuelve cegadoramente brillante, dejando sólo las voces Amish mientras terminan de recitar el Génesis.

Sus voces se desvanecen.

*

¡Se escucha un graznido!

Mis ojos se abren. Sobre mí se extienden las sombrías y grises extremidades de un antiguo roble, con sus ramas vacías, excepto unas cuantas hojas pardas que se aferran a él como con esperanza. Una bandada de cuervos se refugia en sus ramas, descansando por la noche mientras el sol comienza a ponerse. Me miran con curiosos ojos amarillos.

Me levanto de donde me quedé dormida, con mi espalda contra el maletero, y froto mis ojos, pero no importa cuántas veces lo haga, dos óvalos de tierra oscurecen la hierba.

Me arrodillo al lado del montículo que pertenece a Caleb y recojo un puñado de tierra, abundante en microbios y lombrices. Incluso en la muerte, los Amish le devuelven algo a la tierra.

—*Sí* te amaba —mi voz se quiebra.

Me levanto y miro hacia el este, donde el sol saldrá mañana. Miro hacia La Meca, hacia la Ciudad del Califato. Hacia el Abu al-Ghuraba, falso Profeta, y su falso Mahdi, el general Mohammad bin-Rasulullah.

Esparzo la tierra mientras camino hacia el granero quemado.

*

Susan me mira con ojos tristes y vacíos mientras me pongo la ropa de combate y coloco mi vestido azul Amish y mi blusa blanca sobre la cama. Luego saco mi gorra blanca de oración y la coloco sobre las prendas. Mis dedos se quedan en las letras talladas en la mesa, "Faith".

Abro el cajón y saco mi *tasbih* y mi hijab. Enrollo las cuentas de oración tres veces alrededor de mi muñeca y susurro una plegaria de venganza mientras toco la gran cuenta negra que representa a Alá.

—No fue tu culpa —dice Sarah—. Los Ghuraba vinieron a matar al ganado. No te buscaban a *ti*.

Puedo inferir, por la forma en que sigue recogiendo el frente de su vestido y presionándolo contra su entrepierna, como si quisiera limpiar algo sucio, lo que le hicieron a ella. ¿Por qué Caleb reaccionó de la manera que lo hizo? Ella no dice nada. Pero yo sé...

Recojo mi cuchillo de supervivencia y lo coloco en mi cadera.

—Necesito un caballo —digo.

Lágrimas brotan de los ojos de Sarah, pero luego asiente.

Levi Hochstetlar se reúne conmigo afuera sosteniendo su último caballo sobreviviente, el Standardbred, junto con un par de alforjas llenas de suministros. Los otros dos caballos, los hermosos belgas dorados que tiraban de su arado, se quemaron hasta morir en el granero junto con su única cabra sobreviviente.

El caballo relincha.

—No es muy atractivo a la vista —dice Levis, —pero es firme bajo la silla de montar y no es propenso a asustarse.

—Bien —digo—. Porque tengo poca experiencia montando.

Levi me da un viejo mapa de ruta de los Estados Unidos.

—Manténgase alejada de las carreteras principales — dice—. Nuestros vecinos ingleses tienen un radioaficionado. Marcaron todos los lugares donde escucharon informes de patrullas. Estos lugares, —señala a una docena de puntos— han sido golpeados recientemente como nosotros.

Estudio el mapa, tratando de reconstruirlo entero. Los lugares donde las granjas han sido golpeadas irradian más allá de las zonas letales, como las ondulaciones que crea una piedra lanzada en un estanque. Están limpiando la tierra para que la siguiente ola de los Ghuraba pueda emigrar al campo.

—Si puedo encontrar el camino de regreso *aquí*...—señalo al río Ohio, donde los ingleses marcaron barricadas sobre cada uno de los puentes—, podría encontrar el camino hacia la base rebelde.

—¿Cómo puedes encontrar algo si te vendaron los ojos cuando te llevaron allí?

—Cuando llevas un burka toda tu vida —digo— aprendes a confiar en otros sentidos.

Subo al caballo. Levi se estira para estrechar mi mano.

—En cualquier lugar donde encuentre una granja Amish, dígales que es invitada de Levi Hochstetler. Le darán refugio y provisiones.

Miro fijamente al padre afligido.

—Las traeré de regreso. Lo juro.

Clavo mis talones en el caballo y le golpeo suavemente en las caderas.

—Arre...

Empieza a avanzar a paso suave. No es un galope. Tampoco es un medio galope. La marcha inusual que hace que sea la raza adecuada para un caballo de carreta. Le tomó toda la noche al conductor rebelde y parte del día sacarme de la cueva mientras evadía las patrullas de los Ghuraba, lo que significa que llevará mucho más tiempo acceder ahí a caballo. La ruta que Levi marcó en el mapa pasa por lugares que incluso una carreta Amish tendría dificultades de seguir.

*

Durante dos días recorro carreteras de tierra sinuosas y suaves colinas hasta llegar al río Ohio, el que sé que el conductor tuvo que cruzar. Circulo alrededor del puesto de control que bloquea el puente hasta que alcanzo el banco de arena que el granjero Amish con el que me alojé anoche me dijo, un lugar donde el río se ensancha, pero está a sólo dos metros de profundidad. El caballo entra, el agua no es más profunda que su pecho, hasta llegar a las tres cuartas partes del camino, y de repente la tierra sale desde debajo de nosotros. El caballo nada, luchando contra la corriente, pero luego llegamos al otro lado.

—Buen chico —le doy palmaditas en los costados.

El granjero anoche me dio avena. Me detengo a darle una oportunidad para descansar.

Aquí el campo se hace más montañoso mientras bordeamos los Apalaches. Incluso *antes* de que llegaran los Ghuraba, esta tierra estaba en gran parte vacía. No hay más granjas Amish para buscar comodidad o para reponer suministros. Me quedo en edificios abandonados, tomando descansos adicionales para que mi caballo tenga tiempo para pastar.

Muchas veces nos zambullimos en el bosque para evadir las patrullas de los Ghuraba...

Por fin llegamos a un territorio que tiene un olor familiar. Sospecho que la base se encuentra justo dentro de la zona letal, dañada por la radiación, pero no tan grave como para hacerla estéril. Bajo tierra, no importa.

Paseo por una ciudad abandonada que probablemente estaba en su último suspiro, incluso antes de que los Ghuraba pusieran en marcha sus bombas sucias. Las casas derrumbándose y los edificios de ladrillos en descomposición hablan de tiendas que cerraron mucho antes de que yo naciera. No hay sonido aquí, solo el estrépito de cascos en el pavimento que se desmorona. No es un pájaro. No es un perro. Pero de vez en cuando oigo el chirrido de una ardilla. Pasamos por un edificio de granito pálido marcado como "Tribunal del Condado".

Tengo una idea.

Ato las riendas del Standardbred a una valla de hierro forjado en descomposición y subo los anchos escalones de granito. Hace algún tiempo, este era un hermoso edificio. La misma arquitectura clásica que las que explotaron por toda la Ciudad del Califato. La pesada puerta de madera se abre con un cansado chirrido. El pasillo interior, aunque está oscuro, no parece estar dañado.

Echo un vistazo a las oficinas marcadas como "Libertad Condicional" y "Secretario del Condado". Las habitaciones están bien iluminadas gracias a ventanales que, milagrosamente, permanecen intactos. Por fin encuentro la oficina marcada como "Registro de Escrituras". Recuerdo haber venido a este lugar cuando mi madre y mi padre compraron nuestra casa. Rebusco a través de las pilas llenas, piso a techo, pared a pared, con cada transferencia de tierras hechas en este condado yendo hacia atrás hasta la fundación de la nación.

Entonces, ¿dónde podría encontrar pruebas de la existencia de antiguas minas de carbón abandonadas?

Los cajones planos revelan grandes mapas topográficos. Esto parece prometedor. Comienzo en los mapas más antiguos, la fundación de la ciudad, a finales de 1700. Como esperaba, la ciudad creció alrededor de la mina de carbón más antigua.

Llevo el mapa a la mesa junto a la ventana y lo despliego. Estoy estudiando posibles entradas cuando me doy cuenta de que no estoy sola.

—¿Puedo ayudarle? —pregunta una voz.

Tomo mi cuchillo y giro para hacer frente a una anciana.

—¿Quién es usted?

—Debiese preguntarle lo mismo.

Tal vez de unos setenta años, lleva un vestido estampado sencillo, aunque desgastado, una blusa blanca y unos tacones bajos con un trozo de cinta adhesiva que sostiene uno de los dedos de sus pies. Su rostro, aunque arrugado, muestra poco de desgaste por el sol, y su cabello gris como el acero es llevado hacia atrás en un moño ceñido. Alrededor de su cuello lleva una cadena con un bolígrafo. A través de sus gafas fondo de botella, sus ojos parecen agudos y vigilantes.

Mira el cuchillo.

—¿Es eso realmente necesario?

Dudo, y luego lo envuelvo. En la Ciudad del Califato, siempre era necesario tener cuidado con los informantes, pero esta mujer no lleva un hijab.

—¿Es una de ellas? —pregunta.

—¿Quien?

—Las peregrinas.

—¿Qué peregrinas? —pregunto.

—Mujeres jóvenes —dice la anciana—. Que huyeron de las ciudades para encontrar a Sayyida al Hurra.

Un cosquilleo de emoción se agita por mi espina dorsal. Obligo a mi voz a permanecer neutral.

—Tal vez.

La anciana gesticula al mapa.

—No encontrará lo que está buscando allí —dice—. El gobierno borró todas las pruebas de ello poco antes de que esos *bastardos* invadieran.

Mi interés despierta. Vagamente recuerdo a mi padre hablar de zonas seguras. Quería que mi madre se mudara fuera de la ciudad—. *¿Qué pasará con mis pacientes? ¡No podemos sacar a los niños de la escuela!*

—Estas peregrinas... —pregunto—. ¿A dónde van?

La anciana me estudia, tratando de decidir si confiar en mí. Mientras que la mayoría de las mujeres odian ser oprimidas, hay quienes, como la brigada al-Khansaa, disfrutan la opresión que los Ghuraba dan sobre su propio género.

—Usted no es como las otras peregrinas —dice.

—No —digo suavemente—. He estado adentro. Luego fui enviada a otro lugar, pero el conductor dejó de venir. Tengo que encontrar la mina.

Hago un gesto en el mapa. Mi *tasbih* de oración capta la atención de la anciana.

—¿Es usted de quien habla el al-Hurra? —pregunta la anciana—. ¿La Profeta que habla a Dios?

—¿Una profeta?

La anciana señala mi muñeca.

—Dicen que lleva cuentas de oración negras traídas de La Meca. Dicen que una vez llamó a un ángel. Dicen que Jesucristo mismo la protege, y cuando ella habla, es con la voz de Dios.

Caleb dijo esas tonterías. Rumores. Historias locas que la gente dijo en el radioaficionado y la televisión pirata para darse esperanza, la propaganda preparada por los rebeldes.

—Por favor —digo—. Tengo que encontrarla. Los Ghuraba secuestraron a algunas mujeres Amish y los rebeldes me ayudarán a rescatarlas.

La anciana coge el mapa y lo enrolla.

—Todo este estado está plagado de minas de carbón Puede buscar cientos de años y aún no encontrar la entrada correcta.

Sus tacones bajos chocan contra el suelo de madera mientras vuelve a los estantes y pone el mapa exactamente donde lo saqué. Va a un cajón diferente y saca un mapa que parece más nuevo que los otros.

—Este no es el mapa original —dice—. Si tuviera que buscar, empezaría aquí.

Estudio el mapa que no menciona las minas de carbón. La geografía muestra montañas, pero a excepción de las carreteras principales, no hay un sólo desvío.

Todo fue borrado...

Saco mi propio mapa y hago algunas notas rápidas. La zona es enorme, pero más pequeña que la región de tres estados que tuve que revisar antes de venir aquí.

—Gracias.

La anciana pone el mapa en su cajón, cuidadosamente ordenado.

—¿Por qué usted sigue aquí cuando la ciudad está muerta? —pregunto—. Si se dirige al noroeste, hay pueblos que no han sido tan destruidos.

Los ojos de la anciana se empañan.

—Mientras me levante cada mañana y venga a trabajar —dice— esta ciudad sigue viva.

*

La anciana debe mantener contacto con alguien que pueda llegar a la base, porque los rebeldes me *encontraron*.

—¡Manos en el aire! —grita una voz.

Ato las riendas a la silla y pongo las manos en alto, con cuidado de no hacer nada que les lleve a creer que soy una amenaza.

—Soy la Soldado Eisa McCarthy —grito—. Estoy buscando a la Sargento Mayor Bellona.

Hay una larga vacilación.

—¿Eisa? ¿Realmente eres tú?

Una patrulla de tres hombres sale de la maleza, completamente camuflados dominando su entorno. Uno de los soldados retira su shemagh de camuflaje.

—¿Gomez? —pregunto.

—¡Eres *tú*! —la Soldado, no, la *Especialista* Gomez grita—. ¡Sabíamos que vendrías!

Me deslizo del caballo. Me presenta a las dos mujeres jóvenes que patrullan con ella. Una de ellas lleva un sub-hijab negro. Tiene los mismos ojos oscuros y la tez morena que mi madre.

—Assalamu Alaikum —dice tímidamente.

¿Una de las peregrinas de Andrea?

—¿Cómo me encontraron? —pregunto.

—Tenemos ojos y oídos repartidos por toda el área —dice Gomez—. Nos dan datos. Nos aseguramos de cuidar a estos informantes.

Pienso en la anciana, rehusándose a dejar que la ciudad a la que ha dedicado toda su vida muera, incluso si eso significa ser la única residente. Parece que su "ciudad" tiene mucho más residentes que cualquier otra ciudad en la zona muerta. La mayoría de sus habitantes simplemente viven bajo tierra.

—Tienes que llevarme con Andrea —digo.

La cara de Gomez cae.

—¿No te has enterado? —Andrea fue capturada hace tres días.

Capítulo 27

Se siente, por un momento, como si mi caballo hubiese escapado. Sólo que estoy a su lado, firmemente arraigada en el suelo. Agarro sus riendas, apoyándome contra el Standardbred para equilibrarme mientras respiro.

¿Andrea? ¿Capturada?

—La atrajeron a una trampa —dice Gomez—. Han estado atrapando a todos nuestros proveedores, matando a su ganado y secuestrando a sus hijas. Sabían, eventualmente, que ella trataría de lanzar un rescate.

—¿Y el Coronel Everhart?

—El Coronel llegó aquí anoche —dice Gomez—. Ha llamado a todas las tropas a cubierta, pero ahora mismo, todavía no hay plan.

—¿Y Dillon?

—Él tuvo un terrible enfrentamiento con su padre justo después de que *te* fuiste —sutilmente baja su mirada—. Regresó a Texas, a los Irregulares. Lo último que supe es que debía llegar esta mañana.

—¿Maximov, Rosseau, Yong?

—A todos los tomaron. Están programados para ser ejecutados pasado mañana.

Presiono mi mano en mi pecho para sofocar la sensación de que alguien acaba de llegar a mi caja torácica y arrancó mi aorta. Ellos son todo lo que me queda. Primero mis hermanos, luego los Amish, ¿y ahora mis amigos? Me siento como *Grossmammi*, lista para caer muerta por un corazón roto.

—Llévame a él —grito—. Llévame al Coronel.

Una de las dos chicas toma las riendas de mi caballo.

—Los voy a desviar —dice—. Sólo en caso de que la estén siguiendo.

Acaricio la nariz del Standardbred y presiono mi frente contra su cálida y peluda frente.

—Te veré después —murmuro—. Tan pronto como rescate a las chicas, los llevaré a todos ustedes a casa.

Entrego las riendas a la soldado con las trenzas doradas.

—Manténgalo en algún lugar seguro —le digo—. Le gusta la avena, asegúrese de peinarlo.

Gomez y la chica musulmana me conducen en una tortuosa ruta por el bosque, regresando dos o tres veces y agachándose detrás de los salientes de la roca antes de llevarme a una entrada diferente, una que nunca había visto. La nueva chica me mira como si esperara, en cualquier momento, que caminara sobre el agua.

—Los drones han vuelto —explica Gomez—. No parecen estar apuntando a esta área en particular, pero han estado volando en círculos, por lo que tenemos que tener mucho cuidado.

Ella abre lo que parece ser una cubierta de alcantarilla oculta debajo de un arbusto. Una estrecha y profunda escalera va directamente hacia abajo, a las entrañas de la tierra, hacia un túnel de hormigón vertido. Por el aspecto aún limpio que tiene, este túnel fue construido alrededor de la misma época que la anciana dijo que el gobierno tomó su mapa.

Bajamos por la escalera, yo y la nueva chica frente a mí, mientras Gomez toma la parte trasera. Justo cuando se siente como si mis manos se soltarán de la escalera, aparecemos en una pequeña habitación tallada en antracita sólida y negra.

—Hogar dulce hogar —dice Gomez.

Abre una puerta de acero reforzado. Justo afuera, dos hombres vigilan el pasillo. Por el punto rojo, sé que estamos en un pasillo que está prohibido para todos, excepto a los oficiales de más alto rango.

—¡Nunca me di cuenta de que esto estaba aquí! —digo.

—No es de conocimiento común —dice Gomez.

Me conduce de vuelta a la caverna central, donde la Sargento Daksh de la División grita órdenes al grupo actual de aprendices. Me detengo y me quedo boquiabierta ante la cueva llena de nuevos reclutas, muchos con hijabs, casi todos mujeres. A diferencia de la clase patética de ciento cincuenta que se graduó la última vez que estuve aquí, debe haber más de mil personas de cada tamaño, forma, color y religión, incluso ancianos.

La Sargento Daksh me observa.

—¡Oficial en la cubierta! —grita.

Los reclutas se ajustan a la atención.

Miro detrás de mí para ver a quién debo saludar, pero quienquiera que sea, no puedo verlos. Saludo a la Sargento Primero. Sus oscuros ojos se iluminan con esperanza.

—¿*Es ella?* —uno de los reclutas susurra.

—*Creo que si...*

—*Vino...*

Daksh les ordena que vuelvan al trabajo.

Gomez me lleva al túnel que conduce a la oficina del Coronel. Dos Especialistas regulares vigilan la puerta, un hombre, una mujer. Ambos me dan un saludo animado. Saludo de vuelta, confundida. Ambos me superan en rango. Técnicamente, se supone que yo *debo* saludarlos primero.

—El Coronel Everhart la espera —dice la mujer.

El hombre abre la puerta.

Paso hacia adentro. Como espero, el Coronel está sentado detrás de su escritorio, luciendo como un comandante encargado del papeleo en lugar de un hombre confinado a una silla de ruedas. De pie a su lado, Dillon Everhart se inclina sobre un mapa de la Ciudad del Califato, frunciendo el ceño.

Les saludo a los dos.

El Coronel saluda de vuelta. Dillon hace un movimiento medio entusiasta que se asemeja a un saludo, pero en su actitud, podría también ser el dedo medio.

«*Yo también te extrañé... ¡Idiota!*»

—¿Cómo sucedió? —pregunto en voz alta.

—Fue una trampa —dice el Coronel—. Sabían que, si seguían atacando a nuestros proveedores, eventualmente Andrea mordería el anzuelo.

Dillon Everhart me señala.

—La estaban buscando a *ella*. ¡Su profeta autoproclamada!

Me quedo boquiabierta

—¡Dillon, eso es suficiente! —exclamó el Coronel—. ¡Prestarás a la teniente McCarthy el debido respeto!

—¿Teniente? —miro detrás de mí, para ver si está hablando con alguien más.

—Una vez que alguien se convierte en médico —dice el Coronel-, el ejército le otorga el rango de Oficial, así que técnicamente usted y Dillon están ahora en el mismo rango.

—¡No tiene *experiencia*! —Dillon grita.

—¡Tú has tenido la oportunidad de ordenarle, y te negaste!

Dillon golpea el puño contra el escritorio.

—¡Si ella no hubiera llenado la cabeza de Andrea con tonterías, nada de esto hubiera pasado!

Sale de la oficina del Coronel y golpea la puerta detrás de él. El Coronel Everhart apoya su cabeza sobre sus manos. Estoy allí, incómoda, por ser parte de esta pelea familiar. Nadie, en ningún momento, debe tratar a al General de la rebelión con desprecio.

—Debería llevarlo a la corte militar —murmura—, por insubordinación.

—¿Serviría de algo?

—No —suspira—. Sólo está frustrado porque han bloqueado la ciudad y no puede averiguar cómo llegar.

—¿Y el hombre que me ayudó a salir?

—Fue ejecutado públicamente —dice el Coronel—. El día después de que usted escapó.

Mi estómago se aprieta. Aunque todavía tengo pesadillas sobre Rasulullah y los dos guardias que me torturaron, en mi cabeza, sé que ese hombre me sacó viva.

—Debió decírmelo.

—Ya tenía suficientes cosas en su mente, Teniente.

Miro el enorme mapa que domina una pared. Ciudad del Califato. Antiguamente conocida como Washington, D.C. El río Potomac limita el acceso desde el sur, este y oeste, pero al venir desde el norte, sólo hay tierra. Desafortunadamente, el mapa muestra un montón de alfileres agrupados al norte de la ciudad en una línea triple que pareciera que estuviera enojada.

—¿Y los nuevos reclutas? —pregunto—. La Especialista Gomez dijo que han tenido una afluencia de mujeres musulmanas, ¿quizás una de *ellas* tenga algún contacto?

—Ya las entrevistamos —dice el Coronel—. Están muy motivadas, pero todavía son inmaduras. No quiero sacrificarlas, a menos que tengamos un plan.

—¡Pero tienen a Andrea y a Maximov! —mi voz se quiebra — ¡Tenemos que rescatarlos!

—Puedo infiltrar a uno, tal vez a dos de nuestros hombres a la ciudad —dice—. Pero no hay manera de lanzar un rescate a menos que podamos pensar en alguna manera de meter un ejército entero.

Miro el mapa, lo que sé sobre la ciudad. Conozco a esposas de comandantes y hombres que esconden un harén entero, lleno de esclavos sexuales. Si puedo entrar, sé cómo moverme. Pero no conozco a nadie que me pueda infiltrar dentro de La Ciudadela. Y *definitivamente* no conozco a nadie con suficiente poder como para debilitar las defensas de los Ghuraba.

—No señor —digo—. Todas mis conexiones murieron con mi madre.

El Coronel Everhart hace gestos en la pantalla de televisión en blanco.

—Entonces, pasado mañana, nos reuniremos alrededor de la televisión para ver a Andrea y a sus amigos morir.

*

Mi vieja litera se ha convertido en un santuario, casi como si, cuando metí la cola entre mis piernas y hui, para ellos me convertí en un mártir, de la misma manera que lo hizo Lionel.

Miro fijamente sus fotos, todavía montadas en la pared del este. No se parece a Caleb, pero en sus ojos veo esa misma luz de creencia, de que hay bien en este mundo. Que al final, Dios tendrá éxito. Otro ángel derribado del cielo para morir.

Yo, por otra parte, soy una heroína fabricada. Completamente falsa. Un arma de propaganda creada por el Coronel.

—Nunca fui digna de usar su espacio.

Saco mi alfombra de oración y comienzo mi extraña mezcla de oraciones musulmanas e himnos Amish, oraciones de mi abuela católica, y fragmentos de poesía que últimamente se han ido arrastrando en mis sueños. Mientras rezo, deslizo el *tasbih* a través de mis dedos, deteniéndome en el gran cordón central y tres discos de plata que representan a Alá y a sus tres olvidadas hijas. Ruego por mis padres. Oro por Caleb, *Grossmammi* y Lionel. Rezo por el muchacho que maté. Y, sobre todo, rezo por una manera de evitar que Andrea y mis amigos tengan una muerte horrible.

Si me entrego, ¿los salvaré de la ejecución?

«No... *Es sólo una ardid*». Falsa o no, Andrea necesita que *yo* tome el manto que ella recogió después de que lo dejé caer.

Con mis oraciones terminadas, me dirijo a la cafetería para cenar. La vida en el entrenamiento básico me enseñó a comer incluso cuando no se tiene hambre. Nunca se sabe cuándo se necesitará una explosión de energía.

La mayoría de los reclutas han ido a la cama. Unos pocos se sientan, persistentes, utilizando el espacio como una sala de recreo. Todos se quedan en silencio mientras me dirijo hacia el servo de buffet de acero inoxidable. Aquí y allá, oigo susurros.

—Ahí está.

—*Esa es Eisa McCarthy.*

—¿*Me pregunto si se va a entregar a Sayyida al Hurra?*

Entrego mi bandeja sobre el cristal a la mujer con el tatuaje de mariposa que friega el acero inoxidable con su mano operativa. Su cara se ilumina mientras levanta la vista y me reconoce.

—Tengo un poco de puré de papas —dice.

— ¿Qué? ¿No hay cerdo asado?

—Los Ghuraba acabaron con nuestro suministro.

Miro a las mujeres musulmanas que me miran con ojos de búho.

—Supongo que sabe igual de bien.

Tomo mis papas y un plato de sopa de lentejas. Los nuevos reclutas se deslizan a un lado, dejando claro que tienen espacio para que me siente, pero vuelvo a mi vieja mesa, aquella en la que alimentaba a Maximov con todo lo que era *haram*.

Arrastro mi tenedor a través de las patatas. No tengo mucha hambre, pero si surge una oportunidad para rescatar a Andrea, quiero estar lista para responder.

—¿Teniente McCarthy, puedo sentarme?

Miro hacia arriba para ver que Crisálida ha venido con una tabla de cortar.

—Sí, Señora.

Deja una pequeña bandeja de pan y queso, junto con un cuchillo pequeño, y se sienta frente a mí. A pesar de las cicatrices que marcan su cara y brazo, ella sigue siendo una mujer hermosa, elocuente y serena.

—Andrea y sus amigos no están muertos *todavía*. Ella gesticula a los nuevos reclutas—. Le admiran, ¿sabe?, y tiene el rango para dirigirlas.

—No sé lo que estoy haciendo —digo—. Y los Ghuraba han encerrado el alto...

—Nunca me preguntó cómo conseguí mis quemaduras. —Crisálida me interrumpe.

Arrugo la frente con sorpresa.

—Son quemaduras químicas —le digo—. Los Ghuraba las usan para asesinatos de honor—. Recojo una rebanada de queso—. ¿Quién fue?

—El General Rasulullah.

Me ahogo con el trozo de queso que acabo de meter en mi boca. Cuando tomo aire, digo: «¿Estaba casada con Rasulullah?».

—¡Dios mío, no! —ríe—. La noche en que los Ghuraba atacaron, enviaron a alguien a mi casa para aprisionarme.

—¿Por qué?

Adopta una expresión seria.

—Tenía la información que él necesitaba, o por lo menos pensaba que la tenía. Resultó que no era así. No puedes hacer que alguien te diga lo que no sabe —se sostiene el muñón—, sin importar lo que le hagas.

Miro fijamente el patrón de sus quemaduras. Un lado de su cara. A un lado de sus brazos. Cuatro dedos de una mano. Muy deliberadas. Muy cuidadosas. Muy dolorosas.

Recuerdo al conductor, sosteniendo sus dos dedos desaparecidos.

«¿*Tortura?*»

—¿Qué es lo que no sabías? —pregunto.

Crisálida toma una rebanada de pan con su mano operativa. Delicadamente la pone en su boca, estudiándome mientras mastica. Luego traga.

—Los códigos de los misiles.

La miro y parpadeo.

—¿Por qué sabría usted los códigos de los misiles?

—Fui una de las secretarias del equipo administrativo de su padre —coge otro pedazo de pan y lo sostiene frente a ella, como si lo estuviera estudiando—. No mucha gente puede soportar ese tipo de tortura. Me hizo preguntas. Le dije —sus ojos se alejan, obsesionados por recuerdos que conozco demasiado bien—. Pero hubo una pregunta que *no me* hizo.

—¿Cuál es?

—¿Cuál fue el último libro que su padre me hizo comprar?

Mis cejas se alzan.

—¿Libro?

Mi padre tenía muchos. Es lo que más recuerdo de él.

—Su padre tenía a alguien dentro de la operación de los Ghuraba —dice—. Alguien tan profundamente infiltrado, que ni siquiera el Abu al-Ghuraba sospecharía de aquel topo.

—El Coronel mencionó algo sobre un agente.

—¿Le contó cómo su padre coordinaba órdenes con él?

—No.

—Usaba libros —dice Crisalida—. Libros únicos como para que no todos pudieran memorizarlos, pero lo suficientemente verosímiles como para que un activo pudiera usarlos. Siempre me hacía comprar dos copias. Una para el agente y otra para llevársela él.

Recoge el cuchillo que utilizó para cortar el pan.

—Su padre ordenó a la CIA que retirara al agente la noche anterior al ataque de los Ghuraba —dice ella—. En ese momento, la Presidenta estaba considerando un ataque nuclear.

—¿Quién era el agente?

—Nunca lo pudimos retirar —dice—. Pero creemos que su madre sabía quién era, porque de vez en cuando ella nos daba información de alto nivel a través de la mujer a la que Rasulullah le disparó la noche que mató a Lionel.

Miro a Crisálida, dándome cuenta de lo que está tratando de decirme. ¿Mi madre no era una traidora? ¿Trabajó para la rebelión todo el tiempo?

—¿Cómo se llamaba la historia? —pregunto sin aliento.

—Era un libro pequeño —dice—. Una historia acerca de una doncella Apache que luchó junto a su hermano; su padre la escogió porque le recordó la leyenda de Zainab.

Una sensación de júbilo cosquillea a través de mi hijab, llegando hasta el *tasbih* de oración por el que he estado subconscientemente emocionada desde que me lo puse de nuevo.

Me levanto y grito.

—¡Alabado sea El! ¡Alá me ha dado una señal!

Con una gran sonrisa, salgo corriendo de la cafetería para decirle al Coronel.

*

Ahora veo por qué el Coronel hizo esta su oficina, aunque los alojamientos cerca de la escalera de emergencia son mucho más apropiados. Aquí arriba, da la impresión que está ubicado por sobre los soldados. Aquí arriba, puede ver todo lo que la gente hace sin tener que caminar entre ellos. Aquí arriba, detrás de metros de altura, se amurallaron, para que la gente no saliera del oscuro túnel hacia su muerte, el Coronel Everhart puede esconder su discapacidad.

Espero en las sombras mientras Dillon y Crisálida ayudan al Coronel a levantarse de su silla de ruedas. Crisálida se arrodilla y ajusta su exoesqueleto para que no sea visible debajo de su ropa.

—Creo que debería darles más crédito, —le digo,—para aceptar su discapacidad.

El Coronel me hace una mueca de remordimiento.

—No se trata de lo que es verdad, sino de lo que se percibe como tal —dice—. Incluso si nuestra propia gente acepta que su líder es un lisiado, si se corre la voz, esto envalentonará a los Ghuraba.

Crisálida sostiene su codo. El Coronel lo toma. Camina los dos pasos hacia el podio que supervisa la caverna central. Muy por debajo, los rebeldes esperan con expectación.

—Hoy lanzaremos una ofensiva contra los Ghuraba —dice—. Quisiera decir que les daremos una buena patada en el trasero, pero Washington es una fortaleza, rodeada de ríos y pantanos. Lo mejor que podemos hacer es infiltrarnos hacia la ciudad. Depende *de ustedes* traer a nuestros hombres de vuelta y liberar a los civiles que capturaron para castigarnos.

Miro a Dillon Everhart, que se esconde en las sombras, mirando a su padre con una mirada sombría. El hombre me perturba. No respeta a su padre. Todo lo que él y Andrea hacían era reñir. Y sin embargo, cuando ella fue capturada, ¿él regresó por su cuenta?

—Debería honrar a su padre —digo en voz baja—. No lo trate con desprecio.

Dillon frunce el ceño.

—Deberías permanecer fuera de las cosas que no son de tu incumbencia.

—No pedí *nada* de esto.

—Y, sin embargo, aquí estás. Deseosa de declararte el nuevo *Mahdi*.

El Coronel Everhart me anuncia antes de que pueda responder.

—Y ahora, la persona de la que todos quieren oír: Sayyida Eisa McCarthy.

Los rebeldes aplauden mientras subo al podio. Miro fijamente las miles de caras ansiosas que han aumentado nuestras filas durante la noche, casi todas ellas pertenecientes a mujeres.

Miro a Dillon Everhart, observando con desaprobación. Sencillo. Mantenlo simple y sencillo. ¿Qué dirían los Amish? ¿Aquellos ángeles celestiales, bajan a la tierra para dar un ejemplo de vida? Me imagino a Levi Hochstetler, dando su sermón nocturno delante de sus doce hijos.

—Nunca, en ningún momento, he proclamado ser una Profeta —digo—. Algo que dije inspiró a la Mayor Bellona, y *ella* a su vez, encendió ese fuego dentro de *ustedes*.

Rezo pidiendo palabras que no suenen a propaganda, sino a la verdad. Puedo llevar a estas mujeres y hombres a su muerte. Por lo menos, digámoslo, que lo harían por su propia voluntad.

—Estoy aquí para decirles que no soy la Profeta que ustedes buscan —digo suavemente—, sino que cada uno de *ustedes* es su propio profeta.

Señalo a la mujer musulmana que ayudó a Gomez a que me trajera aquí.

—Tú.

Señalo a un hombre.
—Y tú.
Señalo a una mujer inglesa.
—Y tú.
Hago un gesto a todos ellos.
—Todos ustedes son profetas, porque cada uno contiene una chispa de lo divino.
Desanudo mi *tasbih* de oración y lo sostengo.
—Ellos dicen que Alá nos dio este mundo para crear lo que quisiéramos. Bueno, elijo crear un mundo donde hombres como los Ghuraba no tengan poder alguno. Pero simplemente *desear* ese mundo no va a manifestralo. Para crear el mundo que queremos, tenemos que luchar, y algunos de nosotros moriremos.
Hago un gesto a los rebeldes.
—¿Quién se unirá a mí? ¿Quién combatirá al diablo?
Levanto mi voz
—¿Quién hará la *Jihad*? ¡La *Jihad* contra los Ghuraba!
La caverna suena mientras las voces rebeldes se animan. Doy un paso atrás para que los sargentos puedan dar los detalles. Dillon y su ceño fruncido ya han desaparecido.

Capítulo 28

Me infiltro en la ciudad escondida bajo el tren de aterrizaje de un vehículo de transporte Ghuraba M35 justo cuando el sol comienza a ponerse. Mi corazón late mientras los centinelas detienen el camión y alumbran una linterna en la parte trasera, rebuscando a través de las cajas.

—¿Ves algo? —pregunta un centinela.
—No —dice éste.

El primer centinela apunta su linterna bajo el camión. Me aferro a la estructura de acero, claramente visible si apuntara su linterna hacia *arriba*.

—No puedes ser demasiado cuidadoso —dice el primero—. Rasulullah dice que debemos esperar problemas.

El haz amarillo de luz brilla peligrosamente cerca, y luego se desvía.

—¡Todo despejado! —grita.

El camión se tambalea hacia adelante. Doy gracias a Alá que mi hijab cubra mi rostro mientras el vehículo despide una nube de monóxido de carbono venenoso.

Sobre el puente, suelto mi agarre en el metal, permitiendo que las correas de la lona me mantengan asegurada al chasis. Observo el frío y húmedo pavimento que pasa junto a mí en la oscuridad. Si fue tan difícil para *mí* entrar, ¿cómo meteremos una brigada entera?

—Señor —una voz susurra en mi oído—. Está llegando al objetivo.

Aflojo las correas y espero a que el camión se desacelere para girar una esquina. Cuando se detiene, suelto las correas y caigo. Me quedo tumbada mientras el camión continúa sin mí.

Me quedo en medio de la calle, momentáneamente expuesta. Afortunadamente, el Abu al-Ghuraba es demasiado tacaño para proporcionar algo tan práctico como iluminaria publica. Me presiono a mis pies y corro hacia la puerta más cercana, una vieja zapatería con ventanas empotradas.

Miro fijamente hacia arriba en los carteles de la propaganda de los Ghuraba. Mi padre. Entregando al Abu al-Ghuraba una llave de oro mientras, detrás de él, se ilustra el lanzamiento de tres misiles balísticos intercontinentales.

—Tamaña mierda.

Hago trizas el cartel.

Miro en ambos sentidos para asegurarme de que nadie me vio. Un acto inútil. Pero incluso si mi padre *le dio* a los Ghuraba los códigos de los misiles, lo hizo bajo tortura.

Toco el pequeño botón para hablar que proviene del cable conectado en mi oído.

—Estoy bien.

Bajo mi camino, por calles en descomposición que he recorrido mi vida entera, a una casa que he visitado dos veces, ambas para ayudar a mi madre a dar a luz a una hija. Es un vecindario agradable, con calles arboladas, fuertemente custodiado, pero no tan impenetrable como la antigua Casa Blanca, donde Rasulullah vive con mi hermana. En la entrada de la calle, dos hombres patrullan con armas automáticas.

Corro a toda velocidad detrás de un árbol cuando cinco mujeres vienen hacia mí a la luz de la tarde, riéndose bajo sus nicabs negros. La brigada al-Khansaa, terminando su patrulla diaria. Las mujeres caminan hacia los guardias con júbilo. Uno de ellas saca su látigo y acaricia la cara del joven guardia con el mango.

—Eres un buen hombre —murmura—. ¿Alguna vez has fantaseado con lo que hay debajo del burka?

El guardia se estremece cuando Taqiyah al-Ghuraba frega su látigo por su mejilla, por su pecho, hasta su entrepierna. La al-Khansaa se rie. Todo el mundo sabe que cuando Taqiyah al-Ghuraba insinua tentación, es sólo para probar a sus víctimas.

—Buenas noches, Señora —dice el guardia, tartamudeando.

Taqiyah se ríe. Ella y su brigada al-Khansaa continúan su caminata. Los dos guardias se juntan, mirando a las mujeres salir. Mientras permanecen distraídos, salgo de detrás de mi árbol y me meto detrás de un muro bajo de piedra.

Un minúsculo zumbido de insecto se cierne sobre sus cabezas. Se adentra en el patio trasero de la casa frente a la que me estoy escondiendo.

— Está despejado —susurra la Sargento Daksh.

Me arrastro a través de la hierba meticulosamente recortada a mano hasta llegar al patio trasero. Una elevada pared de ladrillo separa esta casa de la siguiente. Subo por encima de ella. ¡Gracias a Alá, los Ghuraba creen que los perros son *haram*!

—¿Y la próxima? —hablo en el micrófono.

El zumbido del dron escarabajo pasa sobre la pared.

—Espera.

Escucho voces. Alguien arrastra un cubo de basura. Después de unos minutos, las voces regresan al interior.

—¡Adelante!

Subo por la pared y corro a la siguiente. Después de varios más, llego a la casa que es mi destino, una casa de ladrillo fino con un patio trasero que conduce a un garaje.

La Sargento Daksh me da un bosquejo de las defensas mientras el dron vuela alrededor de la casa. Tres en el garaje. Dos vigilando la puerta principal. Y una casa llena de al-Khansaa. Me apresuro a la tubería de desagüe que desciende desde la cuneta.

—Espero que esto aguante —murmuro.

Subo, igual que lo hice con la cuerda en el entrenamiento básico. Afortunadamente mi tiempo dedicado a trabajar en la granja Amish me ha hecho más fuerte. No hay nada como el transporte de empaques de heno en el pajar y limpiar corrales de cerdos para ayudar a una mujer a desarrollar la parte superior de su cuerpo.

Me deslizo hasta un estrecho techo que sobresale por una ventana de tres ángulos. No hay suficiente punto de apoyo, aunque es un ángulo empinado, para equilibrarse bajo la ventana del segundo piso.

Saco una palanca de mi mochila y la meto debajo de la ventana. Por suerte, el clima ha estado lo suficientemente caluroso como para que los habitantes la dejen abierta para dejar pasar un poco de aire.

Empujo el vidrio y me deslizo dentro.

Dentro del dormitorio hay una lámpara encendida. La apago. A través de la puerta del pasillo, las mujeres se ríen y los niños corren por la casa. Cierro la puerta y luego saco mi Glock-19 de su funda.

La segunda puerta es más estrecha que la primera. Desde el otro lado, una voz masculina emite sonidos mientras el agua corre en un chorro constante.

Presiono el lado izquierdo del marco de la puerta, esperando, rezando, con el Glock en mis manos apuntando hacia arriba. Mi cuerpo se aprieta mientras la ducha deja de correr. Después de lo que parece eterno, alguien gira la manija de la puerta.

La puerta se abre.

Meto el Glock en la barbilla del comandante al-Ahmar.

—Emite sólo un sonido, y es hombre muerto.

El comandante de la ciudad se congela. Se acerca para intimidarme, superándome por más de medio metro. Extremadamente musculoso, sus hombros son anchos.

«*Fuerzas especiales...*»

—Si grito —dice—, hay tres guardias, además de al-Khansaa en la casa, que te matarán.

—Tal vez —le digo—. Pero antes de hacerlo, me gustaría contarle una historia.

El Comandante me mira desde su único ojo operativo. Perdió el otro al salvar la vida de Abu al-Ghuraba. O eso es lo que cree el líder supremo...

—Se trata de una princesa nativa americana —le digo—. *Lozen: Una princesa de las llanuras*, ha leído este libro, ¿verdad, Comandante?

—Sabes que el estudio de la historia está prohibido.

Mi boca se contrae en una sonrisa sombría.

—Fue la última cosa que mi padre nos dio antes de que desapareciera —le digo—. Mi hermana me hizo leerle la historia cada noche, así que cuando Rasha dijo que usted la había golpeado por echarle un vistazo a un libro sobre una princesa indígena...

Un parpadeo de algo se refleja en el ojo restante del comandante.

—Sí. ¡Puedo verlo, bastardo! —empujo el Glock hacia arriba en la suave carne debajo de su barba—. Usted le dio la información a mi madre, y entonces cuando ella necesitó ayuda, no levantó ni un dedo. ¡Ella no nos traicionó, ni siquiera cuando Rasulullah la torturó!

—Tengo cuatro esposas, once hijas y un hijo —dice suavemente—. ¿Qué quieres que haga?

Lágrimas fluyen por mis mejillas.

—¡Haga algo!

—¿Qué?

Mi mano tiembla en el arma.

—Si Andrea muere, la rebelión muere con ella. Todo por lo que estuvo encubierto se extinguirá.

La expresión del Comandante se suaviza.

—Lo siento por tu madre —dice—, pero no tengo acceso a La Ciudadela.

Me alejo, hacia la ventana. Mantengo mi arma fija en él.

—Voy a estar en esa ejecución mañana —digo—. Usted lo sabe. Y también lo sabe el general Rasulullah.

— Es suicidio.

—¿Entiende el poder del martirio, ¿no es así, Comandante? ¿Cuántos hijos permitió a Taqqiyah sacrificar por su hermano?

—Seis —susurra.

—Siete —digo—. Y ahora sólo tiene uno.

Me escapo por la ventana.

*

Dillon sale del río Potomac como una criatura del pantano en una película de terror, antes de que los Ghuraba ilegalizaran todas las películas. Vadea hacia la orilla, un dios del agua alto y musculoso con un traje de neopreno negro. Detrás de él, cuatro hombres más salen del río. Sus Irregulares de Texas. Imponentes. Peligrosos. Mortales. Vienen a respaldar a su líder.

—¿Lo hará? —pregunta.

— No lo sé —digo—. Tendremos que esperar y ver.

Sus ojos se oscurecen en las débiles luces de la ciudad.

—Si estás equivocada —la voz se vuelve mortal, —nuestras mujeres están muertas.

—Lo sé.

Los hombres se desnudan y se colocan uniformes de combate negro con su patrón familiar de cráneo y huesos cruzados. Los asesinos de las Fuerzas Especiales de Dillon. Los que hicieron que los Ghuraba se retiraran de ciertas partes de Texas.

Cada uno desbloquea una caja rectangular, impermeable. Mis dedos se aprietan con envidia cuando cada uno saca su *Kate*, sus rifles de francotirador M24. Quiero tanto una, casi me duele la necesidad de tocarlas.

—Vayan a cubrir los puentes —ordena Dillon—. Si los Ghuraba los obligan, causen cualquier caos que puedan, les dará la oportunidad de escapar, pero no se enfrenten, repito, no se enfrenten con el enemigo, a menos que parezca que están a punto de ser asesinados.

Los seis hombres asienten. Sacan pequeños mapas electrónicos diciéndoles dónde ir. Cubrirán diferentes puentes en parejas. Uno para apuntar el rifle, el otro para detectar la distancia y cubrir sus espaldas.

Sigo detrás de Dillon hacia el Puente Roosevelt.

—¿No puedes seguir a alguien más? —estalla.

— Necesita un observador.

— ¡Prefiero pudrirme en el infierno!

—¡*Que idiota!* —la Sargento primero Daksh me susurra en el oido.

Miro hacia arriba por el dron que sé que todavía me sigue. Estoy en la cámara oculta. Lo que suceda esta noche será transmitido en vivo y reciclado más tarde para innumerables videos patrióticos.

—Somos iguales —digo secamente—. No dejaré que se dirija a mí con un tono tan insubordinado.

—¿Quién me va a obligar? —se acerca, usando su altura para intimidarme—. Podría romper tu cuello como una ramita.

Deslizo mi estilete de su vaina, justo en la entrepierna de Dillon Everhart.

—Si lo intenta —susurro, —lo convertiré en una mujer.

Por un momento, parece que Dillon podría golpearme, pero quiere que Andrea sea libre aún más de lo que me odia. Mira hacia el dron.

—Andrea te ha enseñado bien.

Él retrocede. Esa *presión* que siento cada vez que estoy a su alrededor, como si la muerte, en sí, estuviera en la habitación, se alivia en su usual resplandor odioso.

Se aleja sin una sola palabra, serpenteando por callejones, tejados y contenedores sin mirar su mapa. Escala un edificio para llegar a una azotea plana que domina el puente. Me sorprende cuando se estira para ayudarme en el último pedazo de escalera.

Camina hacia el borde del tejado como una pantera a la caza. Este es un Dillon distinto, que ignora todo excepto su presa. Un francotirador en una misión. El ángel de la muerte, *Malak al-Maut*. Prudente. Paciente. Lo único que importa es el tiro.

—Tomaremos posición aquí —dice.

Desliza el M24 de su mochila y descansa el pequeño trípode en la pared de ladrillo que actúa como una barandilla. Unas docenas de metros de distancia, un batallón de guardias patrulla el puente al que vine más temprano esta noche.

—Hay más guardias que de costumbre —murmura—. ¿Estás segura de que tu amigo no nos delató?

—No estoy segura de nada —digo—. Sólo le hice saber que lo descubrimos.

Alcanza su mochila y saca un par de binoculares. Los sostiene.

—Ten. Se útil.

Mi mano hormiguea cuando mis dedos rozan con su mano. ¿Confía en mí para vigilar?

—Gracias —digo sin aliento.

—No lo estropees.

Fijo los prismáticos en el lado opuesto del puente. A mil metros. Es el extremo del rango de disparos efectivos del rifle, incluso para un profesional experimentado.

Dillon mira el alcance de su *Kate*, observando primero a un guardia, y luego a otro. Mi reloj suena, dolorosamente lento mientras Dillon dispara en seco a cada guardia. Aún no. Aún no. ¿Cuántas veces ya los ha matado en su mente? Echo un vistazo a mi reloj. El convoy está atrasado. Tienen tres minutos de retraso.

Agarro mi *tasbih* de oración, mis labios moviéndose en oración mientras cada doloroso segundo pasa.

—Oh Alá, te suplico que bendigas mi oído y mi vista...

—¿Tienes que hacer eso? —murmura.

—¿Hacer qué?

—Esa mierda de oración falsa —dice—. Guárdalo para tus videos de propaganda.

La sangre corre hacia mi cara.

—¡Cómo... se... atreve!

Mi micrófono silba.

—Guarda la conversación íntima para más tarde —dice la Sargento Daksh. Aquí viene el camión.

—Estamos atentos —digo.

Dillon vuelve a poner su atención en su mirilla.

Me concentro en los binoculares. El vehículo de transporte se ralentiza para abrirse camino a través de las barricadas que bloquean el lado opuesto del puente. Se detiene frente al primer punto de control. Los guardias salen. El conductor entrega sus órdenes y su identificación.

Dillon apunta al guardia directamente al lado de la puerta lateral del conductor.

—¿Cuántos metros? —pregunta Dillon.

—Tres cuatro seis tres.

—¿Velocidad del viento?

Reviso el pequeño anemómetro de mano.

—Once nudos.

—Dirección.

Al sur por el sureste.

Ajusta el rifle un poco, ligeramente.

Miro a través de los binoculares mientras el guardia principal gesticula para que los otros guardias revisen en la parte trasera del camión.

—Aquí vamos —digo.

Uno de los guardias abre la suave lona de tela, mientras que otros tres apuntan su M16 hacia arriba en el contenido.

Uno de los guardias sube.

Gritos y llantos se filtran a través del puente.

—¿Qué sucede, McCarthy? —pregunta Dillon.

—No puedo ver nada.

—¡Bueno, mira mejor!

Un vestido azul y blanco cae sobre el pavimento. Varios más siguen. Todas tienen sus manos atadas. Los guardias manosean los pechos de las mujeres Amish, riendo. Una grita mientras el guardia arranca su gorro de oración.

—¡Qué divertido! —Dillon ríe.

¡Juro que si no perdiera su objetivo, lo empujaría del techo!

—¿Alguien le ha dicho que es un idiota?

Sin quitarle el ojo de la mira, sonríe.

—Sí, siempre.

Los otros guardias se agrupan alrededor de las mujeres. Parecen fascinados por una mujer de piel morena. Obviamente no es Amish.

La sonrisa de Dillon desaparece. Su dedo se contrae sobre el gatillo.

—Creo que hemos sido descubiertos.

Aumento los binoculares mientras el guardia principal dice algo a su radio. Miro su cara mientras recibe sus órdenes. Hace gestos y ladra órdenes a sus hombres.

Los guardias empujan a las mujeres de nuevo en el camión. El guardia las agita. No respiro hasta que pasan la segunda puerta.

—Parece que tu amigo acaba de llegar —dice Dillon.

En sus ojos azules, hay el primer indicio de aprobación que he visto.

Solo oro para que los *otros* camiones lo hagan.

*

Nos encerramos en un edificio abandonado, uno de los viejos almacenes que solía recorrer en mi camino hacia el boticario con Adnan.

—¿Entonces ese es tu padre? —Gomez mira fijamente el cartel de propaganda.

—Sí.

Despega cuidadosamente el cartel del revestimiento de ladrillo, rasgándolo sólo ligeramente y cuidadosamente lo dobla.

—Algún día quiero mostrar esto a mis hijos —dice.

Lo mete en su mochila y saca su manta militar ligera. Las otras mujeres se acuestan por la noche. Cuanto menos nos movemos, mejor.

—¿Dónde está el Teniente Everhart? —Gomez murmura, medio dormida.

—Revisando los árboles —digo.

— La Sargento Daksh ya le había dado las imágenes satelitales.

—A veces, sólo tienes que ver las condiciones en el suelo.

Gomez se queja.

—¡Juro que es el trasero de caballo más grande en todo Texas!

Miro a la oscuridad.

—Lo es. Pero es bueno en lo que hace.

Espero hasta que se queden dormidos, y luego saco mi manta ligera, giro hacia el este, y me pongo de rodillas para orar.

*

—¡Levántate!

Me despierto alterada, con mi cuchillo ya en mi mano. Dillon me mira fijamente desde su rostro con una barba falsa, su expresión, su habitual y dura máscara de *"Me importa un bledo"*.

—Me asustó —le digo.

—¿Te gusta? —Acaricia la barba falsa.

—Pensé que eras un Gharib.

—Bien —dice—. Eso significa que encajaré.

Echo un vistazo a mi reloj.

—No estamos listos para movernos hasta dentro de dos horas.

— Tienes que ver esto.

Lo sigo hasta el techo. Elegimos este lugar porque está a sólo unas pocas cuadras del viejo Lincoln Memorial, con acceso a dos calles en ambos lados del edificio. Nos acercamos hasta el borde del tejado y nos asomamos. Muy por debajo de nosotros, las mujeres y los niños se mueven por la calle. La mayoría de ellos llevan comida.

—¿Esto es normal? —pregunta.

—No —frunzo el ceño—. Algunas de esas mujeres no tienen acompañantes.

Hombres con M16's y al-Khansaas vestidas de negro con látigos arrean a las mujeres y a los niños hacia el parque donde las ejecuciones tendrán lugar hoy. Parecería ominoso, pero no para el clamor emocionado de los niños.

—No parecen estar en apuros —le digo.

—No—. El músculo de la mejilla de Dillon se contrae bajo su barba pegada—. ¡Es una maldita fiesta!

Sea lo que sea, es la oportunidad perfecta. Me vuelvo hacia abajo para alertar a las otras mujeres.

—¡Todas pónganse sus burkas! —digo—. Alá ha decidido cubrirnos.

Les muestro a las mujeres cómo esconder sus armas dentro de los voluminosos pliegues de las negras capas sin forma. Las chicas de las ciudades entienden cómo doblar sus hijabs para ocultar sus ojos, pero las mujeres provenientes del campo necesitan que las quien sobre cómo parecer recatada.

Los hombres, por otro lado, se ven cómodos con sus uniformes Ghuraba. Ellos han jugado este juego antes. Lo nuevo es la introducción de mujeres vestidas como... mujeres.

—Está bien —les recuerdo—. Quédense en grupos de tres. Si alguien las desafía, actúen asustadas y finjan que se han separado de su marido. Si están solas, manténganse cerca de una familia como si pertenecieran allí.

Las mujeres se acomodan en grupos de "esposas hermanas" alrededor de cada "esposo Ghuraba". Algunas de ellas son hermanas. O bien grupos de concubinas huyendo juntas.

Salimos del edificio en grupos de tres a cinco. Salimos por el callejón, hacia la calle, con la cabeza baja.

Gomez es la última en irse.

—Buena suerte —dice ella con su identificable acento de Texas—. Pase lo que pase, nos encontraremos en el cielo.

¿Supongo que es un dicho que Andrea me atribuyó? Vagamente recuerdo haber dicho algo en ese sentido. No lo dije en la forma en que Gomez lo hizo.

Echo un vistazo al brazo de Dillon donde el tatuaje de Irregular de Texas se esconde debajo de su larga camisa. *Morir Antes de Rendirse.* Por primera vez, entiendo lo que eso significa.

—Dios es grande —digo.

—La paz sea con su nombre —Gomez hace el gesto musulmán de respeto.

Ella salta por la puerta, casi tropezando con el borde de su burka.

—Creo que la identificarán —digo—. Todos los habitantes de Texas tienen características únicas.

—Si es así —dice Dillon, —se llevará a todos lo que pueda con ella. ¿Alguna vez la viste en una pelea de cuchillo?

—Sí —digo—. He peleado con ella practicando.

Bajo mi burka, dejando al mundo en una sofocante oscuridad, excepto por las imágenes borrosas que se filtran a través de la máscara. Me pongo los guantes negros. Ellos cubren todo, excepto mi *tasbih* de oración.

—¿Dillon? —pregunto—. ¿Qué hará si no podemos llegar hasta ella?

Veo la misma furia que vi en sus ojos el día en que casi me estranguló. Sólo que no está dirigida a *mí*. Es *Malak al Maut*. Él es tanto un instrumento de Alá como yo.

—Le dispararé en la cabeza.

Le doy un gesto sombrío.

—Asegúrese de que sus hombres hagan lo mismo con los demás.

Salgo al callejón, dejando atrás a Dillon Everhart y su unidad de francotiradores.

—Oh Alá, camina conmigo.

Me escabullo por detrás de tres mujeres siguiendo a un hombre Ghuraba. Bajo la cabeza y camino detrás de ellos, lo suficientemente cerca para que parezca que estoy con ellos, pero no tan cerca como para llamar la atención de la familia.

La voz de la Sargento Daksh me cruje en la oreja.

—¿Siempre asisten a las ejecuciones?

Pretendo ajustar mi burka.

—Sólo la al-Khansaa y los chicos —susurro en el micrófono—. Las mujeres tienden a quedarse en casa.

La muchedumbre se amontona sobre el pasto del Lincoln Memorial. El escenario ahora abarca la plataforma que solía albergar el Lincoln Memorial. Seis pantallas con proyectores masivos suenan en el campo, por lo que incluso la gente en la parte posterior puede ver la ejecución. En el frente, un armazón masivo se ha fijado con las cámaras, el equipo y las luces. De cada uno de los flecos cuelgan banderas rojas largas que dicen *"No Hay Dios Sino Alá y Muerte A Los Infieles"*, escrito en letras árabes.

La familia que sigo se detiene a extender una manta mientras las tres hermanas-esposas ponen cestas llenas de comida. Sus hijos se acomodan en la manta, peleando por los aperitivos, mientras que las madres reparten triángulos de pan plano y hummus.

Me alejo antes de que noten que estoy al acecho.

—Dispérsense —susurro en el micrófono—. Recuerden mantenerse cerca de un escolta. Una mujer sola llama la atención inmediatamente.

Me muevo tras una *nueva* familia que recorre su camino a través de las mantas de picnic, dirigiéndose más cerca del escenario. Miro hacia los árboles besados por el otoño que bordean el pasto.

—¿Dillon? —susurro—. ¿Está en posición?

— Te tengo en la mira.

Un escalofrío sube por mi espina dorsal.

— Recuerde que no soy el enemigo.

Dillon no responde.

Una y otra vez, una mujer vestida de negro parece fuera de lugar. Susurro ordenes, *"encoge los hombros, no hagas contacto visual, luce recatada"*. Que el burka haga el trabajo. Mientras parezcas tímida, estás bajo las narices de los Ghuraba.

Por fin me dirijo a la cuerda que separa a los espectadores de los asistentes *habituales*, los fieles Ghuraba y las esposas de los comandantes de más alto rango.

Alguien me empuja a un lado.

—¡Puedo ver tus tobillos!

Mis rodillas se debilitan al reconocer la voz de Taqiyah al-Ghuraba.

—Es sólo una peculiaridad del terreno —la mujer a la que he estado siguiendo chilla.

Cinco al-Khansaa me empujan, alejándome de la mujer objetivo como una manada de lobos separando su presa. Taqiyah golpea a la mujer con la culata de su látigo.

—¿Me estás llamando mentirosa?

—No, Señora

Su marido se interpone entre ellas.

—Mis disculpas, *Sayyida* al-Ghuraba —dice en árabe—. No volverá a suceder.

Contengo la respiración hasta que la brigada al-Khansaa se mueve para acosar a la siguiente mujer.

—¡Lo siento! —le dice la mujer a su marido.

—No hiciste nada malo —el hombre observa la retirada de la al-Khansaa—. Lo hacen para infundir terror.

Se agrupan, dos personas comunes. Nuevos refugiados, definitivamente. Pero no uno de *ellos*. Me inclino más cerca de la mujer.

—¿Hermana? —susurro en árabe—. Perdí a mi escolta, ¿estaría bien si estoy cerca de usted y de su marido?

Silenciosamente se acerca para tomar mi mano. Estamos juntas hasta que el imán sale a cantar una oración, lo que significa que las ejecuciones pronto comenzarán. Otra familia se une a la mujer desconocida y a su marido.

—¿Te nos unes? —pregunta la mujer.

—Tengo que encontrar a mi escolta —digo—. Pero gracias.

Abandono la seguridad de la mujer. No quiero ponerla en peligro. Me deslizo a lo largo de la cuerda, sin hacer contacto visual con los guardias que se aseguran de que sólo las familias VIP lleguen al círculo interior.

Toco el micrófono.

—¿Saben algo sobre las mujeres Amish secuestradas?

—Nada aún —dice la sargento Daksh—. La Ciudadela está demasiado vigilada.

Detrás del escenario, hay un convoy de Hummers con hombres de pie en la parte de atrás, con sus M16 apuntando a los transeúntes, mientras que un artillero se encuentra en el medio, sacudiendo su ametralladora M2 Browning hacia delante y hacia atrás. Un vehículo blindado cuadrado se detiene detrás de ellos con el símbolo de los Ghuraba pintado burdamente sobre las letras que originalmente decían *"Centro Penitenciario Chesapeake"*. Ghurabas armados saltan fuera de los vehículos de infantería M1126 que vienen detrás del convoy en varias brigadas.

—No se arriesgan, ¿verdad? —la Sargento primero Daksh susurra.

—¿Qué tan cerca puedes llegar? —le pregunto por el dron.

—Muy cerca —dice—. Ahora mismo estoy flotando por encima de la muchedumbre.

Miro hacia arriba. No puedo ver el escarabajo. Pero cualquier persona versada en contra-inteligencia no será engañada por su zumbido electrónico.

El imán cambia de himno a uno que cantan cada vez que realizan una ejecución, sobre cómo Alá es grande y quiere que sus enemigos mueran.

—Tal vez *tu* dios —murmuro—. Alá permite discernir.

El general Rasulullah se sube al escenario, con los brazos extendidos mientras la multitud se vuelve loca y anima. Un lado de su cara está cubierto por una máscara de cuero que oculta todo, excepto su ojo. Se acerca al micrófono como un gallo desplumado, con la mitad de su barba roja larga y fluida, la otra mitad todavía chamuscada. Las cámaras se acercan, mostrando su horrible rostro en las pantallas.

—Durante los últimos seis meses, mientras me estaba recuperando de un incendio doméstico, aquella mujer que se hace llamar Sayyida al-Hurra aterrorizó a nuestras ciudades.

La multitud abuchea.

—Pero ahora me siento lo suficientemente bien para luchar —dice—. ¡Prometí que la atraparía, y lo hice!

Gesticula de nuevo hacia los guardias alrededor del camión blindado.

—¿Alguien la ve? —la Sargento Daksh pregunta.

—Negativo —informo.

—Negativo —oigo el tono texano de Gomez.

—No veo nada —dice Dillon.

Rasulullah retrocede. Cuando regresa, arrastra una figura encubierta, atada.

—¿Es ella? —pregunto.

—No lo sé —dice la Sargento Daksh.

La arrastra al centro del escenario y arranca su burka.

Andrea le escupe.

Rasulullah la golpea en la cara.

La multitud se ríe. Quiero matarlos, a esas personas salvajes que ven las ejecuciones como un deporte. Incluso con su tez oscura, sé por sus rasgos deformes que Andrea fue brutalmente golpeada.

—Sayyida al-Hurra —Rasulullah alardea—. Tu preocupación por nuestras mujeres es digna de encomio. Pero como puedes ver —señala a la muchedumbre llena de mujeres—, nuestras mujeres *rechazan* tus comportamientos desenfrenados y a tu profeta Eisa McCarthy.

La fuerza a arrodillarse.

—¡Eisa dice que eres un fraude! —grita Andrea.

Rasulullah gesticula detrás del escenario. Los Ghuraba arrastran hacia afuera a otras tres figuras más atadas. Un nudo se eleva en mi garganta cuando reconozco a Maximov, mi amigo y protector, seguido por Rosseau y Yong.

—Soy un hombre compasivo —grita Rasulullah—. Hice una oferta a los rebeldes, cuatro vidas serian salvadas por una, pero hoy estoy de humor para hacer una oferta extra especial. ¿Qué tal *cinco* vidas por el precio de una?

La muchedumbre se calma mientras una segunda figura vestida de negro es llevada al escenario, esta es diminuta. Ella grita cuando Rasulullah la obliga a arrodillarse.

—¿Cinco vidas? —grita Rasulullah—. ¿Qué tal cinco vidas, por la vida de una hereje sin valor? Dinos, Eisa McCarthy, ¿cambiarias tu vida por la de ellos?

Rasga el nicab de la joven.

Mi mundo se estremece cuando reconozco a mi pequeña hermana. ¿Nasirah? ¿Va a ejecutar a Nasirah? ¿Su esposa de diez años?

— Entonces, ¿dónde está ella? —dice Rasulullah—. ¿De dónde está esa Profeta de la que hablan?

Una mano agarra mi brazo desde el otro lado de la cuerda.

—Aquí.

Capítulo 29

Me aparto de aquella mano con guantes negros que me aprietan el antebrazo, con mi corazón latiendo.

—Esta es mi hermana esposa —dice la mujer vestida de burka—. ¿Podrías por favor dejarla entrar?

El guardia me mira con un aburrido desinterés. Sigue escudriñando a la multitud, sin duda buscando a alguien más espectacular que *yo*.

—La próxima vez —murmura—, mantente con tu escolta para que no *te atrapen*.

Inclina la cabeza hacia la brigada al-Khansaa que está rebuscando entre la multitud, sin duda buscándome *a mí*.

Paso por debajo de la cuerda. La mujer me lleva a un círculo con otras dos mujeres y siete niños. Son manchas negras anónimas, pero la bebé rubia y blanca que lleva sólo puede pertenecer a un hombre.

—¿Rasha? —susurro.

—Te he estado buscando —dice.

—¿Qué estás *haciendo* aquí?

— Mi marido me envió. Me dijo que te diera *esto*.

Presiona una pequeña bolsa negra en mi mano. Desato las cuerdas. Dentro hay un pequeño libro rojo con letras doradas. *Lozen: Una princesa de las llanuras*. Miro hacia el escenario, hacia mi hermanita, suplicando por su vida. Este es su libro. O uno comprado el mismo día.

—¿Cómo supiste que era yo? pregunto.

Rasha señala mi tasbih de oración, envuelto alrededor de mi muñeca.

La multitud se calma cuando el Abu al-Ghuraba asciende al escenario.

—Necesitas irte —la agarro por el brazo—. Llévate a tus hijos y sácalos tan lejos de aquí como puedas.

Rasha y sus hermanas se reúnen alrededor de sus hijos.

—El Comandante hizo una proclamación —Rasha dice—, que hoy es un día glorioso para los fieles. Que cada hombre, mujer y niño debe reunirse en la ciudad verde para presenciar la muerte del diablo. Él dijo que...

Ella baja la voz.

—Lozen es mi mano derecha... fuerte como un hombre, más valiente que la mayoría, y astuta en estrategia. Lozen es un *escudo* para su pueblo.

Miro fijamente al hijo de ocho meses que se agarra a su pecho. Me mira con los impresionantes ojos nórdicos de su padre.

¿Envió a sus propios hijos a ser escudos humanos?

—Podrían morir todos —les digo, casi sin aliento.

—Es nuestra elección.

Sus dos hermanas murmuran lo mismo. Ellas y sus hijas, algunas ahora lo suficientemente mayores como para ser casadas a la fuerza.

—Si tú sobrevives, quiere que nos lleve contigo —dice Rasha—. ¿Y si no? Es mejor morir rápidamente aquí, como mártires, que ser apedreados a muerte o inmolados una vez que descubran lo que ha hecho.

¡Oh, Alá! ¡Esta no era mi intención!

«*Pero si lo era...*»

Soy yo quien lo obligó a salir de las sombras.

—¿Sabes lo que planea?

—No —dice ella—. Todo lo que sé es que cuando estés lista para actuar, canta el *Surahat al-Kahf,* y los que aman a Alá te seguirán.

—¿La Parábola del Pueblo de la Cueva?

—Sí —agarra mi mano más fuerte—. Es hora de que los verdaderos creyentes derroten a *Gog* y *Magog.*

Susurro ordenes en mi micrófono mientras Rasha y sus esposas hermanas protegen mis actividades. Ordeno a los rebeldes que pongan a Rasha y a su familia a salvo, sin importar lo que *me* pase.

En el escenario, el Abu al-Ghuraba lanza un intenso y largo discurso sobre cómo los Ghuraba ascendieron al poder a partir de las cenizas de las guerras absurdas de los infieles. Se jacta de cómo manipularon nuestras elecciones para elegir líderes empáticos que desarmaron a nuestro propio pueblo e inundaron a nuestro país con refugiados hostiles.

Mientras habla, las cámaras se acercan para mostrar las caras de los prisioneros condenados mientras un narrador transmite sus crímenes, las lágrimas aterrorizadas de Nasirah, el regodeo del general Rasulullah y el pico de halcón de Abu al-Ghuraba en las enormes pantallas.

Finalmente llega a la parte donde condena a los presos a muerte.

Los cinco verdugos sacan sus cuchillos en coreografías bien ensayadas. A través de los altavoces, los efectos especiales realzan el sonido de los cuchillos con una barata banda sonora sobrepuesta. Si no fuera gente real a punto de morir, casi me molestaría ante la previsibilidad de tal escenotecnia.

El general Rasulullah sostiene su *janyar* y lo coloca contra el cuello de su esposa.

—¿Dónde estás, Eisa? —grita—. Muéstrate, y tu hermana será liberada.

Mi estómago se aprieta. ¿Soy lo suficientemente valiente como para hacer esto? Toco los tres discos que cuelgan de mi *tasbih* de oración.

—O Al-Uzza, Manat y Al-Lat —susurro—, les suplico por una muerte rápida, y que otros sean movidos por mi sacrificio.

Doy un paso al frente y comienzo a cantar el *Surahat al-Kahf*.

—Oh Alá, los fieles, buscan refugio de Satanás. En Ti que revelaste, la Escritura, la verdad...

Rasha y sus hermanas-esposas continúan la canción.

—...enviado para advertir a los ateos que Alá ha decretado un castigo terrible...

Los rebeldes musulmanes en la multitud comienzan a cantar.

—... y dad buenas nuevas a los creyentes que hacen obras justas...

Mujeres ordinarias continúan el conocido himno acerca de un mensajero enviado por Dios para advertir de un falso profeta. No tienen ni idea de que cantan para la rebelión. Todo lo que saben es que, hoy, los Ghuraba prometieron matar al diablo.

El Abu al-Ghuraba grita: «¡Encuéntrenla!».

El General Rasulullah golpea a Nasirah en el escenario. Se apresura a dar órdenes a sus hombres.

¿Qué mujer soy? Los guardias corren de una mujer a otra vestida con un burka negro, incapaces de diferenciar a los rebeldes de sus propias madres, hijas, hermanas y esposas. Los rebeldes cantan. La multitud canta con ellos, sin saber que la canción, en sí misma, es un acto de rebelión.

Me acerco a los peldaños de piedra, mi voz sonando mucho más fuerte que el resto. Espero hasta llegar a la primera cámara antes de levantar mi burka.

—¡Estoy aquí! —grito—. Vengo a intercambiar mi vida por la suya.

La multitud se vuelve loca.

Las cámaras muestran mi pequeña figura, con mis brazos extendidos como Cristo, ofreciendo su vida para la redención de toda la humanidad en la cruz.

Mi micrófono chilla.

—¡McCarthy! —Dillon grita—. ¿Qué demonios estás haciendo?

—¡Ella está aquí! —la multitud se vuelve loca.

Las cámaras transmiten la alegría de la multitud a todo el mundo en la tierra de la propaganda. Un estridente *reality show*, transmitido en vivo. Nunca en un millón de años los Ghuraba anticiparon que yo aparecería. Así no. Doy el siguiente paso, fortalecida por lo que estoy haciendo. Mi muerte, su deseo más profundo, se convertirá en su perdición.

La Sargento Daksh tiene los medios para conectar mi micrófono al sistema de sonido de los Ghuraba mientras continúo cantando el himno sobre un profeta que desenmascara al diablo mismo.

—¡Atrápenla! —grita Rasulullah.

Los guardias me agarran y me arrastran hacia el Abu al-Ghuraba. Me quitan el cuchillo y la pistola de servicio, pero continúo cantando, incluso mientras envuelven cinta adhesiva alrededor de mis muñecas.

—¡Cállenla! —implora el Abu al-Ghuraba.

Rasulullah clava una mano sobre mi boca.

—No eres más mensajero de Alá que un perro.

En la multitud, la gente canta: «Dicen que hay tres, el cuarto es su perro, otros dicen que hay cinco, el sexto es su perro...».

Me río.

—¡Hasta a *Qitmeer* se le concedió la gracia porque cuidaba a los fieles del diablo!

El micrófono toma mis palabras y las transmite en vivo a la televisión de propaganda.

El Abu al-Ghuraba coge el micrófono.

—¡Silencio!

Las pantallas de video detrás de él destellan una imagen muy poco favorecedora de un hombre nervioso y corpulento con un turbante torcido. Gesticula locamente ante los guardias.

—¡Callen a esa gente ahora mismo!

Los Ghuraba se apresuran en la muchedumbre para llevar a cabo sus órdenes. Los rebeldes desaparecen en un mar de burkas negros anónimos que, confundidos por su lejanía al escenario, siguen cantando una canción sobre defensores que salen de una cueva para desenmascarar al diablo, sin entender que están cantando con un grupo de rebeldes que se escondió en una mina de carbón.

¡Oh, cabrón hilarante, comandante al-Amar! ¡Sabías dónde se escondían los rebeldes y nunca lo dijiste!

Mi auricular cruje.

—Francotiradores, ¿están en posición?

—Afirmativo —dice Dillon—. Tenemos a los verdugos en nuestra mira.

Doy un codazo de espalda, removiendo la máscara del general Rasulullah. Las cámaras de televisión revelan sus quemaduras grotescas, con un ojo saliendo de un párpado perdido.

—Y el falso profeta verá el Fuego y caerá en él... —la gente canta.

Él me agarra por la garganta y me tumba de rodillas.

—¡Caíste en mi trampa!

—*Caminé* hacia ella —le digo—. Justo como lo pediste.

Grita en su radio.

—¡Disparen a los rebeldes, quiero a cada uno de ellos muerto!

Un batallón entero sale del transporte de la tropa de Infantería como hormigas de fuego que pululan un cadáver. Los niños gritan mientras son separados de sus familias. Los hombres protestan cuando sus esposas son llevadas hacia el escenario para ser ejecutadas.

La gente estalla cuando los Ghuraba comienzan a disparar contra la multitud.

La Soldado Gomez se precipita hacia las banderas que caen por las trincheras de la televisión como charcos de sangre carmesí. Sube y guía su cuchillo hacia el pecho de un camarógrafo distraído. Gira la cámara para filmar la matanza de la propia gente de los Ghuraba. Las imágenes se muestran en una de las pantallas detrás de mí.

En la multitud, las mujeres rebeldes disparan. La multitud se tambalea mientras intentan escapar del fuego cruzado.

—¡Mátenlos a todos! —el Abu al-Ghuraba grita como un lunático.

Uno, dos, tres, cuatro, cinco. Dillon y sus francotiradores eliminan a los verdugos que sostienen a Nasirah y Andrea, y luego a Maximov, Rosseau y Yong. Pero nadie esperaba que hubiera una sexta víctima. Nadie fue asignado para *salvarme*.

—¡Están en los árboles! —Rasulullah grita en su radio—. ¡Eliminen a esos francotiradores!

Los Ghuraba giran y disparan a la línea de árboles. Los francotiradores disparan de regreso. No habrá más ayuda de ellos.

El Abu al-Ghuraba me agarra por el cabello. Este no es el hombre santo, gordo y gentil, que reza a las cámaras, sino el señor de la guerra siria que ascendió al poder matando a su propio pueblo.

—Eisa McCarthy, te declaro hereje y traidora —dice—. Tu pena es la muerte.

Escupo en su sotana.

—¡Vine a morir como un mártir!

En el campo, un sonido estridente se hace ensordecedor mientras un par de helicópteros de ataque Apache aparecen en el horizonte.

—Tenemos problemas —anuncia la Sargento Daksh en la radio.

Los dos helicópteros se ciernen sobre el campo. Se vuelven para apuntar a los francotiradores que se esconden en los árboles.

—¡Salgan! ¡Salgan! —Dillon grita en la radio.

Los helicópteros abren fuego.

Brillantes hojas de octubre entran en erupción en una ráfaga de naranja, amarillo y rojo. Rasulullah corre al borde del escenario, gritando órdenes en su radio. Con mi visión periférica veo a Andrea deslizar sus manos atadas debajo de su trasero. Sus manos están atadas con una brida, pero si las puede poner frente a ella, será una historia totalmente diferente.

—¿Dime? —le pregunto al Abu al-Ghuraba para distraerlo—. Cuando torturaste a mi padre, ¿te dio los códigos *erróneos* de los misiles, o simplemente te dijo que le besaras el trasero y se rio?

—No importa —dice el Abu al-Ghuraba—. Dejé a tu familia viva porque mantenía a raya a nuestros enemigos. Pero en cualquier otro día, averiguaremos el código de tu padre, y cuando lo hagamos esterilizaremos al resto de las ciudades no creyentes.

Recuerdo lo que me preguntó mi padre y mi respuesta.

—*Si Alá-Dios estuviera aquí, papá, ¿qué querría que hicieras?*
—*Dios querría que me asegurara que su tierra sobreviviera...*

Me quedo mirando la matanza, la gente siendo asesinada en el pasto. Si los Ghuraba lanzan esos misiles, no sólo morirán personas en Rusia y China, sino también el mundo entero cuando tomen represalias con *sus* propios misiles.

—*Oh Alá, ¿dime qué hacer?*

Una explosión enorme golpea a través de la ciudad como si Alá tomara su puño y golpeara en uno de los edificios. Una enorme nube de hongo sale de La Ciudadela, violentamente roja, como una espada de muerte descendida desde los cielos. En la luz, veo a mi viejo imaginario caminando hacia mí. A su lado, tres mujeres caminan con él. La más alta de las tres busca en su cadera y saca una espada.

Conozco su nombre, aunque se ha prohibido mencionarlo durante mil cuatrocientos años. Al-Uzza, la diosa del bendito padre Khadijah, la que tenía las llaves al Kaaba.

—Tengo un mensaje para ti —le gruño—. Un mensaje de Alá.

—¿Qué diría Alá a una *mujer*? —se burla

—Estaría enojado de que intentaras eliminar a sus hijas de la tierra.

Muevo mis manos atadas hacia arriba y hacia fuera, al nivel de mi cara.

— Quiere que te diga...

Golpeo los codos a ambos lados de mi cuerpo. La cinta adhesiva se divide. El Abu al-Ghuraba gruñe mientras le doy un codazo en los testículos. Golpeo mi cabeza hacia atrás, en su cara, agarro su mano que sostiene el cuchillo, y tiro cada onza de mi peso hacia adelante.

El Abu al-Ghuraba cae sobre mi cabeza.

Tomo su cuchillo.

—¡*Bismillih*! —grito.

Clavo la hoja en la arteria carótida del Abu al-Ghuraba.

—¡No eres profeta de Alá!

La sangre brota fuera de su garganta mientras le doy un giro al cuchillo.

Rasulullah se vuelve y ve lo que he hecho.

—¡Arghhhhh!

Él se apresura hacia mí, cuchillo en mano, mientras el Abu al-Ghuraba se sacude como un cerdo degollado.

Andrea golpea sus codos a ambos lados de su pecho y rompe las bridas. Con un grito de guerra que hiela la sangre, casi dos metros de musculatura femenina sólida se abalanza entre nosotros.

El Abu al-Ghuraba lucha de rodillas. Agarro su cabello e inclino su cabeza hacia atrás, arranco el cuchillo *Janyar*, colocándolo junto a su oreja.

Sus ojos retroceden mientras clama pidiendo misericordia.

—Esto es por mi madre.

Corto en su carne, de oreja a oreja, cortando a través de su piel, tendón y su tráquea, de la misma manera que maté a Satán.

La hoja llega a su espina dorsal. Con la fuerza de una docena de mujeres, corto a través de las vértebras hasta que su cabeza hace *'pop'*.

Sostengo la cabeza cortada en las cámaras, jadeando, mientras su cuerpo cae. Las pantallas de video muestran mi cara, llena de furia. Limpio con una mano mi boca manchada de sangre.

—¡Falso profeta! —escupo.

Tiro la cabeza cortada hacia las cámaras.

Me vuelvo hacia Andrea, a quien Rasulullah tiene en desventaja.

—¡Andrea! —le arrojo el cuchillo del Abu al-Ghuraba. Ella lo ataja en el aire y emprende carrera tras Rasulullah. Como un niño asustado, chilla y sale corriendo del escenario con Andrea enfadada sobre sus talones.

En el césped frente a mí, el círculo rebelde sigue siendo cada vez más pequeño mientras los Ghuraba los reúnen hacia el escenario y sacan escudos humanos de la multitud. Uno de los helicópteros Apache está sobre los rebeldes. Sus cuchillas vibran a través de mi cuerpo. Dillon Everhart le dispara, pero está demasiado bloqueado por cuerpos en pánico para atinar el tiro.

—¡Dillon! —grito—. Estoy en terreno alto.

Encuentra mi mirada, el hombre que no confía en mí. Mira hacia abajo a su M24, su destino, sostenido en sus propias manos.

«¿*Por favor? ¿Por favor? ¿Confía en mí? ¿Sólo esta vez?*»

Con un grito de guerra, se vuelve y lanza el rifle de francotirador hacia mí. Se gira, el cañón sobre la culata. Salto hacia el borde del escenario para atraparlo, su hermosa *Kate*, su amante, su señora, su instrumento segador. Se siente cálida y sensual en mis manos, su cañón todavía está caliente desde la última vez que la disparó.

Apunto el rifle al helicóptero Apache más cercano. A través de su mira, puedo ver las gafas de vuelo del piloto.

—Dios es grande.

Las cuentas que componen mi rosario de oración tintinean mientras comprimo suavemente el gatillo.

Por un momento, no pasa nada. Pero entonces, en cámara lenta, el helicóptero se inclina hacia el segundo. Sus rotores chocan. El aire entra en erupción en una ráfaga de furia mientras ambos conjuntos de cuchillas se cortan entre sí a pedazos en un duelo a muerte. Metralla sale volando. Cuchillas de cuatro metros de largo golpean a los Ghuraba como guillotinas mortales mientras el helicóptero cae en la parte superior de ellos y explota. El segundo helicóptero da un giro mortal, justo sobre el escenario, y golpea en los vehículos blindados de transporte de personal.

Con un grito de victoria, los rebeldes luchan contra los Ghuraba sobrevivientes. En cuestión de segundos, el enemigo está huyendo.

Corro hacia Nasirah y la abrazo, sollozando.

—¡Iba a matarme! —grita

Acaricio su cabello y beso su frente, mi preciosa hermanita.

—¿Ayúdame a liberar a los otros? —le pido.

Recogemos los cuchillos de los verdugos muertos. Me arrodillo ante Maximov.

—¿Estás bien? —pregunto.

—No está mal para chica —me da una sonrisa grande y cuadrada—. ¿Quién explotó La Ciudadela?

Miro hacia el humo que se derrama en el horizonte de la Ciudad del Califato. Eso no era parte del plan.

—Dios lo hizo —le digo.

Lo suelto. Nasirah libera a Rosseau y Yong. Ayudan al oso ruso a ponerse de pie.

—Puedo caminar —refunfuña.

Meto mi cuerpo debajo de su axila. Lo golpearon mucho. Nos marchamos hacia el borde del escenario.

—¡Eisa!

Me giro.

De pie frente al cuerpo sin cabeza de Abu al-Ghuraba, mi hermano rebelde se para, apuntando un Glock 9mm en mi pecho.

—Hola, hermano —digo.

Lágrimas fluyen por sus mejillas.

—¡Tú lo mataste!

—Sí, lo hice —le digo—. Alá quería que fuera así.

—Alá no te habla a ti —grita—. ¡Eres una mujer!

Me doy cuenta de que Gomez todavía está operando las cámaras de propaganda para asegurarse de que todos en el mundo sepan que los rebeldes acaban de derrotar a los Ghuraba. ¿Qué fue lo que dijo Lionel Everhart? ¿No se trata de lo que es verdad, sino de lo que se percibe como tal?

Deslizo mi hijab completamente fuera de mi cabello.

—Alá no *tiene* hijos, sólo hijas. Somos al-Gharaniq, hijas de Alá-

Salgo del escenario, rezando para que no me meta una bala en la espalda. Mi pobre hermano cae de rodillas sobre el cuerpo de su mentor, llorando.

—Ven —le digo a Nasirah—. Es momento de irnos.

Capítulo 30

Un río humano se vierte hacia el puente conmemorativo de Arlington, la avenida más cercana de escape fuera de la Ciudad del Califato. Paramos para ayudar a los muertos y heridos. Ellos sonríen y lloran. ¿Quizá se preguntan si Alá los dejará entrar al paraíso si mueren?

—¿Saben algo sobre las chicas Amish? —digo a la radio.

—No hay noticias sobre los prisioneros, Señor —dice la Sargento Daksh. El teniente Everhart fue a investigar y dijo que, si había alguien dentro, dudaba que salieran con vida.

Sus palabras me patean en el estómago. ¿Conseguí traer a mi hermana de vuelta, solamente para perder a mi familia substituta?

Miro a La Ciudadela que llena furiosamente el cielo de humo cerca del bombardeado edificio del Capitolio de los Estados Unidos. No puedo pensar en ningún otro edificio que quisiera volar. ¿Pero Anke y Lissette? ¿Joy, Charity, Hope y Grace? ¿Podrían realmente estar muertas?

Mi voz se vuelve ronca.

— ¿Y la Mayor Bellona?

—Acaba de reportarse, señor —dice Daksh—. Nos ordenó retirarnos.

—¿Dónde se encuentra?

—Todavía siguiendo a Rasulullah.

Un escalofrío recorre mi espina dorsal.

—¿Aún no está muerto?

—No, Señor —dice Daksh—. Encontró un grupo de refuerzos. Ella cree que está tratando de armar una contraofensiva.

Esas últimas palabras sofocan mi instinto de ir a investigar La Ciudadela. No sólo Andrea me acaba de dar una orden directa, sino que además, con Rasulullah en libertad, las cosas podrían convertirse en basura en tan sólo un latido.

En este lado del Potomac, los soldados rebeldes atienden a los más heridos en vehículos de transporte M35, mientras que todos los demás son enviados a través del puente. Un soldado rebelde discute con una mujer Ghuraba con seis hijos en un remolque que quiere entrar al camión.

—¿Cuál es el problema? —pregunto.

—No podemos llevarlos —dice el soldado—. No tenemos manera de saber sus intenciones.

—Ella tiene hijos.

—Escuche —dijo— así es como nos metimos en este lío. Los dejamos entrar, y nos dieron las gracias entrando en nuestras casas y cortándonos la garganta. Son las órdenes del teniente Dillon Everhart.

Quiero estrangularlo, pero ¿no es así como los Ghuraba derribaron al antiguo Estados Unidos?

—Por favor, por favor, *Sayyida* McCarthy —la mujer agarra mi mano—. Sólo acepta al bebé. Ponla a salvo. ¡Olvídate de mí! —solloza—, por favor, sólo lleva a los niños.

Nasirah me tira del brazo.

—Eisa, no podemos dejar atrás a estas mujeres.

Ella sabe mejor que nadie, ella, la niña con la piel pálida y los ojos demasiado grandes, llena de horrores que no estaban allí cuando escapé y ella no pudo hacerlo. ¿Qué le hizo? Ese monstruo, Rasulullah. Su marido...

Miro a los peregrinos esperanzados que cruzan el puente, llamados a servir a la nueva autoproclamada Profeta de Alá. ¿Qué pasará cuando se den cuenta de que no tengo ningún plan?

Pulso el botón del micrófono.

—Daksh —digo—. Necesitamos camiones. No me importa qué tipo de camiones. Motocicletas. Automóviles. Caballos y carretas. Dile al Coronel que se meta en la televisión pirata y que reúna a nuestros simpatizantes para llevar a estas mujeres a un sitio seguro.

Hay una larga pausa, y luego la voz del Coronel se escucha por la radio.

—Debo decir, *Teniente* McCarthy, que suena increíblemente como su padre.

Mis rodillas se debilitan, pero, ¿acaso no acabo literalmente de cortar la cabeza de la serpiente en la televisión nacional?

—Puede contarme más cuando vuelva, Señor — digo—. En cualquier habitación que desee. Tal vez el pequeño comedor detrás de la cocina —me refiero al calabozo—, pero por ahora, necesitamos un poco de ayuda, ¿Señor?

Hay una breve pausa.

—Ya está en marcha. Cambio y fuera.

La radio se mantiene silenciosa durante varios segundos, y luego la Sargento Daksh retoma el control.

—Vamos a dispersarlos. Y luego veremos qué hacer. Solo asegúrate de cumplir sus expectativas.

—Sí, Señora.

«Nota a mí misma... al Coronel Everhart le gusta escuchar.»

Trato a los rebeldes heridos y busco a través de civiles mientras esperamos, rezando por mujeres que reconozco, orando para que, entre los refugiados, encuentre a las chicas Amish. Seis rebeldes se acercan al camión, llevando entre ellos a una rebelde ensangrentada, llevando un hijab, que no llegará hasta la interestatal. Me acerco y aprieto su mano.

—Assalamu Alaikum—susurro.

—Inshallah —ella me da una débil sonrisa

Pasan su camilla a los médicos. El médico me mira y luego marca una 'X' negra en su frente.

Un portador de ganado de dos pisos con las palabras *"Granja de Cerdos Feliz"* estampado en letras desgastadas azules, se alza en el otro lado del puente. Un cerdo enorme y sonriente que lleva un tenedor y un cuchillo y un plato, mira fijamente a través del puente hacia mí.

¿Cerdos? ¿Qué pasa con Alá y los cerdos?

—Creo que ese es su transporte —dice el médico.

Tomo su megáfono y me muevo al centro del puente.

—¡Escuchen! —grito—. Nunca les diré nada más que la verdad. Ahora mismo, no puedo prometer darles refugio. No puedo prometer nada. Alá nos dio una victoria, pero en estos momentos, el enemigo se está reagrupando.

Las mujeres vestidas de burka se detienen a escucharme hablar.

—Pero, ¿no te ha enviado Alá para que nos liberes? — pregunta una de ellas.

—*Nadie* puede darles su libertad —les digo—. Tienen que luchar por ello. Lo único que puedo prometer es que haremos todo lo posible para entrenarlas.

Las rebeldes se unen a mi alrededor. Mujeres ordinarias que eligieron tomar un arma. Están de pie con sus rifles como ilustrando un viejo cartel de película de superhéroes. Muchas de ellas son musulmanas, todavía llevan hijabs.

Algunas de las mujeres siguen adelante. La mayoría de ellas se vuelven, las que tienen niños pequeños, las temerosas, las que tienen esposos que no están listos para irse. Recuerdo las palabras de mi madre —*Lozen no tenía hijos que proteger*—. Mi corazón solloza mientras la mayoría regresan a la Ciudad del Califato.

—Déjalas ir —una mano toca mi hombro—. Si no están dispuestas a defenderse, no podemos ayudarlas.

Me doy la vuelta y mi mirada se encuentra con la alta y oscura diosa guerrera.

—¡Andrea!

Lanzo mis brazos alrededor de su cintura y le doy un abrazo. Se mantiene rígida, no acostumbrada a que sus tropas actúen tan físicamente, y luego regresa el abrazo.

Rompo el gesto, y traigo a Nasirah para presentarla.

—Nasirah —digo—. Quiero presentarte a *Sayyida al-Hurra*. La verdadera heroína de la rebelión. Andrea, ésta es mi hermanita.

—Eso fue fantástico —dice Andrea—, lo que hizo.

Hago un gesto a los rebeldes.

—Usted los entrenó. Todo lo que hice fue liderarlos.

—Bueno, será mejor que los guíe lejos de aquí muy rápido —dice—. Rasulullah se está reagrupando.

Gesticula a Maximov, Rosseau y Yong.

—Todos saben qué hacer —dice.

—*Russkaya Pravda*—sonríe Rosseau.

—Vamos con eso —ordena Andrea.

Subo por la barandilla del puente del puente, bien alto, para que la gente que huye me vea. Debajo de nosotros, Maximov, Yong y Rosseau se arrastran bajo uno de los arcos aterradoramnte cerca del río. Andrea desaparece, para coordinar hacer explotar los otros puentes.

—Rasulullah viene hacia acá —grito en el megáfono—. Entonces, si decidieron venir con nosotros, será mejor que vayan rápido a esos camiones. Si *no*, vayan a casa.

El transporte de cerdos ha desaparecido, siendo reemplazado por innumerables camionetas y automóviles, varios transportes tomados de los Ghuraba y un remolque con las palabras *Piggly-Wiggly* grabadas en el costado.

Las mujeres entran en pánico. Algunas corren hacia los camiones, pero la mayoría vuelve a la ciudad, para ser criadas como cerdas y sus hijos enviados a la matanza en los ejércitos de los Ghuraba.

Al fin me doy cuenta, el mensaje sobre los cerdos.

Toco mi *tasbih* de oración.

«*Lo entiendo.*»

Lo hablaré con el Coronel. Pero hoy no tengo capacidad para entregar el mensaje.

Por fin, el M35 con los heridos sale. Son todos los rebeldes que siguen vivos. La especialista Gomez llega, luciendo un ojo morado.

—¿Los Ghuraba te golpearon? —pregunto.

—Nah —. Su pronunciación es lenta y larga—. Me caí de la cámara grúa cuando me las estaba arreglando para volver a subir.

—¿Cuántos cuerpos dejamos? —pregunto.

Expresa una mueca.

—Demasiados.

—¿Alguien los revisó?

—Sí —dice—. Yo volví. Me aseguré de que estuvieran realmente muertos.

De su expresión perturbada, infiero que ella misma mató a unos cuantos. Ese es el significado del parche de los Irregulares de Texas, *Morir Antes de Rendirse*. Su compañero de batalla lleva una bala con su nombre en ella, por si acaso, para que mueran con dignidad.

Me pregunto quién tiene la bala Dillon Everhart. Toco el rifle de francotirador, todavía colgado sobre mi hombro por su correa. No le he visto para devolverlo, pero de vez en cuando su voz se escucha por la radio.

Desde el bulevar que serpentea a lo largo del Potomac, el gemido de los motores de camiones se hace más fuerte.

—¡Teniente McCarthy! —grita uno de los rebeldes—. Alguien viene.

Grito en el megáfono.

— ¡Despejen el puente, tenemos que volarlo!

La última de las mujeres que huyen corre por el puente, llevando a sus hijos. Todos nos retiramos más allá del lugar que el equipo de demoliciones está cableando. La radio se vuelve loca cuando los Irregulares de Texas informan que *su* puente está bajo fuego, dos puentes abajo.

—¡Cúbranse! —grito.

Tres vehículos de transporte M35 corren al lado del bulevar. La parte trasera se quema, la lona se prende en llamas. En algún lugar río abajo, hay una explosión enorme mientras los Irregulares explotan un puente de varios cruces hacia abajo.

—¡Defiendan el puente! —grito—. El equipo de demoliciones no está listo!

Empujamos varios vehículos hacia el centro de la carretera, reforzando el antiguo punto de control de los Ghuraba. Los rebeldes se alinean detrás de la escasa cubierta. Cierro y cargo el rifle de francotirador M24 de Dillon y apunto la mira al camión que se aproxima. A ambos lados de mí, los rebeldes hacen lo mismo.

—Esperen, esperen —digo.

Algo no parece andar bien.

El primer camión gira en la esquina y corre hacia el puente. Va dentro y fuera de las barreras de jersey, ridículamente rápido. Observo por la mira, a través del parabrisas, al conductor, a su frente, a su ojo...

—¡Alto el fuego!

De un salto corro hacia la figura nórdica barbada de cabellos rubios saliendo del primer camión, poniendo mi cuerpo entre los rebeldes, que sólo conocen al Comandante como un enemigo, y al espía que dedicó los últimos veintiún años de su vida traspasando la información a mi padre.

—¡No disparen! —grito.

Corro hacia él, con los brazos extendidos para hacer un escudo.

Rasha sale del lado del pasajero de la camioneta, llevando al único hijo superviviente del comandante. Los otros dos camiones se detienen. Las dos hermanas anónimas de Rasha salen de los asientos del conductor y corren hacia la parte trasera del camión que está en llamas.

Los rebeldes relajan sus armas mientras sacudo la mano del comandante Codar al-Amar.

—¿Usted hizo eso? —apunto hacia la ciudadela en llamas que vierte humo negro al cielo.

—Quería darte tiempo para escapar —dice—. Gran parte de su inteligencia pasaba por ese centro de comando; esto les hará daño, pero no los detendrá —u expresión se vuelve sombría—. Ellos sacaron algo de información de tu hermano. Están muy cerca de descifrar el código de tu padre.

Un sentimiento enfermizo se instala en el agujero de mi estómago. La fijación de Abu al-Ghuraba en Adnan. ¿Dio mi padre a su único hijo información sobre los códigos de los misiles ICBM?

—¿Qué tan cerca?

—No estoy seguro —dice el comandante—. Algo sobre una instalación oculta. Es todo lo que sé.

De la camioneta ardiente, las mujeres vestidas de negro se ayudan mutuamente en el pavimento. Una de las mujeres saca su burka, revelando un vestido azul claro con una bata blanca.

—¡Anke! —grito.

Me apresuro hacia adelante, con mis brazos extendidos para dar la bienvenida a mis hermanas Amish. Cinco figuras más vestidas de negro me abrazan. Lissette, Joy, Hope, Grace y Charity. No quiero dejarlas ir.

Las mujeres miran desde los otros dos transportes de tropas.

— ¡Pónganlas a salvo! —ordeno.

Dos rebeldes entran en los primeros dos camiones y las conducen a través del puente. En cuanto al tercer camión, sigue ardiendo. Tendremos que encontrar otro vehículo de transporte.

Miro hacia atrás, al camión de *Piggly-Wiggly* con un cerdo empujando un carrito lleno de verduras y un jamón.

Justo río arriba, un segundo, y luego un tercer puente explota. El sonido de los disparos automáticos se acerca. La radio cruje con los rebeldes en un tiroteo. Hay otra explosión. ¿Un RPG de mano?

Las otras dos esposas del Comandante reúnen a sus hijos para agruparse alrededor de nosotros. Siete hijas, además del hijo de Rasha.

Le echo un vistazo.

—¿Qué hay de Taqiyah?

Su expresión se vuelve triste.

—Sus hijas son tan fanáticas como *ella*.

«*Sus hijas...*»

¡Oh Alá! ¡Su propia carne y sangre!

El tiroteo se acerca.

—Teniente McCarthy —grita la Sargento Daksh por la radio—. Alguien viene.

Cambio de frecuencias.

—Maximov, ¿cómo van los explosivos?

—¡Necesitamos cinco minutos más, Señor! —dice.

Devuelvo la información a Daksh y al centro de control.

—El convoy está a dos minutos —dice Daksh.

El Comandante reúne a sus tres esposas restantes a su alrededor.

—Ve con la teniente McCarthy —dice—. Ella les enseñará cómo pelear. Recuerden que toda esta situación nunca fue mi deseo —las abraza con fuerza—. Amé a cada una de ustedes lo mejor que pude.

Las mujeres lloran.

—¡No! —Rasha se aferra a él.

Él toma a su único hijo sobreviviente de los brazos de Rasha. Un hijo de siete. Besa el cabello color blanco-rubio del niño, un cabello como el *suyo*, y luego me lo entrega.

—No puedo pensar en una persona mejor que pueda enseñar a mi hijo a ser un hombre... —su voz se hace más gruesa—, que la hija del general Joseph McCarthy.

Me da un saludo. De la vieja escuela. Del tipo que mi padre solía darle a la Presidenta.

Lo saludo de vuelta.

Se separa de los abrazos de sus esposas.

—¡Por el amor de Dios! —dice—. ¡Sácalos de aquí!

A lo largo del bulevar, un convoy de transporte de las tropas y de Hummers, avanzan hacia nosotros con sus motores chillando. Furiosos Ghurabas disparan al aire para intimidarnos.

—¡Señor, están aquí! —Gomez grita.

—¡Retirada! —doy la orden.

Los rebeldes arrastran a mujeres llorando, gritando a través del puente.

—¿Maximov? —grito—. ¿Cómo va el cableado?

—¡Dos minutos!

—¡Tienes uno!

Retrocedo. El comandante al-Amar se mete en el camión.

—¿Es verdad lo que dijiste? —grita por la ventana—, ¿que Alá te habla?

—A veces.

—Di cosas buenas por mí —dice—. Tengo mucho por expiar.

Pone la camioneta en marcha y avanza hacia adelante, hasta el lugar donde la segunda estación de guardia estrecha el puente hasta un solo carril, y luego sacude el volante hacia los lados para bloquear completamente lo que queda de la carretera.

Tomo al hijo del comandante y corro hacia el lado opuesto del puente.

—¡Eisa, detenlo! —Rasha llora.

—No puedo —le digo—. Está demasiado comprometido con la misión. No puede venir con nosotros, y no puede volver a ellos.

—¡No! —grita.

Ella intenta correr a través del puente. Los rebeldes la detienen. La arrastran, pateando y gritando, detrás de las barreras.

Los vehículos de asalto de artillería dan vuelta a la esquina y comienzan a zigzaguear a través de las barricadas.

El comandante al-Amar sale de su camión llevando una pistola M134 Gatling y una cadena de munición envuelta alrededor de su torso como un saree. Agarra el mango y dispara al primer camión, convirtiendo el bloque del motor en papilla. El camión se detiene, atrapado entre las barreras.

El general Rasulullah sale del asiento del pasajero mientras los soldados Ghuraba se amontonan en la parte trasera de la artillería.

—¡Déjennos pasar! —grita Rasulullah.

—No puedo hacer eso —dice el comandante—. Mi lealtad siempre ha estado con la Dama Libertad.

—¡Le dije al Abu al-Ghuraba que no confiara en ti!

—¡Solo estabas enojado porque Taqiyah se casó *conmigo*!

Una docena de transportes de tropas se detuvieron. Los Ghuraba se acumulan. Se ocultan detrás de las barricadas y apuntan sus armas al hombre que bloquea el puente.

—¡Violaré a tus mujeres y mataré a tus hijos! — Rasulullah implora.

—No puedes —dice el comandante—. Los he entregado a los rebeldes.

—¡No a Taqiyah!

—La puedes tener. Es hermana de su hermano.

Los soldados Ghuraba abren fuego contra el Comandante. Éste dispara de regreso. Rasha grita mientras su marido es golpeado y cae.

—¡Cúbranlo! —grito.

Los rebeldes abren fuego a través del puente. Todos llevan armas M16. Con un alcance efectivo de disparos de menos de 450 metros, mientras que muchas de las balas pueden llegar al otro lado del puente, no son más exactas que un niño lanzando bolas de nieve.

La radio cruje.

—Estamos listos —dice Maximov—. Pero, ¿dejar subir primero, cierto? ¿Y no quedar bajo el puente cuando haga 'boom'?

Doy la orden. Los rebeldes disparan a un lado del puente, pero no al otro. Primero Rosseau, luego Yong, y luego el corpulento Maximov se arrastran por la barandilla. Uno de los Ghuraba intenta disparar contra ellos. Lo detengo con el rifle de francotirador de Dillon.

Nuestros hombres corren hacia nosotros, inclinados, tan rápido como pueden. Derribo a otro Ghuraba que apunta a nuestro equipo de demolición.

Una bala golpea al Comandante.

Rasha grita mientras cae.

El comandante al-Amar vuelve a subir, codo sobre codo, de nuevo a la barricada.

Los rebeldes animan.

Sangre brota de su espalda tras un disparo. Levanta su ametralladora y continúa disparando.

—Vamos, vamos —murmuro mientras el equipo de demolición corre a través de la cortina de balas. Los rebeldes se alegran cuando logran llegar detrás de los coches.

—¡Comandante! —grito—. ¡Retírese, le cubriremos!

—¡Tengo una cita con Jesús! —grita.

Una bala lo golpea. Se desliza hacia abajo, hacia el suelo.

Maximov me entrega el dispositivo de detonación controlado por radio.

—Presiona el botón rojo —dice—. Es hora de volar este lugar.

Rasha y sus hermanas gritan mientras su marido recibe otra bala. Entiendo lo que está haciendo el Comandante. Esta es su penitencia por dejar que los Ghuraba lo convirtieran en un monstruo.

—¡Ayúdalo, ayúdalo! —grita Rasha—. En el nombre de Alá, ¡ayúdalo!

Rasulullah se levanta, seguro de que no hay nadie desde esta distancia que pueda dispararle. No puedo oír lo que le dice al comandante, pero cuando saca su cuchillo de decapitación, sé lo que viene.

Llevo a *Kate* sobre la barrera de hormigón de sus delgadas piernas y retiro el perno para cargar otra bala, pero el tambor está vacío. «¡*Rayos!*» El arma de Dillon está sin balas.

Rebusco a lo largo del mango. Cada Irregular de Texas lleva siempre una bala con el nombre de la persona que juraron que acabarían antes de que los Ghuraba pudieran torturarlos y matarlos. A lo largo de la correa está el elástico que lleva balas adicionales. Ya las usé todas.

Todas menos una...

Saco la bala del calibre .300 de la malla negra incrustada en la correa. Es una carcasa de latón estrecha, más larga que mi dedo, con una punta de plomo en un extremo y un borde delgado en el otro. En su longitud de latón se marca un nombre.

"Lionel".

Deslizo la bala en el tambor y llevo a Rasulullah a mi mira. Sube por la siguiente barrera, acechando al Comandante jadeante que tarda demasiado tiempo en morir.

Apunto al abultado ojo rojo de Rasulullah que parece como sacado de una pesadilla. Ésta es mi oportunidad de matarlo, el *Mahdi* que hizo posible la infiltración del Abu al-Ghuraba en América. Detrás de él, docenas de Ghuraba trepan por encima de las barreras con sus cuchillos de decapitación en sus manos. No están aquí para disparar al comandante. Ellos van a torturarlo y a despellejarlo vivo.

—¡Por el amor de Dios! — Rasha grita—. ¡Por favor!

Miro mi *tasbih* de oración. Mis cuentas envueltas en negro, que siempre han sido mi fuente de fuerza y sabiduría. ¿Qué querría Alá? ¿El anciano, que me habla en mis sueños?

—No hay más dios que Alá —susurro—. Alabado sea Alá. Busco consuelo en Alá ...

Hago el disparo.

—... ahora, la hora de tu muerte.

El comandante se contrae, y luego se queda quieto.

Capítulo 31

Rasulullah mira hacia abajo, con su expresión perpleja. Me levanto con *Kate* todavía en mis manos.

— ¡Era *mío*! —grita al otro lado del puente.

—Alá vio su gesto, y se conmovió— digo.

—¡*No* hablas a Alá!

Levanta su pistola y la dispara contra mí. Con un afilado *pew-ung*, la bala rebota inofensivamente del pavimento cien metros delante de mí.

—Alá dice lo contrario —me burlo de él. Estoy fuera de su campo efectivo de tiro.

Se precipita hacia mí, su barba roja como llamas mientras dispara repetidas veces y se acerca en distancia. En otro par de metros, será capaz de darme.

Sostengo el detonador que Maximov me dio para que Rasulullah lo vea. Con un grito de guerra gutural, sigue viniendo.

Espero hasta que llegue al centro del claro antes de presionar el gran botón rojo. Por un momento no pasa nada, y luego la cubierta del puente se eleva como si Alá lo hubiera recogido.

—¡Fuego en el hoyo! — Maximov grita.

Rasulullah se eleva con la cubierta, todavía disparando. Su barba roja flamea a su alrededor como *Shaitan*, liberado de las puertas del infierno.

El puente se rompe. El hormigón y la barra de refuerzo estallan como fuegos artificiales. Los rebeldes chillan mientras los pedazos de escombros salpican sobre nosotros. Se estrella en el río. Una pared de agua se levanta y nos limpia como una lluvia purificadora.

Cuando los escombros se asientan, salgo al puente para buscar el cuerpo de Rasulullah, pero no puedo encontrarlo. O los escombros lo enterraron, o cayó en el río.

Gomez camina para mirar en el agua profunda y fría del Potomac.

—¿Por qué no disparaste contra Rasulullah?

—El Comandante sabía dónde estaba la base —dije—. Tenía que asegurarme de que no lo torturarían.

Espero a que se vaya, y luego giro hacia Rasha, sus hermanas y sus hijos sollozando.

—Él quería asegurarse de que sus hijos crecieran como los hijos e hijas de un héroe —digo—. Él hizo paz con Alá por todos los errores que cometió en Su nombre.

Ella y sus hermanas esposas asienten con la cabeza a través de sus ojos manchados de lágrimas. Mantienen a sus hijos sollozando en la parte trasera del remolque de *Piggly-Wiggly*, el que lleva a las chicas Amish. Los rebeldes les ayudan. Hijos de un mártir.

Un *chuga-chuga-chuga* poderoso rueda adentro del bulevar en *este* lado del puente. Dillon Everhart aparece montando en una motocicleta negra Harley Davidson con cinco estrellas de oro pintadas en el tanque de gasolina, junto con las palabras *"no hay más dios que Alá"*.

—Oye, princesa, ¿dónde está mi *Kate*?

Miro fijamente al ángel de la muerte que siempre ha sido mi némesis. ¿Resulta que no somos tan diferentes después de todo?

Giro hacia atrás el perno para quitar el último cartucho. Lo sostengo hacia él.

—Lo usé en el Comandante —digo suavemente—. Era un buen hombre, ¿creo que Lionel lo habría aprobado?

La mano de Dillon se cierra alrededor de la mía. Ahora entiendo por qué estaba tan enojado que su padre le ordenó que me rescatara. Llegó a la ciudad para rescatar a su hermano y, si no podía, pondría una bala en su cerebro antes de que Rasulullah pudiera usar su cuchillo de decapitación.

«*Nunca niegues a Malak al-Maut su presa...*»

Sus dedos tiemblan mientras toma la carcasa vacía. Lo sostiene y verifica que lleva el nombre de su hermano. Cuando vuelve a mirar, sus ojos brillan con lágrimas.

—Puedes quedártela —su voz suena gruesa mientras apunta a la pistola—. Los Irregulares me despellejarán si no te doy una después de derribar a ese helicóptero.

—¿Qué vas a usar *tú*?

—Voy a conseguir otra —Dillon se encoge de hombros.

Mete el cartucho vacío en el bolsillo de su pecho y retrocede el respaldo. Por primera vez desde que lo conozco, él me da una sonrisa genuina.

—Oye, McCarthy, ¿quieres un paseo?

Levanto una ceja.

—¿En qué?

—Es una Harley Hog—su sonrisa se amplía.

Giro los ojos.

—¿Quizás la próxima vez?

Con una risa, pisa el acelerador. El motor late con un estrépito profundo. Con una patada en el talón para cambiar los engranajes, él y la motocicleta favorita del General Rasulullah, ambos avanzar lejos.

Agarro a Nasirah y la empujo al asiento delantero del camión de *Piggly-Wiggly*. En el asiento del conductor está John Smith, si ese es realmente su nombre, el conductor con dos dedos faltantes.

—¿Está aquí para ayudarnos a perdernos? — pregunto.

El Coronel me dijo que la llevara a casa.

¿Casa? ¿Dónde esta casa?

El aparejo avanza. Miro por la ventana mientras dejamos la Ciudad del Califato.

La radio cruje mientras río abajo vuelan tres puentes más y un ferry. Es una medida temporal. Los Ghuraba todavía tienen el mando de *algunos* lugares donde tomaron el control. Se necesitarán semanas para que muchas personas desaparezcan y retrocedan. Algunos de nosotros pueden ser capturados. E incluso entonces, muchos de los nuevos refugiados nunca ganarán nuestra confianza.

—¿A dónde vamos? —Nasirah pregunta.

—A la cueva.

—¿La mencionada en la canción?

Miro por la ventana al sol poniente. Surahat al-Khaf. *La Parábola del Pueblo de la Cueva*. ¿Cuánto tiempo el comandante supo nuestra ubicación, y nunca lo dijo?

—Una vez que has sido tocado por el mal— digo, —tu primer impulso siempre será *matar*...

Toco a mi hermana, con sus ojos vacíos y perturbados.

—Pero si eres inocente, como la gente de Anke, ¿puedes recordar a aquellos que estamos dañados por qué la humanidad está realmente aquí?

—¿Así que los rebeldes son los elegidos?

—No —digo—. Somos como Qitmeer, el perro en la parábola de la cueva. Nuestro trabajo es proteger a los fieles del mal.

—¿Entonces somos los porteros?

Me río.

—Somos las hijas del guardián.

Se inclina hacia mi hombro, mi preciosa hermanita. Le pediré a Levi y a Sarah Hochstetler que le den mi cama, la que está entre Anke y Lissette. Tal vez, si no está muy dañada, ¿pueden ayudarla a sanar?

¿Y en cuanto a mí?

Toco mi *tasbih* de oración y miro hacia el oeste, donde los Ghuraba todavía tienen trescientos misiles ICBM.

No puedo ir con ella. Alá me ha dado una *fatwa* para lanzar la yihad.

ملاك آل موت

Epílogo

Espero fuera de su casa. El sargento Ghuraba que disparó a Caleb en el corazón, violó a Sarah y vendió a muchísimas muchachas a la esclavitud. Sus tres esposas y trece niños corren a través de la casa de campo inglesa que robaron sin importarle nada en el mundo.

El aire se hace helado mientras la oscuridad cae y el silencio desciende sobre la tierra de los Amish. Él sale al granero donde guarda su camión, una vez lleno de ganado, pero ahora lleno de injerto. Me deslizo detrás de él como un espectro mientras sube a la cabina y arranca el motor.

La gran puerta del granero se cierra.

—¿Qué diablos? —dice en árabe.

Sale del camión y se dirige hacia la puerta, agarra el pestillo y tira con todas sus fuerzas.

Me deslizo detrás de él y le toco en el hombro.

—*Bismillah* —susurro mientras gira.

Clavo el estilete en su arteria carótida.

Mientras muere, me arrodillo junto a él y saco mi hijab para asegurarme de que pueda ver mi cara. Así que él puede ver que soy una *mujer*.

—Alá me envió a llevarte directamente al infierno —digo en árabe.

Espero hasta que deje de pelear, y luego arrastro su cuerpo a la parte trasera de la camioneta llena del tributo que se supone que debe pasar de regreso a la Ciudad del Califato. Conduzco el camión a un campo lleno de descendientes de Satanás, ahora feroces y muertos de hambre.

Nadie encontrará el cuerpo.

Muhammad prohibió los cerdos porque son caníbales...

~ *FIN* ~

Estimado lector:

¿Disfrutaste de leer este libro? Si es así, realmente te agradecería si deseas volver a la página web de la tienda de libros donde lo compraste y dejas un comentario. Sin el presupuesto de publicidad de una gran editorial comercial, la mayoría de los libros de las editoriales pequeñas no retornan el costo de producirlos... A menos que... los lectores como tú corran la voz de que les ha gustado. Estaría muy agradecida si me haces el honor de dejar un comentario.

Y si deseas novedades de nuevas versiones y traducciones de mis libros existentes, ¿por qué no registrarte en mi BOLETÍN INFORMATIVO y recibir una copia digital gratuita de mis novelas, 'El Relojero' y 'Héroes de la Antigüedad'? Prometo nunca enviarte spam, mantener tu información personal privada y sólo enviarte correos interesantes.

Consíguelo *GRATIS*
AQUÍ: https://wp.me/P2k4dY-16J

Avance: Espada de los Deuses

En los albores del tiempo, dos antiguos adversarios lucharon por el control de la tierra. Un hombre se puso de pie al lado de la humanidad. Un soldado cuyo nombre recordamos hasta el día de hoy...

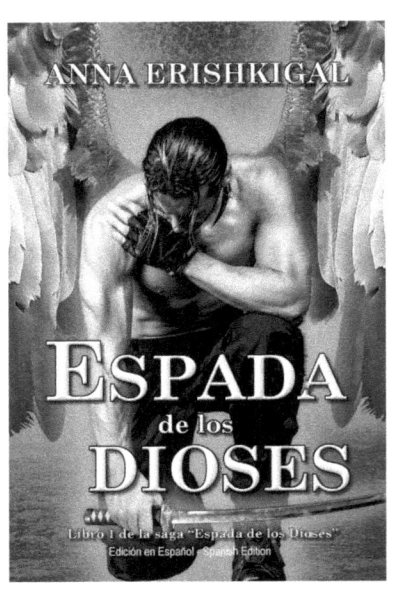

El Coronel de las Fuerzas Especiales Angelicales, Mikhail Mannuki'ili, despierta, herido mortalmente en su nave estrellada. La mujer que salvó su vida tiene habilidades que le parecen familiares pero, sin memorias de su pasado, ¡no puede recordar por qué!

Las profecías del pueblo de Ninsianna describen a un campeón alado, una Espada de los Dioses que defenderá a su pueblo contra un Maligno. Mikhail insiste en que no es ningún demi-dios, pero su extraña habilidad para matar dice lo contrario.

El mal susurra a un príncipe malhumorado. Una especie agonizante busca evitar la extinción. Y dos emperadores, atrincherados en sus antiguas ideologías, no pueden ver la amenaza más grande en este relato de ciencia-fantasía de la historia más épica de la humanidad sobre la batalla entre el bien y el mal, el choque de imperios e ideologías y el superhéroe más grande en caminar por la Tierra, El Arcángel Mikhail.

*BONIFICACIÓN ESPECIAL: Incluye la novela que relata el origen de la historia, *"Héroes de la Antigüedad: Episodio 1x01"*.

AQUÍ: https://wp.me/P2k4dY-Bl

Avance:
La Subasta: una moderna Jane Eyre

Al ser plantada en el altar y quedarse sin hogar, Rosie Xalbadora toma un trabajo como institutriz al borde del interior de Australia. Allí conoce a Pippa Bristow, una niña sensible que hace frente al amargo divorcio de sus padres escapando a un mundo mágico de reinas, hadas y unicornios. El padre enigmático de Pippa, Adam Bristow, está dispuesto a soportar lo que sea con tal de mantener a su hija a salvo de su manipuladora ex-esposa heredera petrolera.

Luchando por proteger a Pippa de los juegos de su madre, Rosie debe enfrentarse a los fantasmas de su propio pasado doloroso mitad australiano, mitad gitano, mientras lucha contra una creciente atracción hacia su apuesto empleador, emocionalmente inaccesible. Pero la ayuda viene a través de un vecino anciano muy peculiar, un pueblo amigable del *Outback*, y dos jinetes fantasmas que visitan a Rosie cada noche en sus sueños. Cuando Rosie y Pippa salvan un pequeño poni blanco de ser sacrificado, su compasión inoportuna pone la disputa por custodia de Adam, las fantasías de Pippa, y los peores temores de Rosie a prueba en un enfrentamiento épico.

La Subasta es un dulce romance de estilo contemporáneo, con los matices góticos y desgarradores de Jane Eyre, y una pizca de lo sobrenatural.

— *Un paisaje místico, mágico, y leyendas antiguas adquieren una nueva vida...* — Romancing History Blog

— *La vida de los personajes me atrajo de inmediato, y sentía que estaba justo al lado de Rosie mientras se esforzaba por evitar que su vida se cayera a pedazos..* — N.Y. Times Stacey Joy Netzel, Autora de Best Sellers

AQUÍ: http://wp.me/P5T1EY-iB

Acerca de Anna Erishkigal

Anna Erishkigal es una abogada que escribe ciencia ficción fantástica como una alternativa más agradable a interrogar a sus hijos al volver a casa después de un día en la corte. Escribe bajo un seudónimo para que sus colegas no cuestionen si sus argumentos legales son ficción también. Gran parte de la ley, resulta ser una fantástica ficción. Los abogados simplemente prefieren llamarlo 'representar fervientemente a su cliente.'

Ver el lado oscuro de la vida puede crear algunos personajes de ficción interesantes, ya sea del tipo que quieres encarcelar, o correr a casa y escribir sobre ellos. En la ficción, puedes maquillar hechos sin tener que preocuparte demasiado acerca de la verdad. En los argumentos legales, si tu cliente te miente, te ves estúpida delante del juez.

Al menos en la ficción, si un personaje se vuelve problemático, siempre puedes matarlos...

Visita mi sitio web para echar un vistazo a otros libros, la inspiración detrás de mis obras y otros datos interesantes en:

www.Anna-Erishkigal.com

Acerca de la Traductora

Sara Gabriela Canga, comenzó su aprendizaje de la lengua inglesa a los 8 años de edad, cursándolo en diversas academias del idioma durante su vida. Es traductora e Ingeniera Electrónica egresada de la Un iversidad Nacional Politécnica Experimental de la Fuerza Armada en el año 2011, como primer índice de su promoción. Sara habla Inglés fluido y actualmente está aprendiendo la bella lengua Italiana. Es fanática de la lectura, nuevas tecnologías y gadgets.

Actualmente vive en Venezuela con su familia y trabaja como freelancer. Sara traduce libros de ficción, ciencia ficción, fantasía, novelas y no-ficción. Gracias a su conocimiento en áreas técnicas, también se dedica a hacer traducciones de papers, informes y artículos relacionados con tecnologías y ciencias; además realiza ediciones de libros digitales para publicación en Epub y otros formatos actuales.

Si te gustaría usar sus servicios de traducción, puedes enviar tus proyectos e ideas a sara.gabi.1@gmail.com

Otros libros de Anna Erishkigal

Saga de la 'Espada de los Dioses'
(Fantasía épica / ópera espacial / un poco de romance)
Héroes de la antigüedad: Episodio 1x01
Espada de los Dioses
No hay lugar para los ángeles caídos
Fruto prohibido (próximamente)

Otra Ficción
El Relojero: una novela
La Subasta: una moderna Jane Eyre
El Califato: Una novela de suspenso post-apocalíptica
Un Ángel Gótico de Navidad

Más libros en español:
www.Anna-Erishkigal.com

Lightning Source UK Ltd.
Milton Keynes UK
UKHW022013170223
417178UK00014B/1147